LES DÉPRAVÉS

ROMAN

DE

MŒURS CONTEMPORAINES

Feuilleton du RAPPEL

PARIS
IMPRIMERIE SPÉCIALE DU *RAPPEL*
18, rue de Valois, 18
—
1873

LES DÉPRAVÉS

ROMAN DE MŒURS CONTEMPORAINES

CHAPITRE PREMIER

Conséquence de la loi de la chute des corps.

— Voyons, Geneviève, ne me contrarie point : prends ces deux mille francs. Mon voyage peut se prolonger. Mon père est très souffrant ; Brocá, qui a dîné chez nous hier, m'a pris à part pour me commander de pousser jusqu'en Egypte si l'Italie n'agissait pas. C'est tout de suite trois ou quatre mois d'absence. Je serais trop tourmenté si je te savais exposée à la moindre gêne.

— Mais tu sais bien que je gagne plus d'argent que je n'en dépense. On me demande des modèles de tous les côtés. Je ne sors jamais, je ne fais pas de toilette. Garde tes deux mille francs, Max, c'est plutôt toi qui peux en avoir besoin.

— Besoin ? Pourquoi veux-tu que j'en aie besoin, puisque mon père me défraye de tout ? dit Max, en couvrant Geneviève d'un regard imperceptiblement inquiet.

— Je ne sais pas ; il se présente toujours pour un homme des dépenses imprévues. D'ailleurs, de qui les tiens-tu, ces 2,000 francs ?

— De mon père, à moins que je ne les aie volés !

— Mais ton père te donne 400 francs par mois, qui sont généralement engloutis au bout de deux jours, dit Geneviève en souriant. Je ne suppose pas qu'il t'ait remis cette gratification pour m'en faire hommage, puisqu'il ne me connaît pas. Un père offre assez rarement, sans y être forcé, 2,000 francs à la maîtresse de son fils.

— Ma chérie, je te défends de prononcer ce mot, qui est ignoble. Tu es ma Geneviève, tu n'es pas ma maîtresse.

— Ce mot-là me déplaît autant qu'à toi, dit Geneviève, et si je l'ai mis en avant, c'est pour que tu saches bien que je ne me monte pas la tête sur la solidité de notre liaison. Je suis à toi sans condition aucune.

— Allons, bien ! Je pars en voyage. Je te laisse un peu d'argent, et, au lieu de le serrer tout bonnement dans ton tiroir, tu me dis des choses désagréables. Est-ce que tu aurais mieux aimé me laisser partir sans me dire adieu ?

— Oh ça ! non, par exemple, dit Geneviève, en appuyant sa joue contre celle de Max.

— Tiens, je mets les deux mille francs dans le petit coffre, fit Max, en insinuant d'une main moite et presque honteuse quatre chiffons de cinq cents francs sous le couvercle d'une modeste boîte en citronnier posée sur le marbre d'une commode en tuya, de fabrique parfaitement vulgaire.

Cette opération terminée, il prit son chapeau.

— Tu pars déjà ? demanda Geneviève, qui tenait entre les doigts la tige d'une fleur artificielle et paraissait occupée à la redresser. Ce « tu pars déjà ? » fut jeté d'une voix si étranglée que celui que la jeune fille appelait Max se retourna vivement de son côté pour surprendre, sur sa physionomie, quelque indice de l'état de son âme.

Il vit que Geneviève avait mis en travaillant deux épingles entre ses lèvres, et il pensa que cet obstacle avait suffi pour arrêter le son au passage.

— Oui, il est neuf heures sonnées ; demain matin nous prenons le train à onze heures cinquante, et nos malles ne sont pas faites. Allons, adieu, ma chérie. Il faut te distraire ; tu as des amies, il ne faut pas toujours rester seule comme un loup. Dès que nous nous arrêterons quelque part, je t'enverrai une dépêche.

— Ainsi, je ne te verrai plus... avant ton départ ?

— J'en ai bien peur, répliqua Max avec volubilité. Tu comprends : il nous reste tant de paquets à ficeler, tant de papiers à mettre en ordre. Allons, adieu ! Tends-moi tes bonnes joues, mon ange !

Geneviève se laissa embrasser par son amant, sans paraître songer à lui rendre les deux baisers sonores dont il la gratifia. Cette démonstration bruyante, mais fraternelle, qui semblait plutôt empruntée au cérémonial usité dans la gare d'un chemin de fer que née de l'attendrissement provoqué chez Roméo par l'idée de quitter Juliette, laissa la jeune fille froide et presque inerte.

Elle se contenta de serrer la main qu'on lui tendait, et l'œil de l'analyste le plus raffiné aurait renoncé à interpréter le rictus indéchiffrable qui plissa les coins de sa bouche, lorsqu'après avoir ouvert vivement la porte de l'unique chambre de Geneviève le jeune homme lui cria en gagnant l'escalier :

« Amuse-toi bien ! »

Il y a, dans l'instant qui suit une rupture, même forcée, même douloureuse, une sorte de triomphe presque voluptueux. Cette liberté reconquise renferme une somme d'inconnu qui vous effraie, mais qui vous tente. L'amour, au contraire de l'honneur, est une île escarpée d'où l'on peut difficilement sortir lorsqu'on est dedans. Arriver à quitter une femme, c'est trancher un nœud gordien. Dût-on s'y couper les doigts, c'est-à-dire s'y égratigner le cœur, on néglige la douleur pour jouir de la victoire.

A peine se vit-il sur l'étroit carré où donnait la chambre de « sa Geneviève », que Max, léger comme un goëland qui plonge, s'enfonça dans l'ombre du tire-bouchon à cinq étages qu'il avait si souvent monté par bonds de quatre marches, et qu'il redescendait maintenant en l'avalant d'une haleine.

— A-t-elle compris ? se disait-il tout en glissant le long de la rampe avec la rapidité d'une couleuvre; toute la question est là. Oui, elle a compris, mais il faut bien avouer qu'elle a mis à me retenir une médiocre insistance. Et moi qui m'imaginais être aimé pour tout de bon. Voilà, en tout cas, ce qui s'appelle avoir la séparation paisible et le désespoir silencieux. Nom d'un tonnerre ! quel joli sang-froid ! Après cela, il est possible qu'elle n'ait pas compris. Dam ! si cela était, je lui écrirais... je tâcherais de lui expliquer... Mais c'est inutile. Me dire : tu m'as prise sans condition, c'était me déclarer clairement que, le jour où il me plairait de me dégager...

Cependant, lorsqu'il passa devant la loge du concierge qui lui avait tant de fois porté des lettres de son amie, il se reprocha le chant de délivrance qu'il fredonnait complaisamment à lui-même.

— Monsieur Richard, dit-il par l'entrebâillement du vasistas, je pars pour quelques mois peut-être. Je vous donnerai mon itinéraire; s'il arrivait pendant mon absence quoi que ce soit de fâcheux à Geneviève, si elle tombait malade, si elle manquait d'argent, vous m'avertirez, n'est-ce pas ? Vous me trouverez toujours disposé à la secourir. Ne craignez donc pas d'être indiscret, dès qu'il s'agira d'elle.

— Je ferai ce que vous voudrez, monsieur Maximilien, répondit le concierge.

Max ouvrit tout à fait le vasistas et posa vingt francs sur la tablette intérieure, où les locataires plaçaient leurs bougeoirs. Il se sentait coupable, et il n'était pas fâché de se créer des demi-complicités dans l'entourage de celle qu'il abandonnait.

A peine était-il dehors, qu'il se vit engagé dans une foule compacte massée sur le trottoir bordant le numéro 73 de la rue Saint-Martin, à deux pas de la porte cochère qu'il venait de franchir et, comme il essayait de se faire place avec ses coudes, il entendit sortir d'une rumeur confuse ces cris plus distincts :

« Ecartez-vous donc, vous voyez bien qu'elle étouffe ! »

Le reflux qui se produisit alors dans le cercle des curieux permit à Max d'avancer la tête, et il vit, au milieu même de la chaussée, se dessiner une forme humaine sous les plis d'un drap tigré de larges taches rouges qui ressortaient sur la blancheur du linge.

— Quoi donc ? quoi donc ? fit le jeune homme se sentant subitement inondé de sueur.

— C'est une femme qui vient de se jeter par la fenêtre, dit une voix.

Max se courba sur cette masse immobile et enleva le suaire improvisé, frêle et dernière cloison derrière laquelle allait s'évanouir toute incertitude. La lumière d'un réverbère tombant presque à pic sur la chaussée, éclaira alors la tête de Geneviève, livide, sanglante et maculée de boue.

Max poussa un rugissement si déchirant d'horreur, de désespoir et de remords, que tout le monde comprit que ce cadavre était à lui.

Il passa le bras gauche sous la taille et le bras droit sous les jarrets de la jeune fille, comme il l'avait fait quelquefois quand ils allaient, au début de leur liaison, courir dans les champs, et qu'il pariait trois baisers à donner ou à recevoir qu'il la porterait ainsi pendant un demi-kilomètre. Cette fois, il la trouva si lourde, qu'après l'avoir soulevée de terre, il perdit l'équilibre et tomba avec la morte, dont le crâne rebondit avec un bruit lugubre sur l'angle du trottoir.

A peine Geneviève, suffisamment renseignée sur son sort, avait-elle entendu son amant poser un pied délibéré sur la première marche des cinq étages qui la rapprochaient du ciel, qu'elle avait ouvert la fenêtre et s'était précipitée.

Son corps gisant sur le pavé avait été immédiatement entouré, et deux femmes s'étaient empressées de couper les cordons de ses jupes et d'ouvrir son corsage, afin de faciliter la respiration au cas où la vie n'aurait pas abandonné totalement la suicidée. Une blanchisseuse qui reportait son linge (Paris est la ville du linge ; sur dix personnes, vous rencontrez une blanchisseuse qui en reporte) avait alors tiré de son panier un drap blanc qu'elle avait jeté sur la jeune fille, tant pour la signaler aux passants que pour la couvrir, car elle était à peu près nue.

Les doigts crispés de Max se perdaient dans les plis de ce linceul. Sa bouche écumait, les yeux lui sortaient de la tête.

— A l'aide ! à moi ! s'écria-t-il.

Deux ouvriers, après s'être consultés du regard, saisirent le corps chacun par une extrémité, et, à la voix de Max qui leur cria : Suivez-moi ! ils entrèrent sous la porte du n° 73. Max, précédant le convoi, remontait les escaliers, comme s'il voulait escalader la maison.

— Il aurait mieux valu la déposer chez un pharmacien, dit l'un des porteurs.

Mais Max avait hâte de revoir Geneviève dans sa chambre, de la placer sur son lit, de s'étendre à côté d'elle et d'y mourir.

— Monsieur ! monsieur ! dit une voix dans l'escalier, elle n'est pas tout à fait morte ! elle vient de porter la main à sa tête.

L'unique pensée de Max ut celle-ci :

« Elle est encore vivante ! j'aurai le temps de lui demander pardon ! »

Malgré des précautions surhumaines, les deux braves ouvriers qui avaient entrepris de remonter Geneviève chez elle, n'avaient pu opérer sans quelques secousses pour leur fardeau cette ascension délicate. Les soubresauts qui avaient marqué les stations de ce Calvaire avaient eu probablement pour effet d'abréger la syncope de la jeune fille; car lorsqu'elle réintégra par la porte son domicile, dont elle était si singulièrement sortie vingt minutes auparavant, ses yeux étaient fixes et atones, mais ils étaient ouverts.

Une nuée de commères suivaient les deux porteurs; toutes les bonnes d'alentour, toutes les pies du quartier jacassaient déjà dans la cage de l'escalier, transformée en volière.

Max posa la main, puis l'oreille sur le cœur de son amie.

— Elle n'est pas morte ! Vite un médecin, dit-il.

Le mot : un médecin ! un médecin ! fit la chaîne comme un seau d'eau dans un incendie, traversant les grappes féminines échelonnées jusqu'en bas. De sorte que la dernière arrivée qui, se trouvant à la fois la plus éloignée de la chambre et la plus voisine de la rue, fut chargée d'aller réveiller un docteur et de l'amener tout pantelant, ne savait pas au juste s'il s'agissait d'un homme étranglé par une arête, d'une attaque de choléra ou d'un enfant tombé dans le feu.

Etendue sur son lit et pâle comme le marbre de ces statues qui représentent dans l'éclat de la vie, sur le couvercle des vieux tombeaux, celles dont les restes, si on les tirait de leurs mausolées, tiendraient à l'aise dans une boîte de dominos, Geneviève ne semblait avoir conservé des fonctions du corps que le jeu des paupières. Ses lèvres entr'ouvertes ne s'agitaient même pas quand son ami, penché sur elle, lui passait fiévreusement sur les tempes, les joues et le front un mouchoir imbibé d'eau froide.

Cet engourdissement, résultat ordinaire d'un ébranlement général, inquiétait Max au delà de tout.

« Admettons qu'elle en réchappe, n'est-il pas probable qu'elle restera estropiée ? » se demandait-il, en épongeant avec autant de soin que de maladresse le mélange de sang et de boue coagulé à la racine des cheveux de la malade.

Il mourait d'envie de savoir au juste de quels sacrifices la beauté de son amie devait payer cette effroyable chute, mais il n'osait se permettre aucune constatation avant l'arrivée du médecin. Il examina seulement les dents, et, avec une extrême surprise, il acquit la certitude qu'elles étaient restées absolument intactes.

Enfin, comme il traversait la chambre pour aller renouveler pour la troisième fois l'eau du verre devenue toute rouge, il lui sembla que les yeux de la mourante évoluaient lentement dans leur orbite, comme pour le suivre du regard.

— Elle me voit ! Maintenant je suis sûr qu'elle me voit ! s'écria Max en revenant la couvrir de baisers. Ne ne me regarde pas avec ton air doux, chère âme, être céleste ; je suis un scélérat et un lâche. Tu m'avais bien deviné ! Oui, je te quittais pour en épouser une autre. Et quelle autre ! je ne voudrais seulement pas qu'elle soit ta bonne. Et au lieu de consommer proprement cette infamie, je m'en allais d'un air piteux, en laissant pour tout adieu deux misérables mille francs sur le coin de ta cheminée, comme à une fille, exactement comme à une fille.

— Pourquoi ne me les as-tu pas jetés à la tête, mon amour ? Il fallait me souffleter, me cracher à la figure ! Suis-je bête ! Hein ! vous autres, le suis-je ? continuat-il en s'adressant aux voisines qui remplissaient la chambre, et à qui le cadeau des deux mille francs paraissait une lâcheté d'autant plus excusable que toutes, ou à peu près, avaient été quittées maintes fois à meilleur marché.

— C'est vrai ! reprit le jeune homme qui se parlait surtout à lui-même et avait posé sa question sans s'attacher à une réponse, je découvre sur ma route un trésor, un trésor de beauté, de grâce, de tendresse, et au bout de six mois, sans motif, sans explication, presque sans regrets, oui, sans regrets, je quitte cette femme charmante, cette femme unique, je la quitte ! Mieux que cela, je l'assassine ! On disait bien que tous les assassins étaient des imbéciles. Car je suis un assassin. Mesdames, vous avez devant vous un assassin. Et si tu meurs, entends-tu, Geneviève, si j'ai le malheur que tu meures, j'irai moi-même me livrer à la justice ; je prouverai que je t'ai tuée, et si on refuse de me condamner, eh bien, je dirai n'importe quoi, que c'est moi qui t'ai jetée de mes propres mains par la fenêtre pour me débarrasser de toi. Et on me croira. C'est vrai, du reste.

Max, en proie à une exaltation tétanique, arpentait la chambre d'un angle à l'autre. Geneviève était toujours immobile et la bouche entr'ouverte ; mais il était évident que ses pupilles se dilataient et qu'elle discernait confusément la pantomime de son coupable ami.

Pour tous les assistants cependant, l'état de coma où persistait la jeune fille avait le caractère le plus inquiétant.

— Si on allait chercher un prêtre ? hasarda la blanchisseuse, qui avait prêté le drap et qui était montée pour le reprendre.

— Faites ça ! je vous le conseille, répliqua Max en s'arrêtant court et en lançant à l'interruptrice un coup d'œil exaspéré. Pour que cette enfant s'effraye et croie sa dernière heure arrivée ! Faites ça, et puis vous verrez. Les anges ne reçoivent pas l'absolution, ils la donnent. Mais puisque tu m'aimais à ce point, ma Geneviève, ma belle princesse, pourquoi étais-tu si réservée, si simple, si peu démonstrative ? Pourquoi ne copiais-tu pas les autres qui nous répètent tous les matins : « vivre sans toi ! mieux vaut la tombe ! » et qui vont dîner au Moulin-Rouge le jour de notre enterrement ?

A ce moment, Geneviève arrêta ses yeux avec une telle insistance sur Max que l'idée lui vint qu'elle voulait essayer de lui parler. Il approcha l'oreille des lèvres qui semblaient le solliciter, et c'est avec une joie ineffable qu'il entendit glisser sur la langue encore rigide de la sainte fille cette pauvre et innocente phrase que, la veille encore, il aurait trouvée si insignifiante et si peu française :

« Je t'aime joliment, va ! »

Les rumeurs du dehors se calmèrent tout à coup, et l'échelle de femmes s'aplati contre le mur pour livrer passage à un homme grassouillet, presque sans cheveux et tout à fait sans barbe, mais de qui on ne pouvait dire toutefois qu'il n'avait rien de saillant ; car il marchait précédé d'un nez énorme, qui lui tombait dans la bouche : c'était le docteur.

— Ah ! fit-il en entrant, c'est pour un suicide. Nous en avons un grand nombre en ce moment.

Après ce trait lancé d'un ton qui semblait dire c'est la saison, il enveloppa tout l'état-major qui se tenait au pied du lit d'un regard circulaire signifiant qu'il désirait rester seul avec sa cliente. Et le grappillon de curieuses qui s'était faufilé dans la chambre alla rejoindre la grappe principale qui stationnait dans l'escalier.

— Et vous, monsieur ? insista-t-il, voyant que Max ne bougeait pas.

— Moi, je reste ; je pourrai vous être utile. Madame est ma femme, appuya Max. Et, comme s'il craignait que le mot femme ne fût pas suffisamment concluant, il ajouta :

— Je suis son mari.

— De quel étage madame est-elle tombée ? demanda le médecin, qui s'était approché et avait pris la main de Geneviève pour consulter les battements du pouls.

— Du cinquième.

— Oui, oui, fit le petit vieillard, en secouant les poignets et en faisant jouer les articulations. Ce « oui, oui, » avait la prétention de répondre à Max : « Avec ma perspicacité ordinaire, j'avais diagnostiqué au premier examen que la malade était tombée du cinquième, mais je tenais à savoir si vous me diriez la vérité. »

Le docteur promena longtemps ses doigts sur les membres endoloris. De temps en temps, il les arrêtait à une jointure, puis, après un signe de tête approbatif, il reprenait son exploration.

Max, haletant, attendait le mot décisif.

— Ma foi, dit enfin le savant, comme un emprunteur qui revient bredouille, rien de brisé. Une légère enflure à la cheville, et c'est tout.

— Cependant, ces plaies-là, tout près de la tempe ?

— Ce sont des contusions avec déchirures simples des couches de la peau. D'ailleurs, les trous à la tête, c'est la santé. Il y a encore à craindre des lésions internes, mais nous ne pourrons guère être fixés à ce sujet avant deux ou trois jours ; cependant, je ne vois rien de particulier dans l'état de la malade ; l'œil est bon, le pouls est calme.

— Mais, docteur, balbutia Max, luttant pour ne pas serrer le vieillard sur son cœur, comment expliquez-vous qu'on puisse tomber d'une si prodigieuse hauteur sans ?...

— Après trois jours de pluies consécutives, comme c'est ici le cas, le pavé acquiert une élasticité extraordinaire, risqua le docteur, qui était décidé à trouver réponse à tout ; mais, peu curieux de développer sa théorie, il alla une dernière fois au lit de Geneviève :

— Nous entendez-vous ? lui demandat-il.

— Oui, répondit la malade avec un léger bégaiement.

— Vous pouvez donc parler ?

— Un peu.

— Avez-vous soif ?

— Oui.

— Avez-vous sommeil ?

— Oui.

Le docteur ordonnança une potion anti-spasmodique à prendre toutes les heures par cuillerée à café, annonça qu'il serait là le lendemain matin vers huit heures, et sortit chargé des bénédictions de Max, qui le reconduisit jusque sur l'escalier, et lui dit en lui serrant les mains de toutes ses forces :

— Jurez-moi que vous ne me cachez rien !

— Je vous donne ma parole d'honneur que la situation est telle que je vous l'ai annoncée. J'en suis aussi surpris que vous, mais si aucun accident ne se produit, votre dame sera debout dans huit jours.

— Oh ! que vous êtes bon, s'écria Max.

Cependant, lorsqu'il se vit seul avec sa maîtresse, toute sa confiance tomba.

— Il est superbe, le docteur, pensa-t-il, avec ses pavés élastiques qui vous garantissent d'un saut de cinquante-cinq pieds. Tant pis ! dit-il à Geneviève qui sortait peu-à peu de sa léthargie, puisque j'ai là mon père, je vais l'aller chercher. Avec un praticien comme lui, nous saurons au moins ce qui nous attend.

— Ton père ! me faire soigner par ton père ! Oh non, murmura Geneviève, je serais trop honteuse.

— Honteuse ? et pourquoi, pauvre ange ? Quand il saura quelle femme tu es, est-ce que tu t'imagines...

A ce moment, le concierge entra, tenant à la main une bande de percale effiloquée et tordue, comme si elle avait porté quelque temps un poids trop fort.

— Victoire ! monsieur Max, cria le père Richard, Mlle Geneviève en réchappera. En tombant, elle s'est accrochée par son jupon à la barre de la marquise dressée au-dessus de la boutique du parfumeur. J'apporte le morceau qui y était resté pendu.

— Voilà donc ce qui l'a sauvée ! fit Max, comprenant enfin tout son bonheur. Allons, Geneviève ! Allons, la jeune malade ! Il s'agit d'être promptement sur pied. Tu sais que nous nous marions dans trois semaines.

CHAPITRE DEUXIÈME

Comment celle qui mérite la fleur d'oranger n'est pas toujours celle qui la porte.

Si jamais vous vous trouvez assis, par exemple, dans un omnibus, non loin d'une jeune femme parée d'une certaine jeunesse et douée de quelque beauté, vous pouvez vous dérober aux fatigues de la route au moyen d'une distraction intéressante. Elle consiste à suivre simplement le jeu de celles qui, plus mûres ou moins réussies que votre compagne de voyage, essayent, à leur entrée dans la voiture, de se caser dans les conditions les plus favorables pour les deux ou trois kilomètres qu'elles ont à parcourir en compagnie d'un nombre aléatoire d'inconnus.

A peine la femme mûre a-t-elle gravi la première plaque du marche-pied qu'elle a deviné qu'une ennemie est là, la femme encore verte fût-elle allée s'enfouir dans l'ombre, à l'extrémité la plus septentrionale du véhicule. Le monologue qu'elle (la femme mûre) se débite à elle-même, est à peu près celui-ci :

« Oui, je te connais ! Tu voudrais bien que j'allasse choisir une place à côté de toi, afin de lever subitement ton voile et forcer ainsi ma quarantaine à servir de repoussoir à tes vingt-deux ans, aux yeux de MM. les voyageurs pour Belleville, le Trône, Passy, Auteuil ou le parc Monceaux. Mais tu ne sais pas à qui tu as à faire. »

Et, comme par hasard, après avoir, sans affectation aucune, sans préméditation et sans préférence, cherché une stalle inoccupée, oh ! mon Dieu ! n'importe laquelle ! elle se trouve établie à côté d'une grosse mère de soixante-cinq ans, coiffée d'un bonnet ruché, agrémentée d'un panier de légumes, et dont le complaisant voisinage lui enlève dix ans comme avec la main.

Tenez-vous à vous rendre un compte plus exact de cette vendetta latente, de cette guerre de trente ans poursuivie sans armistice entre les femmes d'âge et de minois différents ? Pénétrez, vous, homme, dans un groupe composé de personnes d'un sexe opposé au vôtre, et amenez insensiblement la conversation sur quelques absentes. Vous serez tout surpris de voir décerner, sans opposition, la pomme de la beauté à la plus édentée, à la plus chauve, à la plus chassieuse, et vous ne constaterez pas avec un moindre étonnement qu'une jeune fille ne peut avoir le nez droit, les cheveux soyeux, les yeux couleur saphir et les dents couleur perle, sans être accusée d'avoir tué son père.

Quelquefois le père est vivant, et l'insinuation perd toute valeur. On se venge alors de ce qui saute aux yeux en incriminant les mystères de la toilette.

« Quel malheur qu'elle soit si mal faite ! » est d'ordinaire la riposte qui atteint tout homme assez impertinent pour se permettre de rendre un hommage public à la beauté d'une femme.

Il est vrai que, s'il s'agit d'une malheureuse déshéritée, dont les désagréments physiques ont été irrémédiablement reconnus et condamnés par le suffrage universel, il n'y a qu'une voix parmi ses compagnes pour déclarer que cette sœur, cette véritable amie, incapable à l'égard d'une camarade d'une concurrence déloyale, a un corps superbe.

Dans ces incessants combats à armes discourtoises, les coups varient du reste selon les nécessités de la situation. Nous avons dans la panoplie des poignards de formes différentes et des coups de grâce spéciaux.

— Certainement on ne peut pas dire qu'elle soit laide, mais elle a la figure tellement insignifiante.

— Oui, mais elle a les yeux trop grands ; rien ne donne l'air bête comme des yeux trop grands.

Ou mieux :

— Ah ! vous la trouvez jolie ? C'est drôle, je n'ai pas encore pensé à la regarder.

Mais la formule la plus généralement usitée est celle-ci :

— Vous me direz tout ce que vous voudrez, je n'aime pas cette figure-là.

Ce cliché a d'ailleurs une contre partie.

— Je sais qu'elle n'est pas précisément une beauté ; mais cette tête-là me plaît énormément, dit-on volontiers de cette catégorie du sexe faible dont le sexe fort se détourne avec soin.

Eh bien ! ces fausses attaques, ces feintes, ces parades inventées par la corporation des femmes qui, au banquet de la vie, sentent approcher le dessert contre celles qui en sont au premier service, cette hostilité plus ou moins déclarée de visages jaunes contre les visages roses peuvent s'appeler de la sympathie, de la tendresse, de l'huile d'amandes douces et du baume tranquille, si on les compare à la haine que nourrissent les femmes déjà perdues contre celles qui ne le sont pas encore.

Ce n'est plus alors de l'inimitié ou de la rancune, c'est de la fureur, de la révolte, de l'insurrection. Le plus adorable bouquet que vous puissiez offrir à une de ces femmes qui ont su élargir le cercle de leurs connaissances, c'est la nouvelle que telle jeune personne qui passait pour être à cheval sur la vertu, s'est enfin décidée à tomber de cheval.

Bien qu'abritée par sa vie laborieuse et renfermée, Geneviève avait été jetée un soir dans les bras de Max par un de ces complots quotidiens qui ont fait éclore sous la plume d'un moraliste cette vérité si désespérante :

« Les femmes ont perdu plus de femmes que les hommes n'en ont aimé. »

— Mesdemoiselles, avait dit tout à coup aux ouvrières du magasin de fleurs de Mme Bachelard, rue Saint-Roch, n° 17, au premier, où elle terminait son apprentissage, la sémillante Clémentine, âgée alors de quinze ans et deux mois ; mesdemoiselles, est-ce que vous êtes comme moi ? Cette Geneviève, je ne peux pas la voir en peinture. Elle a beau cacher son âge, elle a au moins dix-sept ans. Eh bien! elle s'obstine à faire autrement que les camarades.

Faire autrement que les camarades signifiait se passer d'amant. De ce jour, il fut tacitement convenu rue Saint-Roch, 17, qu'au premier abîme qui se présenterait sous les pas de l'insupportable Geneviève, on réunirait, pour l'y pousser, toutes les forces de la maison, et qu'au besoin les jeunes élèves de Mme Bachelard en creuseraient un de leurs propres mains à l'intention de leur compagne.

A deux mois de là, comme Geneviève, qui se levait à six heures du matin, se couchait à huit heures du soir et logeait dans l'établissement même de Mme Bachelard, veuve relativement honnête, mais s'occupant trop de ses fleurs pour s'occuper de ses fleuristes; comme Geneviève, disons-nous, continuait à faire autrement que les camarades, un fiacre s'arrêta devant la maison.

On était en carnaval, les commandes abondaient, et, à neuf heures du soir, le personnel du magasin était encore au complet. Ce fut au milieu de ce décaméron que se présentèrent flegmatiquement trois jeunes gens, de tournure distinguée, qui poussaient devant eux, sans le moindre sentiment des convenances, une grande fille blonde, vêtue en mariée, robe de moire blanche, souliers de satin blanc, et dont la tête était empaquetée dans un voile blanc, qui lui descendait jusqu'à la chute des reins.

— Allons, Henri, explique-toi, puisque tu t'es constitué mon garçon d'honneur, dit d'une voix caverneuse cette étrange fiancée, en amenant par la main, devant le groupe des fleuristes, un des trois jeunes gens de sa suite.

Les jeunes filles se regardèrent stupéfaites. Non-seulement, elles ne s'étaient jamais trouvées en présence d'une mariée d'aussi haute stature, mais il n'y avait aucun doute que cette femme en blanc, si elle n'était pas ivre, avait tout au moins « un coup de soleil ».

— Mesdames, fit le porte-parole pour couper court à l'étonnement causé par cette apparition, nous vous amenons notre ami Maximilien qui va ce soir à un bal masqué. L'idée lui est venue de se déguiser en « Mariée du Mardi-Gras ». Il ne lui manque, comme vous voyez, que le bouquet de fleurs d'oranger et la couronne. On nous a indiqué votre maison. Si vous voulez bien lui fournir ce complément indispensable de toute union respectable, il ne reculera, comme on dit, devant aucune dépense.

Les ouvrières étouffèrent ou plutôt firent semblant d'étouffer un orage d'éclats de rire; mais Mme Bachelard, qui ne connaissait que son commerce, alla chercher dans une vitrine les deux objets demandés, et dit aussi sérieusement que l'incident le permettait:

— Baissez-vous, s'il vous plaît, que je vous passe la couronne.

Le chapeau de la mariée se trouva trop petit.

— Tu y as si peu de droits! ricana un des jeunes gens.

Cette insinuation eut le pouvoir de faire tordre de rire les demoiselles du magasin, comme si c'eût été là pour elles le dernier mot de l'inconvenance autorisée. Clémentine, surtout, indiquait par sa rougeur qu'elle ne revenait pas de tant d'audace.

— C'est trop petit, en effet, reprit consciencieusement Mme Bachelard. Geneviève, vous dressiez une couronne tout à l'heure, est-elle terminée?

— Oui, madame, dit une voix enfantine, qui paraissait n'appartenir à aucune des personnes présentes.

— Apportez-la, mon enfant. De cette façon, monsieur, vous l'aurez toute fraîche.

Max, dont le cerveau reprenait peu à peu son équilibre, vit alors se dégager de la lumière des deux lampes placées sur une sorte de comptoir en chêne au fond de la chambre, le masque d'une jeune fille qui se leva lentement. Elle était pâle, d'une pâleur non pas lymphatique, mais mate et laiteuse. Deux yeux noirs énormes, et si peu en rapport avec les dimensions de la tête que l'idée venait que quelqu'un avait poussé le coude au créateur pendant qu'il les dessinait, lui donnaient un air de sauvagerie que développait encore un tumulte de cheveux légèrement crépus, ou plutôt floconneux, et plantés en racine droite avec des rayonnements d'auréole.

— Celle-là ressemble à la Judith d'Allori, pensa Max.

Ce qui le confirma dans cette impression, c'est que, bien que couverte d'une petite robe de laine quadrillée noir et blanc, la jeune fleuriste semblait marcher enveloppée d'une draperie. Elle s'avançait d'un pas si grave, ses touffes d'oranger à la main, que Maximilien se sentit décidément ridicule.

— Tenez-vous un peu là, que je montre à monsieur comment on doit placer la couronne, dit Mme Bachelard à la jeune fille en tortillant autour de son lourd chignon la branche artificielle.

Elle se prêta de bonne grâce à ce rôle de tête à poupée, mais quand la première ouvrière vint lui prendre le bouquet des mains pour l'attacher en minaudant au corsage de Max, Geneviève glissa rapidement ces mots dans l'oreille de sa patronne:

— Pas ce bouquet-là, madame. Je l'ai composé aujourd'hui pour la fille de la mercière, qui se marie après-demain. J'ai peur que ça ne nous porte malheur à toutes les deux.

— Ah! c'est vrai, dit Clémentine, enchantée de confusionner un peu sa camarade devant des étrangers, Geneviève s'est toujours imaginé qu'elle finirait par un mariage. Va, ma pauvre enfant, ce bouquet-là ou un autre produira exactement le même effet.

Cette qualification de « ma pauvre enfant » appliquée à Geneviève par une apprentie de quinze ans et demi, établissait assez nettement quelles différences morales séparaient la plus jeune de l'aînée.

— C'est égal, appuya Geneviève, si monsieur aime autant un autre bouquet?

— Donnez-moi celui que vous voudrez, mademoiselle, répondit Max, et ne craignez rien pour la fille de la mercière, car, réflexion faite, je me priverai d'aller au bal cette nuit.

— Tu aurais bien tort, répliqua Henri, le garçon d'honneur, qui avait aidé Mme Bachelard à compléter la toilette de son ami. Ton voile et ta couronne te vont très bien; tu as l'air d'un Arabe.

Ce dernier mot parut émouvoir singulièrement Geneviève. Pour la première fois, elle leva avec intention ses grands yeux sur Max de plus en plus contrit, et le tint, plusieurs secondes, sous son regard étonné et curieux.

— Rentrons dans notre fiacre et allons nous coucher, dit-il à ses amis. Madame, j'emporte votre marchandise.

Il jeta un louis sur le comptoir, passa le bras droit dans la couronne, prit le bouquet de la main gauche, et se dirigea vers la porte en affectant de tituber vaguement.

Il voulait se faire une sortie pour couvrir sa gêne croissante.

— Honneur aux dames! dit Henri en obligeant Max à s'asseoir sur le devant de la voiture. C'est idiot ce que nous sommes allés faire chez ces fleuristes; mais elle est bien jolie tout de même, la petite essayeuse.

CHAPITRE TROISIÈME

Complots féminins, mais non politiques.

Maximilien Houzelot était le fils unique du docteur Houzelot, qui aurait à cette heure un grand nom comme physiologiste et aliéniste, si des événements improbables, en le lançant brutalement et presque à son insu dans la politique, n'avaient relégué immédiatement au second plan ses véritables titres à la reconnaissance de ses concitoyens.

Dès qu'un homme, si remarquable qu'il puisse être, quitte ses affaires particulières pour les affaires publiques, tous ses travaux et ses succès passés disparaissent sous la nouvelle enseigne dont il se pavoise. Eût-il découvert les sources du Nil, trouvé la navigation aérienne, inventé la lithotritie, du jour où on l'a présenté aux électeurs, il n'est plus ni un savant, ni un écrivain, ni un artiste : il n'est plus même un homme, il est un candidat.

A ce moment, le docteur Houzelot, qui ne rêvait aucune candidature, était un médecin très couru, très redouté de l'Académie de médecine, dont il faisait partie et à laquelle il posait souvent des questions embarrassantes. Aussi difficile à convaincre dans les discussions scientifiques que dans les discussions religieuses, il n'admettait guère que ce qu'il pouvait toucher du doigt.

— Tous les médecins sont des charlatans, disait-il ; il n'y a de sérieux que les dentistes. Vous souffrez d'une dent, Préterre ou Désirabode vous l'enlève, vous n'en souffrez plus. Voilà une cure irréfutable. Toutes les autres doivent être proclamées sous bénéfice d'inventaire, et encore méfiez-vous des personnes chargées d'inventorier.

Ses théories théologiques tournaient dans le raisonnement suivant : « Il y a sur la surface de notre globe terrestre environ cinq cents religions régnantes, sans compter les religions disparues. Mes études cosmographiques et astronomiques me permettent d'estimer que la plupart des planètes sont ou ont été habitées. Prenons pour le chiffre total de ces mondes celui de dix milliards, évidemment inférieur au chiffre réel. Supposons maintenant que chacune des planètes, presque toutes d'un volume très supérieur à celui de la terre, compte des sectes religieuses en nombre égal à celles qui fleurissent dans les cinq parties de notre hémisphère. C'est donc par des totaux inconnus à la langue arithmétique que s'additionnent les religions répandues dans l'univers créé. Avouons que pour être ainsi tombé sur la bonne, à l'exclusion de tant d'autres croyants, il me faudrait avoir bénéficié d'une chance exceptionnellement exceptionnelle. Si je me savais autant de bonheur au jeu, je passerais ma vie à Hombourg. »

Il avait ainsi commencé par le scepticisme auquel les hommes de science n'arrivent que graduellement, après avoir souvent perdu un temps précieux en recherches inutiles.

Une telle philosophie devait être, on le comprend, capitonnée d'une grande indulgence. Le mot « père », dans son sens autocratique, n'existait pas pour Maximilien, qui avait atteint ses vingt-deux ans sans avoir eu une explication à donner ou une observation à subir. Lorsqu'à la distribution des prix du collége Henri IV, dont il suivait les cours comme externe libre, Maximilien avait été proclamé honorablement, Houzelot, après lui avoir mis au retour cent francs en or dans la main, l'avait mené dîner au restaurant et finir la soirée au spectacle, pour le récompenser de son succès.

Lorsque Maximilien, soit au collége, soit au grand concours, avait fait ce qu'on est convenu d'appeler « chou blanc », Houzelot, après lui avoir mis cent francs en or dans la main, l'avait mené dîner au restaurant et finir la soirée au spectacle, pour le consoler de son échec.

Il y a peu de problèmes sociaux plus intéressants à résoudre que cette question de savoir s'il vaut mieux serrer les rênes aux enfants que de leur laisser la bride sur le cou. Quelquefois la sévérité paternelle irrite et décourage, mais quelquefois aussi elle trempe et fortifie.

En revanche, si l'extrême douceur, ou plutôt l'extrême soumission de ceux qui vous élèvent (car les parents qui ne commandent pas sont généralement commandés), laisse longtemps intacte votre sensibilité native, elle vous expose, une fois en selle, à vous faire démonter à la première ruade.

Le jour où Maximilien rapporta définitivement ses livres, son entrée dans la vie fut saluée par ce simple dialogue :

— Te sens-tu une vocation, mon vieux Max ?

— Moi, papa ? pas la moindre.

— Eh bien ! attends qu'il t'en vienne une.

A l'époque où commence ce récit, au mois de février 1865, il y avait déjà quatre ans que Max avait quitté le collége Henri IV, c'est-à-dire qu'il montrait aux premières représentations, aux assauts d'armes, aux courses, et généralement un peu partout, sa tête blonde, ses yeux bleus et sa taille élégante, sans montrer toutefois sa vocation, qu'il attendait toujours.

On a vu par l'aventure de la rue Saint-Roch qu'il l'attendait patiemment.

— Mesdemoiselles, dit la première ouvrière, après avoir mâché silencieusement son observation jusqu'où moment où Ge-

neviève était remontée dans sa chambre peu après le départ des jeunes gens, mesdemoiselles, avez-vous remarqué le coup d'œil de notre innocente au monsieur blond ?

— Tu penses, dit Clémentine, si j'en ai perdu une syllabe.

— Eh bien ! je déclare n'en avoir jamais surpris de mieux conditionné.

— Et le coup des paupières subitement baissées ? fit observer une veuve déjà faite, qui avait repris du service dans les fleurs.

— Elle se figure peut-être, reprit Clémentine, que ç'a l'avantage d'étaler ses grands cils noirs, qui sont longs comme des balais. Des cils trop longs, rien de plus horrible.

— C'est comme ses cheveux, appuya la veuve, je suis sûre qu'elle les crêpe tous les soirs avant de se coucher.

— Si on voulait seulement s'y mettre, reprit Mademoiselle la première, on arriverait à lui faire sauter le pas comme aux autres.

— Mieux qu'aux autres, reprit Clémentine. Jamais de ma vie, je n'oserais regarder quelqu'un comme elle a dévisagé ce monsieur habillé en femme.

— Tout ce que vous racontez là est bien inutile, dit la veuve, mettant à nu la pensée dominante de l'assemblée, puisque nous ne savons pas l'adresse de ce jeune homme.

— Bah ! et ça ? fit Clémentine en montrant le bulletin de fiacre que Max avait laissé tomber dans le magasin, et que l'aimable enfant avait subrepticement ramassé.

— Parfaitement ! répliqua la première, il a annoncé qu'il rentrait se coucher. Nous pouvons facilement retrouver le cocher qui nous indiquera où il l'a conduit, c'est enfantin.

— Ecoutez, s'écria Clémentine, je crois que j'en deviendrais folle ; laissez-moi organiser cette machine-là. Je veux qu'avant quinze jours Geneviève soit plus bas que terre.

— Quelle plaisanterie ! elle ne sort jamais, dit une ouvrière.

— Est-ce qu'elle ne va pas porter l'ouvrage comme vous toutes ? Moi non plus, je ne sortais jamais, conclut Clémentine, qui ajouta : Laissez-moi faire, puisque je réponds de tout.

— Elle est étonnante, dit la veuve ; elle a eu quinze ans tout à l'heure, et elle veut nous faire avaler qu'elle en sait plus que nous toutes à elle seule.

— Je ne parle pas par orgueil, répondit Clémentine, craignant de blesser la juste susceptibilité de ces demoiselles. Je voulais dire que j'étais mieux conseillée que d'autres.

— Conseillée ? et par qui donc ? fit la veuve.

— C'est mon affaire, s'il vous plaît.

Mais presque aussitôt Clémentine alla prendre par la main la première qui semblait posséder toute sa confiance, et la conduisant à la fenêtre, elle lui montra, à travers les carreaux, un homme long, sec et légèrement voûté, qui stationnait de l'autre côté de la rue, sur le trottoir, les yeux fixés sur les croisées du magasin.

— Tiens, dit tout bas Clémentine, celui qui fera réussir notre projet, c'est celui-là.

— Mais c'est un vieux ! exclama l'ouvrière avec cette rapidité d'inspection ,et cette sûreté de discernement qui distingue la Parisienne et auxquelles aucune teinture, aucune fausse dent, aucune patte d'oie ne résiste.

— C'est un bien brave monsieur, reprit l'apprentie. Voilà douze soirs de suite qu'il vient m'attendre à la sortie du magasin, pour me reconduire chez maman et me porter mon panier. Et si tu savais tout ce qu'il me raconte en route, et comme il est instruit. Je n'ai jamais vu un homme aussi instruit.

— Dame ! à son âge !

— Il m'a répété plus de vingt fois que, si je voulais, il se chargerait de mon sort.

— Et tu as voulu ?

— Pas encore; mais s'il accepte de se mettre avec nous contre Geneviève, oh ! ma foi, tant pis.

Le huitième jour qui suivit cette conversation significative, Geneviève, assise au fond du magasin, à sa place favorite, était occupée à garnir de coton des fils d'archal destinés à servir de tige à des bluets, ce qui, en terme de fleuriste, s'appelle tourner des sept, lorsque Clémentine, qui venait de rentrer, car elle était volontiers dehors, s'écria sans affectation aucune :

— Mesdemoiselles, une nouvelle. Je viens d'apercevoir au coin de la rue des Moulins la Mariée du Mardi-Gras qui lisait les affiches. Dieu ! qu'il est changé et qu'il a l'air triste ! On ne se figurerait jamais que c'est le même homme qui était si gai la semaine dernière.

— Ah ! il lit donc toujours les affiches, reprit la première demoiselle. Hier déjà, comme je regardais rue des Moineaux si Léotard jouait au cirque Napoléon, je me suis trouvée côte-à-côte avec notre jeune homme. Il était même assez pauvrement mis. Il est particulier qu'un garçon ait des camarades aussi distingués et se tienne si mal.

— C'est ce que j'ai pensé tout à l'heure, opina Clémentine ; en le voyant débraillé comme il l'était, j'ai pensé : pour n'avoir pas plus soin de lui, il faut que le malheureux ait un fond de chagrin.

Clémentine n'avait pas plus rencontré Max lisant les affiches rue des Moulins que la première demoiselle ne l'avait aperçu les lisant rue des Moineaux. Mais le mensonge, qui est souvent une nécessité pour la plupart des femmes et une fantaisie pour quelques unes, devient pour certaines autres un besoin aussi impérieux que le tabac pour certains hommes.

On arrive, dans les prisons, à tuer des détenus en les empêchant de fumer. On obtiendrait peut-être le même résultat à l'égard de toute une classe de femmes en les empêchant de mentir. Dès que le fait le plus insignifiant se produit dans leur existence ou simplement sous leurs yeux, leur première préoccupation est de se demander comment elles parviendront à le dénaturer.

J'ignore si, comme le prétend une ancienne tradition, la vérité a un accent qui ne trompe pas, mais le mensonge a certainement un accent qui trompe. L'art de falsifier les événements qui surgissent, ou d'inventer ceux qui ne surgissent pas, atteint quelquefois chez celles qui le cultivent un tel degré de perfection, que c'est le jour où elles consentiraient à dire es choses comme elles sont, qu'elles éprouveraient une gêne et un embarras capable de rendre leurs récits suspects.

Ce qui d'ordinaire déroute les hommes, c'est l'inutilité presque toujours incompréhensible des faux en conversation privée que leur débitent les femmes. Comme les habitués de salle d'armes qui tirent au mur pendant des années pour le jour où ils auront quelqu'un devant eux, il est probable qu'elles mentent dans le vide en prévision du moment à peu près inévitable où elles auront un front d'airain à opposer aux preuves les plus accablantes. Il est possible aussi qu'en multipliant les mensonges, elles espèrent que les gros pourront se dissimuler sous les petits et passer dans le tas avec eux.

Combien de maris, reprochant à leurs femmes de leur avoir raconté qu'elles revenaient du bain tandis qu'elles venaient en réalité de s'acheter une paire de bottines, ont reçu cette réponse qui les a rassurés, et qui aurait dû les bourreler d'inquiétude : « Ce que j'en ai dit, c'est parce que cela n'avait aucune importance. S'il s'agissait d'une chose sérieuse, est-ce que tu crois que je te cacherais la vérité ? »

Mme de Girardin a imprimé un jour cet aphorisme qui m'a frappé, parce que, bien qu'à peu près impossible à démontrer, il doit être cependant exact : « Il y a des femmes blondes qui ont des petits yeux gris-clair. Méfiez-vous-en... »

Clémentine, qui réalisait physiquement ce programme, avait pour principal souci de mettre à l'envers ce qui se présente naturellement à l'endroit.

Il n'y aurait eu rien d'étonnant à ce qu'elle eût annoncé sans aucune arrière-pensée à ses compagnes qu'elle venait de rencontrer Max, bien qu'elle n'en eût pas aperçu l'ombre, mais cette fois sa batterie était pointée sur un point parfaitement déterminé. Le coup, du reste, n'avait pas été perdu, car Geneviève releva la tête.

— Comment ! dit-elle, ce jeune homme qui est venu en femme acheter une couronne de mariée et qui avait le teint si rose ?

— Il était jaune comme un coing tout à l'heure, répondit l'apprentie.

— Il n'y a guère que l'amour qui puisse détériorer à ce point un joli garçon, fit la veuve.

— En ce cas, reprit Clémentine, votre joli garçon est terriblement amoureux ; car il est affreusement laid.

— Faut-il qu'il y ait des créatures méchantes pour faire souffrir quelqu'un qui ne leur a jamais causé de peine, objecta Geneviève, dans la candeur de son âme.

— Tu es bonne, toi, par exemple ! riposta Clémentine, est-ce que tu crois que nous avons été créées et mises au monde uniquement pour faire plaisir à ces messieurs ?

Geneviève s'aperçut que sa naïveté avait frisé l'inconvenance. Elle reprit discrètement son travail, bien résolue à ne plus hasarder aucune explication dans des questions qui lui étaient aussi étrangères.

Le lendemain matin, vers neuf heures, comme Maximilien attendait dans son lit à la fois sa vocation et son chocolat, il vit entrer un commissionnaire qui lui remit, sans autre renseignement, un papier mal écrit, mal plié et cacheté grossièrement. L'intérêt qu'inspire une lettre dépendant généralement de sa forme extérieure, c'est avec une indifférence absolue que le fils du docteur Houzelot déplia celle qu'on lui tendait et, sous l'émail d'un certain nombre de fautes d'orthographe, déchiffra l'avis suivant :

« Si M. Maximilien Houzelot veut re-
» voir la jeune fille de l'autre fois, qui
» lui a fait son bouquet de mariée, il n'a
» qu'à passer aujourd'hui, sur les trois
» heures, devant le numéro 18 de la rue
» Saint-Roch, mais de l'autre côté du
» trottoir, parce que le balcon du maga-
» sin avance et que, s'il passait dessous,
» on ne le verrait pas.

» Ça n'est pas tout : il faut que M. Hou-
» zelot prenne l'air malade; s'il a l'air
» trop bien portant, Geneviève croira qu'il
» se moque d'elle,

» UNE AMIE. »

— Quelle rédaction! se dit Max.

— Que faut-il dire à la personne? demanda le commissionnaire.

— Dites que c'est bien.

Il prit vingt sous sur sa table de nuit, les tendit à l'homme, et remit sa tête sur l'oreiller, en se disant, non sans quelque humiliation :

« C'est une histoire à la Paul de Kock. »

Il y avait néanmoins dans une aventure de ce genre une dose de singularité suffisante pour intriguer un jeune homme aussi embarrassé de son temps que l'était Max.

— Pourquoi diable la lettre exige-t-elle que j'aie l'air souffrant? On veut donc laisser croire à la petite essayeuse que je me sèche d'amour pour elle? Moi, je ne demande pas mieux que de jouer mon rôle d'homme qui sort du tombeau. D'ailleurs, j'étais un peu gris l'autre soir, et je n'ai pas beaucoup regardé la petite essayeuse; mais si je me rappelle, Henri m'a assuré qu'elle était exquise.

Maximilien habitait rue Louis-le-Grand deux pièces contiguës à l'appartement de son père, bien qu'elles en fussent séparées par un corridor assez large, avec une sortie particulière. La présence continuelle d'un grand garçon de vingt-deux ans dans des salons d'attente aussi fréquentés que ceux du docteur Houzelot eût gêné les différents sexes qui venaient y stationner.

Aussi, lorsqu'au coup de deux heures et demie, Max descendit par l'escalier spécial qui aboutissait à son petit logement, jeta-t-il avant de sortir un coup d'œil sommaire sur l'état de ses meubles et de ses tapisseries comme un homme qui, partant seul, entrevoyait la possibilité de revenir deux.

A trois heures moins cinq minutes, Clémentine, qui depuis le matin regardait alternativement Geneviève et la pendule, se dirigea vers la fenêtre ouverte, sur l'appui de laquelle elle se mit à pianoter machinalement.

— Tiens, s'écria-t-elle au bout d'un instant, il se passe quelque chose rue Saint-Honoré. Tout le monde court de ce côté-là. Oh! comme on court. Geneviève, vous autres, venez donc voir.

Toutes les ouvrières, y compris Geneviève, s'approchèrent de la croisée. La rue Saint-Roch, est, comme on sait, étroite, tortueuse, bordée de maisons déprimées, renflées ou crevassées qui donnent à la ligne de construction l'aspect d'une a-laise.

Geneviève s'avança jusqu'à la balustrade, et regarda dans la rue, qui était silencieuse et à peu près déserte.

— Mais, dit-elle, je ne vois personne.

— Je crois bien, fit observer Clémentine, la foule vient de tourner l'angle de l'église. Tiens! ajouta-t-elle, voilà une figure que je connais. Voyez donc, la veuve?

. La veuve, directement interpellée, se pencha à son tour et s'écria presque aussitôt, comme frappée d'une lumière subite :

— Attendez donc! J'y suis : c'est la mariée de l'autre jour, le jeune homme aux fleurs d'oranger.

— Parfaitement!. fit la première demoiselle. Mais c'est effrayant, ce garçon-là change à vue d'œil. Moi qui l'ai rencontré avant-hier, je ne l'aurais pas reconnu.

Max, se sentant regardé et ne sachant pas d'ailleurs au juste s'il ne s'agissait pas de quelque mystification, hésitait à franchir le Rubicon, c'est-à-dire à passer sous la fenêtre mentionnée dans la lettre anonyme du matin, et il allait peut-être retourner niaisement sur ses pas, lorsqu'en lançant du côté de la balustrade où s'appuyait tout le personnel du magasin un regard oblique, ses yeux rencontrèrent ceux de Geneviève.

En apercevant Max, à qui elle n'eût certainement fait aucune attention sans les indications si précises fournies par ses camarades, elle avait eu un mouvement instinctif pour se retirer dans la chambre hors de sa vue; mais le succès du complot était en trop bonne voie pour qu'on le laissât échapper. Les ouvrières se serrèrent donc autour d'elle avec une résolution si unanime, qu'après quelques efforts discrets pour briser ce réseau, Geneviève, craignant le ridicule d'une pruderie outrée, se décida à se tenir coi, bien qu'elle sentît ses paupières battre et ses yeux se voiler.

C'est à ce moment qu'ils rencontrèrent involontairement ceux de Max, qui, la voyant aussi exacte au rendez-vous, ne douta plus de sa connivence, ou tout au moins de sa bonne volonté.

Pour comble de disgrâce, la pauvre enfant, en se précipitant à la fenêtre où l'avait appelée Clémentine, avait planté dans ses cheveux, pour se laisser les mains libres, un magnifique coquelicot qu'elle était en train de terminer. Cette fleur rouge, tranchant à la fois sur le jais de ses cheveux et la matité de son teint, cette croisée où elle apparaissait entourée, comme de satellites, de cinq ou six frais visages, rappelèrent vaguement à Max ces tableaux où Goya a représenté des manolas jetant d'une avant-scène leurs bouquets au torero.

— Ce n'est plus la Judith d'Allori, c'est la Esméralda de Victor Hugo, se dit-il.

Il faut, du reste, rendre à sa vanité cette justice : il n'eut pas une minute le soupçon que la chaste ouvrière pût se trouver là par hasard, que ce coquelicot dont le carmin éclatait si fièrement dans les rayons de ses yeux noirs eût été également par hasard planté si heureusement près de la tempe droite. L'idée qu'un travail pressé avait seul ôté à la jeune fille le temps de ramener sur sa tête le monceau de cheveux qui pendait en torsade sur son épaule n'effleura même pas le cerveau du héros de l'aventure.

Max vit dans toute cette mise en scène une préméditation, dont il ne songea, du reste, ni à s'étonner ni à se plaindre.

— Allons, se dit-il, il paraît que, sous mon voile de tulle-illusion et mon diadème de fleurs d'oranger, j'ai produit quelque impression sur elle. J'étais pourtant ce soir-là passablement ivre, et j'avais l'air bien empêtré dans mon accoutrement.

Max, qui avait défilé devant le front du bataillon des fleuristes, revint sur ses pas afin de jouir une seconde fois de ce charmant spectacle. Il avait la bouche sèche et la gorge légèrement serrée d'un homme qui vient de recevoir une commotion électrique. Mais Geneviève était enfin parvenue à rompre le cercle où les conjurées la retenaient prisonnière et elle s'était vivement jetée au fond de la chambre, derrière le comptoir de chêne qui protégeait sa rougeur et son embarras.

Max eut une déception en voyant la place de Geneviève occupée par un autre, mais il se consola avec cette réflexion :

« Se montrer à sa croisée est peut-être une preuve d'amour. Y rester eût été de l'effronterie ».

Pour une première fois, se disait-il, ça ne pouvait guère aller mieux. Une chose le tourmentait toutefois : il avait complétement oublié d'avoir l'air souffrant.

Hélas! cette précaution eût été doublement inutile. D'une part, c'est à peine si, dans son émotion, la candide ouvrière avait entrevu les traits de Max; d'autre part, ses camarades d'atelier se récrièrent avec tant d'insistance sur les symptômes morbides dont témoignaient la face livide et les yeux abattus du malheureux jeune homme, que son état maladif ne fit pas question pour Geneviève.

— Il n'en a pas pour deux mois, avait dit Clémentine.

Trois heures sonnaient à tous les beffrois quand Max, qui, cette fois, s'était mis en frais de pâleur et de taciturnité, passa, le lendemain, sur le trottoir qui lui avait été si hospitalier la veille. Cette fois, en revanche, plus d'œillades, plus de cheveux dénoués, plus de coquelicot. Toute la légion était sur le qui-vive, toute la troupe était à son poste, sauf Geneviève, qui n'avait pas quitté son travail.

— C'est trop fort! voilà encore le jeune homme! s'écria la veuve.

— Oh! le pauvre garçon, il fait mal à voir, il peut à peine se traîner, répondit Clémentine, prompte à donner la réplique.

— Arrive donc, Geneviève, fit la première demoiselle, déchirant tous les voiles, tu sais bien qu'il vient tous les jours sous nos fenêtres uniquement pour te contempler.

— Vous pouvez vous moquer de moi à votre aise, dit Geneviève; comme je ne sais pas manier la plaisanterie, je ne répondrai jamais aux vôtres.

— Un charmant garçon, qui sèche sur pied en ton honneur, tu appelles cela des plaisanteries!

— Voyons, Clémentine, fit Geneviève suppliante, ne parle pas si haut, je t'en prie; nous sommes au premier, ce monsieur n'aurait qu'à t'entendre.

— Comment veux-tu qu'il m'entende? Tu n'étais pas là, alors il est parti, dit Clémentine, qui, tout en discutant, avait tiré un crayon de sa poche et griffonné cinq ou six mots sur une facture.

Puis, comme pour vérifier de ses yeux son assertion, elle se pencha sur l'appui de la fenêtre et laissa tomber le papier roulé en boule aux pieds de Max, occupé depuis cinq minutes à passer et repasser devant cet impassible n° 17 qui commençait à compter dans sa vie.

Il ramassa le crayonnage. La rédaction en était courte, mais pratique :

« Ne vous montrez pas demain. Après demain, soyez malade pour tout le monde et restez couché. »

— Il y a là-haut quelqu'un qui travaille pour moi, pensa Max ; soit, je serai malade et je resterai couché.

Le lendemain, en effet, c'est en vain qu'à l'heure ordinaire les conjurées se rendirent à leur observatoire dans le but apparent de voir le jeune homme mettre en action cette strophe d'*Emaux et Camées* :

Enfant aux airs d'impératrice,
Colombe aux regards de faucon,
Tu me hais; mais c'est mon caprice
De me planter sous ton balcon.

L'après-midi tout entière se passa dans une attente inutile.

— Décidément, tu l'as découragé, dit Clémentine en reprenant possession de sa chaise. Du reste, il avait l'air navré, hier, quand il regardait notre fenêtre pour la dernière fois.

— Pour une demoiselle qui ne comprend pas qu'on rende les gens malheureux, il me semble que vous n'y allez pas de main-morte, dit sournoisement la veuve à Geneviève.

Harcelée de toutes parts, Geneviève faisait bonne contenance. Mais tout en tenant un large compte de la part d'ironie qu'elle surprenait dans les réflexions de ses camarades, il était certain que non-seulement le monsieur à la couronne de fleurs d'oranger était venu trois jours de suite soupirer sous la fenêtre, mais qu'il était souffrant et peut-être gravement atteint.

Il n'était pas moins évident que, si ces soupirs s'adressaient à quelqu'un, c'était à elle, attendu que, telles qu'elle les connaissait, les ouvrières du magasin n'étaient guère capables de lâcher une proie et de passer à son actif des soupirs adressés à quelque autre.

La persévérance, qui énerve et endort les femmes dont c'est le métier de se faire prendre d'assaut, a toujours eu et aura toujours sur les femmes honnêtes une action lente, mais décisive. Toutes les extravagances de la passion, tous les duels imaginables ne vaudront pas auprès d'une nature sincère un regard tendre, offert modestement tous les jours pendant six mois. Geneviève, qui au moment où trois heures avaient sonné, ne s'était pas plus levée de sa place que la veille, ne put cependant se retenir de penser :

— Puisqu'il est encore venu hier, pourquoi ne vient-il pas aujourd'hui?

Le jour suivant, personne. Geneviève se serait volontiers livrée aux allusions parfois inconvenantes de ses bonnes amies pour obtenir d'elles, sur cet abandon, une explication plausible. Mais par une fatalité, ayant d'ailleurs tous les caractères d'un parti-pris, pas une bouche ne s'ouvrit de la journée pour commenter ou seulement rappeler les incidents qui précèdent.

La nuit commençait à venir et l'espoir à s'en aller, lorsque Clémentine, partie depuis midi pour aller soigner sa mère malade (1), fit irruption dans le magasin, en jetant sur l'établi une paire de gants couleur chair rosée. Elle était sortie en bonnet de linge et en robe de stoff gris foncé. Elle rentrait dans une tunique en taffetas vert réséda, bordée de l'est à l'ouest, du sud au nord, et du nord-nord-

est au sud-sud-ouest, d'une guipure frangée de même couleur, protégeant une jupe ou plutôt deux jupes superposées dont la première semblait par ses bouillonnés, ses plis, ses volants et ses ruches, inviter à la modestie la seconde qui s'arrêtait, sans autre agrément qu'un fort dentelage, à la cheville de sa propriétaire. Un chapeau imperceptible en satin marron, surmonté d'une ombrelle non moins imperceptible et non moins marron, terminait, par en haut, la blonde Clémentine.

— Si ce sont là les toilettes que tu mets pour aller faire de la tisane à ta mère, elle doit être bien mal soignée, dit la première demoiselle.

— Ma chère, répondit l'apprentie avec le bredouillement nerveux d'une femme qui ne se tient pas de joie de se voir ainsi ornementée et en appuyant sur le chêne ciré du parquet des bottines neuves qui semblaient être à musique tant elles jetaient de cris inarticulés; ma chère, quand on n'a rien à dire, on ferait mieux de se taire, et d'écouter les gens qui vous apportent des nouvelles intéressantes.

— Quoi donc? s'écria d'une seule voix le groupe des fleuristes éblouies du changement à vue opéré chez leur amie et comprenant instinctivement qu'une « jeunesse » devait avoir passé par de rudes épreuves pour arriver à se trouver subitement si bien mise.

— D'abord, laissez-moi vous dire que Geneviève a eu bien raison d'annoncer à « son » jeune homme qu'il se repentirait d'avoir joué avec une chose sainte comme un bouquet de mariée. Il s'est alité avant-hier soir, et il est probablement mort à l'heure où je vous parle.

— Ah ! quelle horreur ! fit Geneviève.

— Mort? Qu'en sais-tu ? D'où le connais-tu ? dit la première demoiselle jouant l'étonnement.

— La preuve que j'en sais quelque chose, c'est qu'il se nomme Maximilien, et qu'il est le fils unique du docteur Houzelot, riche à cinquante mille francs de rente, et qu'il demeure 22, rue Louis-le-Grand. Est-ce clair ?

— Mais d'où tiens-tu tous ces détails?

— C'est Ludovic qui me les a donnés, répliqua avec abandon l'aimable messagère. Il paraît qu'il connaît beaucoup la famille.

— Qui ça, Ludovic ? demanda la veuve.

— Ludovic Carbonnel. Tu sais bien, ce monsieur de l'autre soir, répondit Clémentine, en s'adressant à la première demoiselle, qui avait, comme on sait, toute sa confiance.

— Alors, dit la première, en la prenant à part, c’est réellement ton vieux reconduiseur qui a tout mené?

— Je n’ai fait que suivre exactement ses conseils. En voilà un qui est fort! Avant la fin de la semaine, Geneviève sera comme les autres.

— Il te l’a promis?

— Parbleu! sans ça...

— En effet, il faut que tu aies du courage.

— Eh bien, non, je t’assure; il n’est pas exigeant. Nous avons été choisir tout ça ensemble, fit Clémentine en pirouettant sur ses pointes, afin de déployer toute son envergure.

— Mais, objecta la première, après un instant de recueillement, as-tu réfléchi que nous jouons là un jeu dangereux? Ce jeune homme est riche, beau garçon, ma foi! Sais-tu que, quand Geneviève aura sur le dos seulement pour soixante-dix francs d’effets, elle sera inouïe, le monstre! S’ils arrivaient à s’aimer sérieusement, c’est peut-être nous qui serions les dindes.

— Laisse donc; le jour où les choses prendraient une tournure grave, à nous deux, nous arriverions bien à lui enlever son Maximilien, que diable!

— Eh! ma chère! on ne sait pas, ces filles honnêtes sont si coquines! —

— D’ailleurs, tant pis! je ne peux pas la voir plus longtemps comme ça. Je ne le peux pas, je ne le peux pas.

Geneviève, muette comme une solive s’était remise à travailler dans son coin. Elle était, comme on dit vulgairement « aux champs ». Elle se reprochait d’avoir porté malheur à ce jeune homme. Elle se le figurait agonisant, froid, la tête enfouie dans les boursouflures de l’oreiller; et, par une bizarrerie d’imagination, elle le revoyait constamment sous ce grand voile de tulle qui lui tombait sur les yeux. Ce visage d’homme encadré de blanc évoquait dans son cerveau des images singulières et des souvenirs confus.

— J’étais pourtant bien sûre, le soir où il est entré ici, de n’avoir rencontré ce monsieur nulle part, puisque je ne vois personne, se répétait-elle mentalement. Eh bien! quand il s’est retourné de mon côté dans son costume de mariée, il m’a passé comme un nuage sur les yeux, et j’aurais juré que je le reconnaissais. C’est tellement insensé que je me demande si je ne deviens pas folle.

Elle était si profondément enfoncée dans sa rêverie, qu’elle ne s’apercevait pas que tout le magasin avait les yeux braqués sur elle et que chacune de ses pensées était saisie au vol.

— Mesdemoiselles, dit tout à coup la première, nous avons là trois douzaines de fuchsias à porter chez Andrée, la modiste du boulevard des Capucines. Quelle est celle qui veut se charger de la commission? Voyons, Clémentine, Francine, Julie, la veuve? Vous ne voulez pas?..... Geneviève, dévouez-vous, ma chérie, voilà la troisième fois que Mme Andrée me fait demander ses fuchsias.

L’ouvrière si doucement sollicitée se leva sans objection, disposa la commande dans une boîte longue, dont elle consolida le couvercle au moyen d’une courroie, saisit le tout d’une main légère, et sortit d’un pas distrait et presque somnambulique.

Il est inutile de faire remarquer que Geneviève avait été envoyée boulevard des Capucines, uniquement parce qu’il lui fallait longer la rue Louis-le-Grand pour s’y rendre. En effet, ce fut elle, cette fois, qui, en passant sous les fenêtres de l’appartement du docteur Houzelot, leva machinalement les yeux dans l’espérance de reconnaître, à l’un des balcons, Maximilien debout et bien portant.

Mais il faisait froid, il faisait presque nuit: tout était clos et calfeutré.

Alors vint à la pauvre empiégée l’idée qui devait nécessairement lui venir. Elle s’interrogea pour savoir s’il y aurait pour elle déshonneur absolu à aller demander au concierge de la maison des nouvelles de son locataire malade.

Bien que sa conscience lui certifiât qu’elle était dans son droit, c’est en proie à une émotion extraordinaire, qu’elle tira la sonnette de la porte cochère, et, dans un trouble allant jusqu’à l’évanouissement, qu’elle s’adressa l’instant d’après à une grosse maman qui, courbée sur un fourneau à l’entrée de sa loge, faisait sauter des pommes de terre dans un poêlon.

— Monsieur Houzelot? hasarda-t-elle.

— Le père ou le fils?

— Monsieur Houzelot fils.

— Il est chez lui; c’est au troisième. Prenez celle des deux escaliers qui vous plaira, les appartements communiquent.

— Madame, je n’ai rien à dire à M. Houzelot. C’est une personne... de sa famille qui m’a chargée d’aller demander s’il va mieux.

— Pas trop mieux. Il n’est pas sorti, il est resté couché. Mais si vous voulez me dire le nom de la personne, j’ai justement une lettre à monter au père.

— Le nom de la personne... C’est inutile. Merci, madame, merci! balbutia Geneviève, en opérant une retraite qui ressemblait à une fuite.

A peine dans la rue, elle se mit à courir.

Un quart d’heure après, Maximilien, qui avait joué consciencieusement son rôle d’alité, savait qu’un tendron (la concierge appelait encore les jeunes filles des tendrons) était venu s’informer de la santé de M. Houzelot fils, de la part d’une personne qu’on avait refusé de nommer.

— Teint pâle, grands yeux noirs, cheveux bouffants?

— Tout ce qu’il y a de plus bouffants.

— C’est elle, pensa Max. Félix, dit-il au plus jeune des deux domestiques de son père, demain, du lever au coucher du soleil, ne quittez pas les alentours de la maison, je vous en prie, et si vous voyez la jeune fille aux yeux noirs qui règne sur mon âme venir demander de mes nouvelles, arrangez-vous pour lui répondre, et lui en donner d’exécrables. Insinuez que, depuis près de quinze jours, je suis insensiblement tombé en langueur, que je ne bois plus, que je ne mange plus, que j’ai toutes les nuits une fièvre de cheval. Dites surtout que je suis changé au point que mes plus intimes amis hésitent à me reconnaître. Enfin, invitez-la à monter afin qu’elle puisse constater *de visu* l’état de somnolence et d’atonie qui effraie tant ma famille. En un mot, amenez-la ici: le reste me regarde.

Il est à croire que Félix fut assez persuasif pour faire passer dans l’âme de Geneviève l’inquiétude dont il semblait dévoré. Il est à supposer également que Mme Andrée avait commandé plusieurs autres douzaines de fuchsias, car le lendemain, vers une heure de l’après-midi, la porte de la chambre à coucher de Maximilien s’ouvrit avec une précaution quasi-paternelle, et Geneviève, conduite par le fidèle serviteur, entra sur la pointe du pied, et vint, tremblante et retenant son souffle, s’assurer que le jeune homme si brillant de jeunesse et d’insouciance moins d’un mois auparavant, avait maintenant à peine quelques jours à vivre.

— Dieu! comme il a les joues creuses et la figure décomposée! dit-elle tout bas en montrant à Félix presque attendri Maximilien immobile, et dont la tête ressortait en blanc dans l’ombre des rideaux à demi-fermés.

Pensée attristante, car il ne s’y mêlait pas le moindre éclair de vanité, elle n’était pas sans quelque crainte d’avoir contribué à aggraver l’état lamentable de ce jeune homme, fils unique d’un père qui sans doute l’adorait.

— Quel mal aurai-je fait en attendant l’heure où il passait pour me mettre à la fenêtre? se demandait-elle à elle-même. Oh! si j’étais sûre que je suis pour quelque chose dans un pareil malheur, je ne me le pardonnerais de ma vie.

Perdue dans la contemplation de ce qu'elle aurait facilement appelé son crime, elle ne vit pas Félix qui sortait en fermant la porte. En revanche, elle s'aperçut que le malade ouvrait les yeux et qu'il les attachait sur elle avec persistance.

Ce retour à la vie, si bien fait pour l'effrayer, la remplit de la joie la plus pure. Elle s'approcha, jusqu'à le toucher, du chevet du lit, et dit à Maximilien en lui parlant comme à un enfant :

— Est-ce que vous vous trouvez mieux ?

— Moi ? fit le jeune homme, avec la voix dolente d'un homme qui sort d'un rêve, depuis que vous êtes entrée ici, il me semble que je renais.

CHAPITRE QUATRIÈME

**Perle avant de tomber et « Perle »
après la chute**

Nos législateurs, avec leur outrecuidance ordinaire, ont écrit en tête des sept codes qui nous régissent :

« Tous les Français sont égaux devant la loi. »

Ce qui équivaut à peu près à soutenir que tous les Français ont cent mille livres de rente.

Le père de six enfants, condamné à trois mois de prison pour le vol d'un foulard, et obligé de laisser pendant ce trimestre sa famille sur le pavé en proie à toutes les douceurs de l'inanition, est aussi peu que possible l'égal du célibataire condamné aux mêmes trois mois de prison, pour le même vol d'un foulard, et à qui ce temps d'oisiveté forcée procure quelquefois un repos d'autant plus salutaire qu'il est exempt de toute inquiétude.

Tout ici-bas est relatif, mais il n'y a rien d'aussi relatif que la justice.

Un ancien détenu politique nous racontait qu'enfermé presque une année durant dans le salpêtre d'une casemate, avec huit autres condamnés comme lui, il partageait en outre cette habitation avec une telle quantité de rats, qu'on les repêchait tous les matins par dizaines dans les bidons d'eau destinés à la boisson, où ils venaient la nuit se désaltérer imprudemment.

Or, tandis que la moitié d'entre ses compagnons, et lui-même, étaient pris de nausées affreuses devant les cadavres de ces étranges noyés, et se résignaient à une soif perpétuelle plutôt que de tremper leurs lèvres dans cette eau contaminée, l'autre moitié se ruait sur le gibier en question, le dépéçait, le mettait à la casserole et s'en faisait des balthasars auxquels les prisonniers des casemates, moins favorisés, venaient prendre une part joyeuse ; trop heureux de pouvoir ajouter cette « surprise » à l'ordinaire de la maison.

Ainsi, ce qui pour les uns était un supplice et un objet de dégoût, devenait pour les autres un supplément de vivres et même un régal. Voilà comment les Français sont égaux devant la loi.

Mais à côté de cette égalité factice, il en est une autre effective, indiscutable, effrayante, bien qu'elle ne soit inscrite nulle part, c'est l'égalité devant l'amour.

La société peut accepter des aristocraties, le cœur n'en connaît aucune. Telle femme, après avoir été molestée, trompée ou battue par un chaudronnier, voit, sans se laisser attendrir, un prince se rouler à ses pieds. Tel charmant cavalier, riche de toutes les élégances et de toutes les séductions, se fait trappiste en apprenant tout à coup que celle à qui il sacrifiait sa vie et sa fortune le trompait depuis six mois avec un courtier d'annonces.

La femme, devenue légitime, d'un jeune ingénieur du plus grand avenir qui avait tenu à honneur de réhabiliter sa maîtresse en l'épousant, désertait deux fois par mois le toit conjugal et sautait dans un wagon pour aller passer quarante-huit heures dans les bras d'un acteur obscur, âgé, chauve, ivrogne et qui jouait les ganaches au théâtre de Perpignan.

En revanche, Horace Nelson, cet amiral des amiraux, ce héros si longtemps sans tache, qui prit Napoléon dans toute sa gloire pour le battre quand Wellington dut attendre, pour avoir raison du vaincu de Trafalgar, qu'il eût été déjà entamé par la défaite ; Nelson fit plus que de se déshonorer, il s'ensanglanta pour Emma Harte, une ancienne servante qu'il savait avoir couru tous les tripots et dormi dans tous les bouges.

Les quatre cinquièmes de celles que le Jockey-Club couvre de fleurs à un louis la pièce, et pour lesquelles les bureaux de location sont encombrés les jours de première, ont dédié la fleur de leur adolescence, la primeur de leurs émotions, l'épanouissement de leurs âmes à quelques-uns de ceux qui ouvrent aujourd'hui les portières de leurs voitures. C'est à ces mains-là qu'elles ont pour la première fois abandonné, tout agitées et tout émues, leurs mains timides, aujourd'hui gantées de chevreau et étoilées de diamants.

Et ne vous imaginez pas que ces choix bizarres leur aient été imposés contre leur gré par les fatalités de la vie. Ces amants qui les ont avant vous respirées sur leurs tiges, elles les ont acceptés, appelés souvent, en toute liberté. Actuellement elles les taisent, elles les dissimulent, elles les nient, mais combien les regrettent! Si vous saviez au juste, ô fils de famille, à qui vous succédez dans ces cœurs-là, quels concurrents vous y disputent encore la place et en quelle compagnie vous êtes exposé à vous y trouver, avec quelle humilité vous rentreriez en vous-mêmes, et comme vous vous diriez avec modestie en voyant entrer votre frotteur :

« Celle qui me ruine et pour laquelle je trotte toute la journée comme un caniche, peut-être cet homme qui tient un morceau de cire à la main l'a-t-il possédée avant moi ? Et sans doute il l'a eue sage, aimante et douce, sans compter qu'il l'a eue gratis, tandis que je l'ai prise salie, acariâtre, glacée, et qu'elle me coûte les yeux de la tête. Je n'ai certes pas besoin de me reporter aux immortels principes de 89 pour le proclamer mon supérieur, car rien ne me prouve qu'il s'accommoderait de mes restes, et moi je me contente probablement des siens. »

N'insultez jamais une femme qui tombe, pour les raisons si magnifiquement développées par le poëte, et aussi parce que rien ne vous assure que vous n'êtes pas destiné à la ramasser un jour. La chute d'une créature immaculée intéresse ceux qui y assistent, presque autant que celui qui la provoque. En Geneviève, trop innocente pour s'être fortifiée contre le danger, trop faible pour briser le réseau de jalousies coalisées contre elle, ce n'était pas une femme qui succombait, c'était la femme.

Quand, après avoir attendu la nuit tombante pour rentrer au magasin, elle y reparut vers les cinq heures du soir, les inspiratrices du complot jaugèrent la situation d'un coup d'œil.

Clémentine sentit sa poitrine se dilater, et tout l'escadron des grandes initiées fit à la néophite le plus significatif des accueils.

— Mange, ma chérie, dit la veuve en plaçant devant elle une assiette de biscuits et en lui versant un verre de Bordeaux ; tu es partie depuis midi, tu dois avoir une faim atroce.

Toutes les autres ouvrières, la première en tête, vinrent une à une déposer un baiser profondément Lamourette sur le front de Geneviève, qui reçut dans le silence de l'anéantissement ce bouillon de la mariée.

— Enfin ! ne put s'empêcher de s'écrier Clémentine quand le défilé fut terminé, ce n'est pas malheureux!

Quarante-huit heures ne s'étaient pas

deux fois écoulées, que l'ingénieuse apprentie, convaincue que Geneviève avait ce qu'on appelle le « pied dans l'étrier », lui proposait plusieurs parties qui, pour être fines, n'en étaient pas moins grossières. Mais Geneviève, subitement éclairée sur le milieu dans lequel elle avait vécu plus d'un an inconsciente comme une madone, eut rapidement pris son parti.

L'art, à qui on demande si souvent où il se niche, avait fini par se nicher dans les doigts délicats de la laborieuse ouvrière. A force de copier les modèles qu'on lui présentait, elle était arrivée à en créer plusieurs qu'on donnait à copier aux autres. Tous les jours, elle inventait quelque fleur inédite ou quelque agrémentation nouvelle dont le succès au dehors se traduisait par les commandes plus ou moins volumineuses adressées à la maison Bachelard. C'est à l'imagination de Geneviève que les modistes doivent ces feuilles de velours saupoudrées de limaille d'acier qui, maintenant reviennent périodiquement sur les chapeaux d'hiver. C'est elle qui eut l'idée économique d'associer aux fleurs en étoffe certaines herbes nouvelles qui, au moyen d'un trempage spécial, se conservent aussi longtemps que le reste du bouquet.

Son cerveau était donc désormais destiné à travailler plus que ses mains, et le brouhaha du magasin n'était guère de nature à développer ses facultés créatrices. Elle fit en conséquence comprendre à sa patronne que l'intérêt de tout le monde voulait qu'elle élût domicile hors du territoire de la rue Saint-Roch. Seule dans une chambre, au cinquième étage, s'il le fallait; mais en tête-à-tête avec elle-même, ou avec des livres de botanique dont elle exécuterait les planches, elle arriverait sans aucun doute à des résultats dont Mme Bachelard serait la première à bénéficier.

Celle-ci se rendit, quoique avec peine.

— Que deviendra la maison quand vous serez partie? disait-elle. Il n'y a que vous qui fassiez quelque chose; toutes les autres sont là pour la montre.

Celles qui « étaient là pour la montre » furent assez désappointées en apprenant que leur nouvelle élève les quittait ainsi pour se mettre dans « ses meubles » avant d'avoir tiré de leurs leçons toutes les conséquences qu'elles rêvaient; Clémentine, notamment, maugréait de voir Geneviève lui échapper.

Elle se consola cependant en songeant que le plus fort était fait ; que, d'ailleurs cette Geneviève était insupportablement jolie, bien qu'elle cachât son âge, qu'elle eût les cils trop longs; et qu'elle se nattât tous les soirs les cheveux avec des cordes, afin de les rendre bouffants. Qu'enfin son Maximilien se lasserait bientôt d'une femme qu'on lui avait pour ainsi dire servie toute rôtie dans sa chambre, et que la maison Bachelard avait quelque chance de voir prochainement son ancienne pensionnaire venir raconter, l'oreille basse et les yeux gros comme des œufs de pigeon, que son séducteur avait redemandé ses pantoufles, ce qui est le comble de la séparation de corps.

Un jour enfin Mme Bachelard vint annoncer à ces demoiselles assemblées en réunion privée, que Geneviève, quoique toujours attachée au magasin, n'y couchait plus depuis la veille et qu'elle logeait à cette heure rue Saint-Martin, n° 73.

Nouvelle qui fut reçue avec ces simples paroles proférées par la veuve :

« Il n'y a rien à espérer de cette fille-là ; elle n'est pas du bâtiment. »

Elle n'était pas du « bâtiment », en effet, car pendant six mois elle vécut de ses modèles entre les quatre murs d'une chambre de six pas de long sur cinq de large, tapissée de papier à fleurs jaunes sur fond bleu qu'il eût été téméraire de coter au-delà de huit sous le rouleau. Son mobilier, c'est-à-dire le lit, la commode et l'armoire à glace, étaient en tuya, espèce de bois moucheté qui a pour propriété capitale d'être affreux quand il est neuf et de devenir « pisseux » dès qu'il se croit le droit de vieillir.

Elle était d'autant moins du bâtiment qu'elle n'avait jamais voulu souffrir que Maximilien lui offrît ce luxe asiatique qu'elle avait pu acheter en bloc à l'hôtel des ventes sur ses économies d'une année, ses modèles de coiffure lui étant payés relativement cher, puisque huit fois sur dix le travail d'une femme n'est pas payé du tout.

Les amours de Max et de Geneviève furent, pendant près de six mois, unis comme le lac de Côme. Quand la jeune fille, sa journée finie, passait la soirée à jouer aux dames avec celui qu'elle regardait comme le total de sa vie, elle croyait avoir fait « une orgie à la Tour » ; et pour peu qu'elle eût gagné trois parties consécutives, elle lui demandait avec inquiétude s'il n'était pas fâché contre elle.

Une fois au moins par semaine, ils allaient ensemble au théâtre, dans l'ombre de la baignoire la plus obscure, car Geneviève avait commis cette imprudence grave de dire à plusieurs reprises à Maximilien : « J'aime mieux que personne ne nous voie; je ne tiens pas à ce que tu m'affiches. » Mais elle n'eût pas été Geneviève si elle se fût douté que la nuit, la retraite et le silence, qu'elle recherchait avec tant d'avidité, sont précisément les dissolvants auxquels une liaison résiste le plus rarement. On aime une femme parce qu'elle vous plaît, et on continue à l'aimer parce qu'elle plaît aux autres. Se confiner avec elle dans un amour cellulaire, c'est vouloir le tuer par l'abus de la contemplation. La passion ne peut fructifier longtemps à l'odeur du renfermé.

La première préoccupation d'une femme maîtresse d'elle-même, doit être, au contraire, de compromettre le plus ouvertement possible celui qu'elle a l'intention d'accaparer. La société finit toujours par accepter ce qu'on lui impose avec résolution. Publier son amour, c'est presque publier ses bans. Dans la catégorie des créatures où le corps d'une femme est un végétal et son cœur un minerai, il est de tradition que, le harpon une fois lancé sur un oiseau de passage, il faut l'obliger à débuter par une folie pécuniaire qui le force, selon l'expression brelandière, à courir après son argent.

« Moi, disait récemment dans un foyer d'acteurs une artiste de haute chorégraphie, dès que j'entre en ménage, je commence par me faire acheter cinquante mille francs de bijoux dans les trois premiers jours, non pas que je les aime, mais, voyez-vous, quand un homme a attaché lui-même aux oreilles d'une femme des brillants gros comme des noisettes, il n'est pas très flatté de voir le produit des notes qu'il a acquittées se promener au bras d'un autre. Il s'attache à nous comme à un capital; et quand il nous arrive de le menacer de retourner dans notre famille s'il n'allonge pas encore une bagatelle d'une vingtaine de mille francs, il se dit, avec un grand bon sens, cet homme : « J'en suis déjà pour cent cinquante mille; il serait trop niais de tout perdre, faute d'avoir su sacrifier encore quelques billets de banque. »

Il en est à peu près de même dans l'ordre purement sentimental. Quand celle dont vous consentez à devenir le gérant responsable se montre aux avant-scènes entourée de gilets en cœur, vous lui reprochez de prodiguer ses sourires. Mais quand, pour mieux vous les réserver tous, elle se calfeutre et se mure avec vous dans une chambre, au fond d'un corridor, vous ne tardez pas à vous faire tout bas, et quelquefois tout haut, cette réflexion comminatoire : « Elle est donc bien désagréable à regarder que personne ne fait attention à elle. »

L'amie de Maximilien se trouvait si forte de son inaltérable attachement pour lui, elle sentait sa conscience si parfaitement équilibrée, que, loin d'essayer de donner le moindre relief à sa beauté, elle eût plutôt cherché à l'éteindre.

Aussi, dans sa sécurité sans ombrage, se fût-il plaint volontiers de ce manque radical de coquetterie. Si l'amant heureux, en triomphant de la femme, triomphe aussi du mari, le mari triomphe à son tour du soupirant repoussé. Cette satisfaction d'amour-propre était refusée à Maximilien, qui, possesseur inattaqué, ne trouvait personne contre qui lutter et n'avait donc personne à vaincre.

— Si jamais je trouve l'occasion de lui faire une scène de jalousie à celle-là, j'aurai du bonheur, disait-il.

Il en était à concevoir quelquefois des doutes sur cette beauté qui, au premier abord l'avait si vivement frappé. C'est alors qu'il se répétait : « Oui, mais elle est si bonne ! » ce qui équivaut à peu près à cette plaisanterie de coulisses, généralement appliquée aux auteurs malheureux : « Il n'a aucun talent, mais il aime tant sa mère ! »

Il résultait de cet ensemble de réflexions, qu'après six mois exempts de tout orage et même de tout grain, Max, profondément dévoué et sincèrement attaché à Geneviève, avait fini par se rendre tous les jours chez elle moins comme un amant qui court embrasser sa maîtresse que comme un employé qui va à son bureau.

CHAPITRE CINQUIÈME

Comment on devient candidat

C'est vers cette époque qu'il se produisit dans la maison du docteur Houzelot un événement décisif. Depuis longtemps, les certificats d'aliénation mentale suivis de transférements violents dans des cabanons suspects, passaient pour avoir remplacé quelque peu les lettres de cachet. L'opinion publique avait été saisie de plaintes de toute sorte, d'où il résultait que, la démence et l'incarcération de l'un profitant presque invariablement à un autre, la première pouvait bien quelquefois être supposée et la seconde criminelle.

Les journaux s'émurent. Le gouvernement feignit de s'émouvoir ; il prétendit même que sa sollicitude avait devancé les réclamations qui surgissaient tout à coup, et qu'une enquête sur les actes signalés était décidée en principe. En matière politique et gouvernementale, quand on déclare une chose décidée en « principe », c'est qu'on n'a jamais eu l'intention de l'exécuter en réalité ; et il est probable que ce principe-là serait allé rejoindre les

autres, quand l'éclat de la fameuse affaire Sandon vint forcer la main au pouvoir.

Le docteur Houzelot, qui avait été quelques années médecin en chef de la Salpêtrière, fut chargé, conjointement avec trois de ses collègues, de se constituer en commission médicale avec mission d'aller inspecter « minutieusement », disait l'arrêté ministériel, les maisons de santé indiquées comme ayant été transformées en maisons de détention, et de constater *de visu* si les pensionnaires de ces établissements hybrides étaient en état de traitement ou en état de séquestration arbitraire. Le voyage de la commission, dans un des principaux départements de l'Est, amena une série de constatations imprévues. Elle découvrit notamment, dans un des lazarets soumis à son inspection, une véritable salle de torture, où les malades récalcitrants étaient soumis à la question ordinaire et extraordinaire, extraordinaire surtout, puisque les malheureux, étant aliénés, ne trouvaient à cette question aucune réponse à faire.

L'impunité dont le directeur et les gardiens se croyaient assurés, grâce à l'état mental de leurs administrés, leur avait inspiré des abus d'autorité dont l'histoire de France seule aurait offert des exemples. Des cicatrices apparentes, des têtes affamées, des estomacs perdus attestaient que l'abondance des coups régnait dans la maison en proportion du manque de nourriture. Le docteur Houzelot indigné interpella publiquement le propriétaire de cette geôle : — « Vous n'êtes pas un directeur d'hôpital, lui dit-il, vous êtes un garde-chiourme ; c'est au bagne que vous devez aller continuer vos études. Soyez sûr que, si je puis vous faciliter les moyens d'aller les compléter, ma protection vous est acquise. » Et sans désemparer, avant toute décision ultérieure, la commission dressa un rapport concluant à la fermeture préalable de l'établissement.

Les paroles du docteur Houzelot avaient couru la ville et y avaient produit une sensation formidable. Le directeur tortionnaire était considéré dans le département comme une créature du clergé. Son arrestation, discutée dans tous les cafés, devait être le triomphe de l'esprit moderne. Un vieux libéral n'hésita pas à déclarer que sa chute serait la revanche de la Saint-Barthélemy.

Quinze jours après la visite de la commission médicale, le scandale durait encore, et les révélations continuaient d'aller leur train, lorsqu'on apprit officiellement que le directeur de cet hospice, si peu hospitalier, ne serait ni arrêté, ni destitué ; que la maison ne serait pas fer-

mée, et que le premier gardien en serait seul déplacé pour cause de « négligence ». L'ironie de cette décision, où tout le monde voulut voir le jeu d'influences sous-jacentes, parut au docteur Houzelot tellement inacceptable qu'il proposa à ses collègues de rédiger en commun une protestation catégorique contre l'avanie (le mot devait s'y trouver) dont une commission officielle venait d'être l'objet.

Les collègues tergiversèrent ; ils prétendirent comme ça qu'ils étaient pères de famille et qu'ils ne tenaient pas à se mettre à dos la cour de Rome.

Houzelot, trop engagé pour rétrograder, prit sur lui de maintenir la protestation, qu'il signa seul et qu'il adressa au ministre de l'intérieur, avec menace de la faire parvenir aux journaux, si les bureaux n'en tenaient pas un compte sérieux.

Les bureaux ministériels en tinrent un compte extrêmement sérieux en effet, car il reçut peu de temps après, dans le chef-lieu où il était resté afin de compléter son enquête, la visite d'un chef de division envoyé auprès de lui avec un projet de conciliation basé sur des concessions mutuelles. Le fonctionnaire délégué convenait que les faits mis au jour avaient une gravité exceptionnelle. En conséquence, et uniquement pour ne pas semer des ferments d'agitation, dans un pays aussi impressionnable que le nôtre, il proposait au docteur de retirer son rapport, moyennant quoi celui-ci recevrait, au quinze août, sa nomination d'officier dans l'ordre impérial de la Légion d'honneur.

Houzelot craignit de passer tout entier dans l'engrenage s'il consentait à y fourrer seulement le petit doigt ; il répondit à ces propositions d'armistice par l'envoi de sa démission de membre de la commission d'inspection des maisons d'aliénés, et fit incontinent ses malles pour retourner à Paris. Mais cet acte de désintéressement et de vigueur avait développé sur le territoire du département de telles sympathies en faveur du docteur, que tous les indépendants des environs le happèrent au passage, et le forcèrent à s'oublier un jour encore dans la Capoue d'un banquet de cent-vingt couverts machiné en son honneur. Aux assauts d'éloquence qu'il eut à subir avant le café, il répondit par un discours improvisé, dans la forme familière usitée en Angleterre et qui donne aux déclarations les plus solennelles l'allure d'une conversation. Il y développa cette thèse que les gouvernements les plus intolérants étaient justement ceux qui toléraient les choses les plus intolérables ; et que les publicistes avaient évidemment calomnié l'empire en dénonçant son autocratie et son arbitraire, car souffrir comme il le faisait que le chef d'un établissement sanitaire torturât ses clients selon son absolu bon plaisir, indiquait de la part du pouvoir un respect illimité de la liberté d'action.

Il fit l'autopsie de cette horloge administrative dont tous les rouages sont tellement enchevêtrés, qu'on ne peut pas remplacer un huissier sans s'exposer à voir éclater le grand ressort.

Les saillies de gaîté âpre mais toute parisienne dont il clairsema sa causerie, étonnèrent et ravirent ses auditeurs départementaux. Un des banqueteurs, gros manufacturier des plus influents, au milieu des applaudissements unanimes qui accueillirent la péroraison de l'orateur, lâcha ce mot qui résumait l'opinion de l'assistance : « Nous cherchions un député, le voilà ! »

Cette soirée, qui devait avoir sur la destinée des principaux personnages de cette histoire des conséquences directes, révéla au docteur Houzelot deux choses qu'il ignorait au même degré : la première qu'il était orateur, la seconde qu'il était ambitieux.

La naissance de Maximilien ayant coûté la vie à sa mère, le docteur Houzelot s'était trouvé veuf très jeune encore. A trente ans, un mari n'a d'ambition que pour sa femme ; à cinquante ans, il en a pour lui. La vie fiévreuse et piétinante d'un médecin voué à la clientèle et accablé de coups de sonnette quinze heures sur vingt-quatre, avait fait pour lui les journées trop courtes d'un bon cinquième. Il avait eu juste le temps de faire fortune comme père de famille, et de se convaincre comme médecin que la plupart des maladies les plus redoutées, c'est-à-dire la fièvre typhoïde, la fluxion de poitrine, la petite vérole, et quelques autres pour lesquelles les princes de la science sont journellement invoqués et convoqués, se guérissent toutes seules avec deux tasses de bourrache et un bon feu dans la chambre, quand elles doivent se guérir.

Mais cet impérieux besoin de concentration et d'isolement intermittent qui poursuit toute nature choisie, il n'avait jamais pu le satisfaire. Les années avaient filé comme des flèches, et à l'âge de cinquante-deux ans, après trente ans d'exercice, il lui semblait avoir déposé depuis trois mois tout au plus son tablier d'interne.

Il n'y a pas pour un homme politique de moment plus émouvant que celui où il sort de la vie privée pour entrer dans la vie politique. Un spectateur qu'on irait chercher dans la salle pour l'installer sur la scène en qualité d'acteur, en lui disant : « Marche ! cette pièce que tu es venu voir, c'est toi qui vas la jouer », ne serait pas plus ahuri, plus désorienté et en même temps plus ébloui que le simple citoyen appelé tout à coup à parler à la foule où il est longtemps resté confondu. Cette transition pendant laquelle l'homme qui regardait se sent devenir l'homme qu'on regarde, est pleine d'angoisse et de vertige.

Un avocat, qui a joué dans les affaires de son pays un rôle prépondérant, me racontait, comme un des souvenirs les plus persistants de sa vie, sous quelle impression il avait pris le grave parti de s'aventurer dans les voies politiques qui semblaient alors si hermétiquement fermées pour lui. Il revenait de Nogent-sur-Marne : à peine était-il sorti de la gare de Vincennes qu'un orage diluvien éclate sur Paris. Il n'a que le temps de se réfugier dans un petit estaminet ouvert sur la place de la Bastille, et où le hasard le fait asseoir à côté de deux ouvriers qui lisaient le *Droit*. Le procès qui les intéressait était celui d'un journaliste poursuivi devant la police correctionnelle pour outrage à un dignitaire quelconque et qui avait été naturellement condamné.

— C'est X... qui a présenté la défense, dit l'un d'eux, est-ce que tu le connais?

— Oui, répondit l'autre, j'en ai entendu parler ; il paraît que c'est un bon.

— Comment, se dit l'avocat qui était le X... défenseur du journaliste en question, je m'égare dans un des quartiers les plus reculés de Paris, et je trouve dans un estaminet borgne un ouvrier qui me connaît assez pour déclarer que je suis « un bon ». Est-ce que la destinée me réserverait quelque surprise ?

Et à partir de ce jour, cette appréciation si dénuée de circonlocutions ne cessa, comme le « Tu seras roi ! » des sorcières de Macbeth, de s'imposer périodiquement à sa volonté jusqu'à ce que cette opinion, qu'il était « un bon », ne fût plus douteuse pour personne, à ce point que quelques-uns même se sont demandé depuis s'il n'était pas le meilleur.

Cette députation qui, à la chaleur des toasts, tombait dans le cerveau du docteur Houzelot, devait y pousser des racines vivaces. Eclairé sur la valeur réelle qu'il fallait attribuer aux airs gourmés et aux cravates blanches de ses confrères, désillusionné sur les femmes dont, en qualité de médecin homme d'esprit, il recevait quotidiennement les confidences, il recueillit comme une manne cette nourriture politique qui promettait de remplir le vide de sa carrière déjà longue. Au moment de quitter la salle du banquet, il se sentit un instant devenir immobile sous les bravos que soulevèrent ses dernières paroles. Il s'était vu tout à coup, comme dans un rêve d'opium, debout au Corps législatif, déconcertant le ministère, émotionnant les tribunes et désagrégeant les majorités.

On approchait de 1866. Des élections partielles étaient imminentes, bien que le gouvernement eût décidé de les retarder jusqu'à la limite extrême octroyée par des lois dont l'élasticité se développait d'heure en heure. Ce pouvoir, qui se prétendait issu du suffrage universel, tremblait continuellement devant son père. Mais enfin le quart d'heure de Rabelais allait sonner, on ne pouvait en douter aux noms qui circulaient déjà dans les foules. Des réunions s'organisaient sous l'influence de cette opposition clandestine que le Deux-Décembre s'était créée à lui-même, faute d'oser braver les périls d'une opposition déclarée.

Le département dont le docteur Houzelot était devenu si rapidement le favori, à la suite de sa courte campagne, avait, par suite de décès, un député à nommer. Tous les souscripteurs du banquet offert au courageux démissionnaire devaient avoir par leur situation dans le pays et leur fortune une action prépondérante sur le choix et le succès du candidat. Or, il se voyait sûr de leur appui, car l'opposition n'avait pas à ce moment le caractère anti-dynastique qu'elle a affecté depuis, et le bourgeoisisme qui, malgré tout, constituait le fond du caractère du docteur, ne pouvait faire que bon ménage avec celui de ses convives.

Aussi, au milieu de la fricassée de poignées de mains qui l'accompagnèrent jusqu'à la gare lorsqu'il prit le train pour Paris, se répétait-il avec la joie d'une vieille fille qui marche enfin à l'autel.

« Cinquante-deux ans ! c'est la jeunesse électorale ! »

Mais il ne suffit pas d'avoir séduit l'opinion publique, il est indispensable de l'alimenter. A peine rentré dans son cabinet et assis dans son fauteuil, le père de Maximilien se traça le plan d'un ouvrage démocratico-hygiénique sur le régime des prisons. Au cas où le temps matériel manquerait pour qu'il fût publié avant le vote, les feuilles de Paris, et surtout celles du département en vue duquel il était écrit, le présentèrent à leurs lecteurs comme étant sous presse, bien que l'auteur en cherchât encore le titre. Mais promettre un livre vaut quelquefois mieux que de le faire paraître, car il est à peu près sûr que l'annonce sera lue ; mais rien ne prouve que le volume l'aurait été.

Un matin, vers neuf heures, Houzelot,

assis devant son bureau, était occupé à classer des observations et des notes, lorsque Félix lui remit une carte de visite autographiée, étroite et médiocrement propre, portant pour unique indication ce nom tout sec :

MATHUSSEM.

Comme le docteur, croyant à une consultation, allait faire prier le visiteur de revenir dans l'après-midi, il vit entrer dans son cabinet, par l'entrebâillement de la porte, un être de son sexe, peut-être de son âge, couvert d'une houppelande de nuance bronzé florentin, à laquelle le temps et le frottement avaient donné une sorte de patine, et qui, un chapeau gris à la main, bien que la saison se prêtât peu au déploiement de cette couleur, attendait, dans une attitude modeste, mais résolue, qu'on lui adressât la parole.

Même si cette façon subreptice de pénétrer jusqu'à lui n'eût pas mis en défiance M. Houzelot, le coup d'œil rapide qu'il laissa tomber sur l'étranger n'eût pas été précisément favorable à celui-ci : ses vêtements trop larges, soutenus par deux épaules en porte-manteau, laissaient voir un cou fané qui sortait du collet de la houppelande comme de la carapace d'une tortue. Ses paupières supérieures, jaspées rouge et violet, recouvraient en partie, comme des persiennes à moitié baissées, des yeux vitrifiés qui semblaient regarder en dedans, et, si quelqu'un avait eu le courage de consacrer une minute à l'examen de ce crâne huileux, il se serait demandé si l'enduit qu'on y distinguait était une couche de cheveux imprégnée de graisse ou une couche de graisse sur laquelle on avait collé des cheveux.

Et comme Houzelot restait à l'état de point d'interrogation devant cette tête gélatineuse :

— Monsieur le docteur, dit l'inconnu en soulevant une de ses jambes courtes pour faire en avant un nouveau pas qu'il n'osa cependant risquer, j'ai appris tout à l'heure que vous terminiez un important travail sur le régime alimentaire des prisons. Voilà vingt-cinq ans que je suis dans les maisons de détention… comme entrepreneur de travaux et fournisseur des vivres, se hâta d'ajouter le visiteur en voyant les yeux de son interlocuteur se porter vers le clou auquel était suspendu sa montre ; je puis donc vous fournir sur ces matières spéciales des documents tout nouveaux dont vous me remercierez, j'en suis sûr.

— Asseyez-vous donc, monsieur, je vous prie, dit le docteur revenant de ses préventions. Vos indications peuvent m'ê-

tre, en effet, fort utiles, et je vous remercie vivement d'avoir bien voulu m'aider de votre expérience ; mais je ne puis vous cacher que je n'ai pas l'intention de me montrer absolument tendre pour MM. les entrepreneurs, qui, m'a-t-on certifié, abusent étrangement de la situation précaire des malheureux détenus qu'ils sont chargés de sustenter.

— En effet, répondit Mathussem, s'il y a au monde une situation où l'on ne devrait pas être exploité, c'est celle du prisonnier. Eh bien ! il arrive précisément tout le contraire.

— En ce cas, répliqua le docteur démonté par ce cynisme, je ne vois pas trop ce que vous avez à gagner à venir me signaler des abus ou peut-être des turpitudes dont vous êtes le premier à profiter.

— Plus tard nous reviendrons là-dessus, dit l'entrepreneur. D'ailleurs, mon affaire est faite maintenant, je me retirerai quand je voudrai, et une fois hors de la boutique, on pourra bien raconter sur moi les mille et une infamies, voilà qui m'est égal, par exemple !

— C'est un homme qui veut se venger de quelque concurrent encore plus malhonnête que lui, pensa Houzelot. Mais il avait besoin de faits et de chiffres ; il ne crut pas devoir s'indigner outre mesure.

— Personne ne pourrait vous renseigner comme moi ; j'ai des traités avec vingt-deux prisons et maisons d'arrêt, reprit Mathussem en tirant des doublures de sa houppelande un portefeuille qui vomissait des papiers tant par ses poches que par ses déchirures.

Parmi les professions inconnues, il en est peu à la fois de plus ignorées et de plus singulières que celle d'entrepreneur des travaux qui sortent des établissements pénitentiaires et des fournitures qui doivent y entrer. Cet art de moraliser des criminels et de s'en faire cinquante mille livres de rente consiste principalement à dépouiller des hommes condamnés pour avoir dépouillé les autres, c'est-à-dire à leur donner à fabriquer des porte-monnaie qu'on vend six francs et à les leur payer cinq centimes, sur lesquels on leur en retient deux comme invite au respect de la propriété.

Les marchés passés pour l'habillement et la nourriture des détenus donnaient lieu à cette époque (j'ignore si les choses ont été modifiées depuis) aux combinaisons les plus invraisemblables. La somme consacrée par l'Etat à l'entretien de chaque prisonnier étant à peu de chose près idéale, le secret du métier réside dans le talent de servir aux condamnés des sou-

pes au bouillon d'épluchures pour leurs estomacs, pour leurs jambes des pantalons déjà illustrés ou plutôt lustrés par plusieurs générations de réclusionnaires, et pour leurs pieds des sabots de rencontre ratissés avec des morceaux de vitre, afin de laisser croire qu'ils sont fraîchement sortis du peuplier qui les a vus naître.

Mathussem vendit toutes les mèches, découvrit tous les trucs, déchira tous les voiles avec une complaisance inaltérable. Il passa deux heures en tête à tête avec Houzelot, qui enregistra soigneusement toutes ses révélations.

— Cet homme est une mine, se dit-il, mon livre aura un succès fou.

Et il ne put, en le reconduisant, après lui avoir donné rendez-vous pour le lendemain, se retenir de serrer cordialement sa main poisseuse.

Dans la soirée, le docteur raconta à Maximilien la bonne fortune qui lui tombait des nues. Il y avait à rire et à pleurer dans le récit des pirateries détaillées par Mathussem.

— C'est la dernière incarnation de Vautrin, dit Max ; invite donc un jour ce vieux Robert-Macaire à dîner, il doit être à se tordre.

Les conférences durèrent deux jours. Le troisième jour, Mathussem arriva, une heure plus tard qu'à l'ordinaire, dans un costume presque régulier. Il portait notamment une chemise blanche et un chapeau noir.

— Je vous apporte des calculs très-intéressants sur le prix de revient des chaînes d'acier qui se font dans nos maisons, dit-il. D'ici à quelques jours, je vous dévoilerai les mystères de la fabrication des épingles, puis des veilleuses, et enfin…

— C'est que je suis un peu pressé, interrompit le docteur. Il est de première importance pour moi que mon livre soit publié avant la convocation des électeurs, car vous savez qu'il est question de pourvoir aux quatre sièges actuellement vacants au Corps législatif.

— Ah ! c'est donc vrai ce que j'ai lu à trois ou quatre reprises différentes ? vous vous présentez ? demanda le fournisseur avec une nuance de surprise.

— Que voulez-vous, mon cher monsieur Mathussem ? On m'a menacé de la colère du peuple, si je ne me laissais pas faire. Alors, je me suis laissé faire.

— Tiens ! c'est étonnant… murmura Mathussem, comme ayant l'air de se parler à lui-même.

— Étonnant ? quoi ? que trouvez-vous d'étonnant ?

— Que vous vous présentiez. J'avais

cru... je pensais... mais je commence par vous déclarer que je ne suis pas trop ferré sur les droits du citoyen français...

— Eh bien ! que pensiez-vous ? fit le docteur avec une précipitation singulière.

— Je pensais que vous n'étiez pas éligible.

— Qui ? moi ? à quel propos supposiez-vous ? balbutia le docteur, troublé au point de défaillir.

L'œil du fournisseur ne perdit pas une goutte de cette sueur froide.

— Je peux me tromper, notez bien, reprit-il, quoique je sois dans les prisons depuis vingt-cinq ans. C'est un jour, tout à fait par hasard, qu'il m'est tombé dans les mains un dossier qui vous concerne... Oh ! je ne vous rappellerais certainement pas cette affaire si elle avait la moindre gravité, ajouta-t-il vivement ; c'est une vétille, un enfantillage. Il y a trente-deux ans de l'aventure, vous étiez donc tout jeune. Le désagrément dont vous avez été victime aurait pu arriver à tout le monde, à moi, à n'importe qui...

— En effet, répondit Houzelot, se raccrochant à cette perche que son ennemi lui tendait, j'avais tout au plus vingt ans !

— Oh ! je sais, je connais... il y a sept ans que les pièces sont entre mes mains, j'ai eu tout le temps de les étudier. Vous étiez étudiant en médecine ; vous alliez dîner chez Ravel, à la barrière de l'Etoile, en compagnie d'une petite dame rousse (j'ai vu son signalement) qui a dit au cours du procès s'appeler Valérie. Malheureusement, un simple coup de coude sur un ressort a fait relever subitement le store de votre citadine (vous rappelez-vous comme c'était laid, ces citadines ?) et un agent a eu la méchanceté d'arrêter la voiture et de dresser procès-verbal. Il fallait, du reste, que ce fût bien insignifiant ; puisque les dix jours auxquels vous avez été condamné, vous avez obtenu de les faire à Sainte-Pélagie, dans le pavillon des politiques, où même Valérie, qui avait été acquittée, a trouvé moyen de venir vous rendre visite. Vous voyez que je suis au courant.

Le docteur, qui avait cru cette histoire, à coup sûr plus ridicule que déshonorante, enfouie dans les brumes de sa vie de carabin, en totalisa instantanément les conséquences, et se sentit envahi par une agitation qui l'étranglait tout en lui donnant envie de crier. Il n'en prit pas moins un ton dégagé pour répondre au récit de Mathussem : — Il n'y a réellement pas là de quoi fouetter un chat.

— C'est absolument mon avis, répliqua l'industriel. Il faut que cette magistrature n'ait pas deux liards de sang dans les veines pour condamner à dix jours de prison un jeune homme coupable d'une pareille niaiserie.

— Et qui date de trente-deux ans ; il y a incontestablement prescription.

— Malheureusement, la loi politique n'entend pas de cette oreille-là, dit Mathussem. Tout individu condamné pour outrage aux mœurs, et c'est là votre cas, reste à jamais privé de ses droits électoraux. C'est bête comme tout, mais on ne peut rien y faire. Les cléricaux nous reprochent bien à nous autres la prise de la Bastille effectuée il y a soixante-seize ans. Or, vous avez, dans votre rapport sur cette maison d'aliénés, froissé le clergé, qui n'oublie rien. Comme c'est surtout là moralité de ce gouvernement qu'on attaque, sans compter qu'on a bien raison, le bon Veuillot serait enchanté de produire contre un candidat hostile des faits tant soit peu scandaleux. Ce serait désastreux pour le parti.

Il y avait là un essai d'intimidation. Ce Schylock s'improvisant démocrate, et posant le malheureux Houzelot en victime de cette réaction, à laquelle il semblait vouloir fournir des armes, qu'il n'hésitait pas d'ailleurs à déclarer déloyales, inspirait au docteur une terreur électorale.

— Enfin, demanda-t-il avec la brusquerie d'un homme impatient de sortir d'incertitude, à quoi tend cet interrogatoire ?

— Mais je ne me permettrais pas de vous interroger, répondit l'entrepreneur avec bonhomie. Vous m'apprenez que des amis à vous ont l'intention de pousser votre candidature : alors, comme je vous savais inéligible, j'ai cru devoir vous avertir, afin que vous soyez prémuni contre une surprise, au cas où vous persisteriez à vous présenter.

Le docteur était parfaitement fixé sur sa situation électorale ; mais en admettant qu'il eût jamais pris sa condamnation au sérieux, il ne pouvait soupçonner qu'il se trouvât, après trente-deux ans, quelqu'un pour s'en souvenir et la lui rappeler. Mathussem était-il un ambassadeur chargé de l'amener à se désister de sa candidature, ou un ami désireux de lui épargner un affront ? Ce qui l'effrayait le plus, c'était l'abandon excessif que Mathussem avait montré depuis trois jours dans ses révélations.

« Il faut qu'il se sente bien sûr de mon silence pour m'avoir confié tant de secrets », pensait-il.

Cependant il crut de bonne politique d'affecter de prendre les choses du meilleur côté : — Je vous remercie, dit-il, de l'intérêt que vous témoignez, sinon à moi, du moins à notre cause. J'avais espéré qu'en raison du temps écoulé et de l'insignifiance du délit, je n'étais pas indigne de mon titre de citoyen. Si cependant cette déplorable affaire est ébruitée...

— Voilà précisément le point sur lequel je tiens à vous rassurer, répliqua l'entrepreneur, en allant mettre le verrou qui fait du cabinet d'un médecin une sorte de confessional. Je suis le seul être au monde en état de publier cette aventure. A l'époque où elle s'est produite, le casier judiciaire n'existait pas, et les pièces du jugement sont aujourd'hui entre mes mains.

— Mais alors, il dépend de vous de me tirer de ce mauvais pas ?

— Parfaitement. La moindre indiscrétion aurait des conséquences incalculables. Aussi croyez qu'on me coupera en quatre avant de tirer un seul mot de moi.

— Monsieur Mathussem, dit le docteur, se sentant remonter sur l'eau, je n'oublierai de ma vie l'obligation que je contracte aujourd'hui envers vous. Je vous devrai mon avenir politique.

— Arrangez-vous pour être nommé, au moins ! fit l'entrepreneur avec une familiarité gênante dont le sens était : Allons-nous l'enfoncer, ce gouvernement qui va naïvement vous déclarer élu, tandis que vous n'êtes même pas éligible !

Houzelot souffrait horriblement ; mais voir la députation lui échapper l'aurait probablement fait souffrir davantage, car, dans un élan de reconnaissance irraisonnée, il tendit la main à Mathussem en lui disant : — Vous êtes un véritable ami. Je vous en prie, mettez-moi le plus tôt possible à même de vous prouver ma gratitude.

— Nous verrons cela plus tard, répondit-il. Je vous dis adieu, Léocadie m'attend. Et c'est une demoiselle qui n'aime pas à attendre.

— Léocadie ?

— C'est ma fille. Je n'ai qu'elle d'enfant, alors je la gâte un peu.

— Ah ! cher monsieur Mathussem, vous avez une fille ?

— Vingt-et-un ans. Une brune solide à qui j'ai appris l'économie. Voilà trois ans qu'elle tient mes comptes, et je vous prie de croire qu'elle connaît le prix d'un centime. Je lui donne cinquante-cinq mille francs de dot. Ce sont toutes mes épargnes. Ah ! le mari qui l'aura ne sera pas à plaindre.

— Je le crois parbleu bien, reprit Houzelot, ne démêlant pas à quel aboutissant tendait cet éloge de Mlle Léocadie.

— Mais vous, docteur, reprit Mathussem, vous n'êtes pas précisément mal partagé non plus. Hier en venant ici j'ai rencontré votre fils dans les escaliers. On ne peut pas dire autre chose, c'est un beau garçon.

— A vingt-deux ans, c'est bien le moins qu'on soit présentable.

— Ah! il a vingt-deux ans! un an de plus que Léocadie. Rien n'est bête comme un homme moins âgé que sa femme.

Bien qu'il ne pût exister dans l'esprit du docteur aucune corrélation entre l'âge de Max et celui de Léocadie, la réflexion de Mathussem avait pris dans sa bouche un caractère d'équivoque si particulier que le père du jeune homme regarda avec une certaine surprise le père de la jeune fille.

Non-seulement celui-ci soutint l'assaut sans baisser les yeux, mais, prenant subitement le docteur par le bras, il s'approcha de lui comme dans un corps à corps, et lui dit à l'oreille ces mots qui ne pouvaient être entendus et compris que par un complice :

— Avouez qu'à eux deux ils feraient un joli couple.

Le docteur frissonna, il avait deviné dans toute sa profondeur le but des visites du vieux munitionnaire. Il avait vu clair dans ses arguments et ses circonlocutions. Il tenait enfin tout le secret de sa conduite.

— Il n'y a pas à en douter, se dit-il, cet être impudent veut de Max pour sa fille et il me met le marché à la main.

Mathussem ne s'abusa pas sur l'effet du vœu qu'il venait d'émettre. Il jugea donc imprudent de redoubler et alla ouvrir le verrou, ce qui annonçait la clôture du débat.

— Allons! reprit-il, à bientôt, docteur. Réfléchissez à notre conversation. Quant à moi, je me mets à vos ordres. S'il ne fait pas bon de m'avoir pour ennemi, je suis un frère pour ceux qui me témoignent de la sympathie, à moi et aux miens.

« Réfléchissez à notre conversation » voulait dire : décidez si vous aimez mieux être déshonoré et rayé à jamais des listes électorales que de laisser votre fils devenir mon gendre; « S'il ne fait pas bon de m'avoir pour ennemi », traduction littérale : abondez dans mon sens ou vous n'en sortirez pas vivant. « Je suis un frère », autrement : je deviens le vôtre par l'union de nos deux enfants. « Pour ceux qui me témoignent de la sympathie, à moi et aux miens », mot à mot : il ne suffit pas pour obtenir mon silence de se montrer gracieux pour moi, il faut encore, et surtout, l'être pour ma fille.

Ces quatre propositions exposées, le père de Léocadie s'enfonça à reculons dans la porte en faisant de la main au docteur un salut à la fois compassé, ironique, cordial et menaçant.

CHAPITRE SIXIÈME
Diplomate et marchand de légumes

Abraham Mathussem, qui supprimait son prénom sur ses cartes de visite pour se dispenser d'avouer que son nom de famille était une simple contraction de Mathusalem, avait formulé cet aphorisme, alors qu'il n'était encore que marchand d'habits : « Il est bon d'être juif, mais il est inutile que le public le sache. » Il ne rougissait certes pas d'appartenir à une religion et à une race qui valent incontestablement les autres, mais les juifs passent pour être de première force en affaires, et on est fort en affaires à la condition que les autres supposent qu'on ne l'est pas.

Après avoir pataugé six ans dans tous les ruisseaux de la capitale et descendu les escaliers des hôtels les moins garnis avec des paquets sous le bras, il était entré comme commis aux vivres chez le concessionnaire de fournitures auquel il devait succéder un jour, grâce aux complaisances de ses soumissions cachetées.

Une fois titulaire des marchés de toute nature à passer avec les administrations pénitentiaires, ce fils d'Abraham, Abraham lui-même, donna l'essor à son génie. Il était tenu, moyennant soixante-trois centimes par jour et par tête, d'alimenter les détenus livrés sans défense à sa stratégie culinaire. Tout ce qui manquait au chiffre de ce forfait, c'est le mot, constituait son bénéfice. Supposez, chose insupposable, que chaque pensionnaire ne lui eût coûté quotidiennement que dix centimes, c'était une somme de cinquante-trois centimes que chacun d'eux lui eût rapporté.

Eh bien! ce résultat phénoménal, ce merle blanc, ce dahlia bleu, était celui qu'il caressait en rêve. Pour arriver à ne consacrer qu'une mise de fonds de dix centimes à la fabrication des deux potages et du plat de légumes que l'Etat lui payait soixante-trois, il eût fricassé son père. Les suifs non cotés à la Bourse et les saindoux d'amphithéâtre qui entraient dans la confection de ses bouillons gras, défiaient toute évaporation chimique. Les pois écossés dont il ne livrait que les cosses, les pulpes de haricots sans haricots et quelquefois même sans pulpes, les choux représentés par leurs trognons, les « fayots » qui cuisaient dans les chaudrons de cuivre avec le bruit du projectile grondant dans la mitrailleuse, tout ce que le regrattage peut donner de déchets avait été réquisitionné en l'honneur de ce décime qu'on s'était promis de ne pas dépasser. Il est cruel de le constater, ce monument d'économie domestique avait été édifié en vain. Toutes les ressources de l'imagination de Mathussem n'avaient jamais pu faire reculer la dépense moyenne en deçà de onze centimes. Cette unité fastidieuse qui dépareillait si obstinément le chiffre rond, il se réveillait la nuit pour la maudire; il avait essayé de tout pour réussir à la supprimer, et il la retrouvait invariablement à la fin du mois. Elle troublait son sommeil, elle compromettait la dot de son enfant, il l'avait en horreur, et il ne pouvait s'en débarrasser.

Toutefois les prodiges qu'il accomplissait à la poursuite de ce grand but avaient fini par lui créer parmi ses clients, messieurs les réclusionnaires, une notoriété spéciale. Quand l'un d'eux, son temps fait, allait retrouver sa carrière d'Amérique, en le voyant entrer diaphane, évidé, chlorotique, les autres locataires s'écriaient d'une voix non exempte d'émotion :

» C'en est un qui revient de chez Mathussem! »

Le jour où il avait mis la main sur les papiers relatifs au déplorable incident qui avait traversé la jeunesse du docteur Houzelot, il avait distrait du dossier les pièces principales de l'affaire et les avait serrées dans ses cartons en se faisant son raisonnement favori : « On ne sait pas! »

La campagne électorale commencée en faveur du célèbre aliéniste donnait à cette aventure une importance que l'israélisme de Mathussem calcula à une fraction près. Aussi, lorsqu'en voyant annoncer dans le *Siècle* l'ouvrage du docteur Houzelot, il prit son chapeau pour aller lui offrir ses services, il embrassa tendrement sa fille qu'il adorait (tous les juifs sont d'excellents pères), et la quitta sur ces mots :

« Ma Léocadie, j'ai idée que nous avons enfin retrouvé notre centime. »

Le docteur Houzelot était surtout un esprit pratique. Il eut bien vite désencombré sa situation de tous les détails qui l'obstruaient, et la vit dans toute sa netteté.

— L'avenir politique qu'on m'avait fait entrevoir est irrévocablement perdu, se répéta-t-il. Si je maintiens ma candidature, le Mathussem fera tirer à deux cent mille exemplaires ce jugement irréfutable. Si je renonce à la députation, car il y a gros à parier que j'aurais été nommé, il est capable d'ébruiter l'affaire quand même, et les gazettes officieuses ne manqueront pas de soutenir que je ne me suis retiré de la lice que pour cause d'indignité. Le seul moyen de tout concilier serait de consentir à ce mariage désastreux, mais c'est là une extrémité à laquelle je rougirais de m'arrêter une minute. Il n'y a donc qu'un parti à prendre, s'envelopper de son manteau comme César, et attendre les coups.

Quand Maximilien revint de chez Geneviève à l'heure ordinaire pour se mettre à table, il remarqua que son père était extrêmement changé.

— Dieu ! s'écria-t-il, comme tu as mauvaise mine. Tu travailles trop, papa, ce livre t'absorbe à un point ridicule. Est-ce que le vieux fricoteur de chair humaine qui t'accapare tous les jours pendant cinq heures, ne va pas bientôt nous laisser tranquilles ?

— Allez donc lui proposer pour beau-père un homme qu'il traite de cette façon-là ! pensa Houzelot. Il répliqua cependant à tout hasard : Tu te trompes complétement à son sujet, c'est un causeur charmant. Il sait beaucoup, ma foi, et ce qu'il ignore, il le devine. Tu sais qu'il a une fille.

— Pour peu qu'elle ressemble à son père au physique et au moral, ce doit être une jolie paroissienne, fit Max en se versant à boire.

— Tout ce que je sais, c'est qu'il paraît l'idolâtrer. Du reste, les êtres les plus disgraciés donnent souvent le jour à des enfants adorables, ça arrive.

— Et le contraire aussi, malheureusement.

Le père de Maximilien passa une nuit atroce. En même temps qu'il voyait sa fortune politique et presque son honneur lui échapper, il faisait une découverte bouleversante, à savoir que le vitriol de l'ambition avait déjà creusé dans son cerveau un trou d'une profondeur presque insondable. A partir du moment où il s'était senti palpiter sous les émotions de la vie parlementaire, il avait parcouru tout le clavier des sensations dont le formulaire se trouve au compte-rendu des séances de la Chambre. Il avait savouré par avance cette phrase, terrible au point de faire du président, qui peut seul la prononcer, un être à part :

« La parole est à M. Houzelot. »

Il avait vu en rêve les rubriques « Très bien ! très bien !... Applaudissements réitérés... sensation... mouvement... » faire la chaîne des dames avec les « C'est cela ! » les « Bravo !... » les « L'orateur reçoit les félicitations d'un grand nombre de ses collègues », et autres certificats d'adhésion donnés par des sténographes aux représentants de la France.

Et tout à coup, sans transition, presque sans avertissement, les gradins de la tribune s'écroulaient sous ses pieds ; le plafond lumineux de l'enceinte législative lui tombait sur la tête. Avoir amoureusement vogué pendant deux mois sur un lac d'azur et se sentir un matin entraîné par les rapides du Niagara, telle était la révolution subie par le docteur. Il arpentait sa chambre à coucher en s'épongeant le front. Il mordait son mouchoir, il se noyait la tête dans son édredon.

De temps en temps, il essayait de se convaincre que les insinuations de l'audacieux cantinier étaient purement fortuites ; qu'après tout la proposition relative à Max n'avait pas été directe et ne revêtait conséquemment pas le caractère de chantage qu'il se sentait disposé à lui attribuer.

Mais le rictus de la bouche et le plissement de la patte d'oie du père de Léocadie murmurant : Avouez qu'à eux deux ils feraient un joli couple, étaient féconds en renseignements. Dès le lendemain d'ailleurs, une nouvelle visite de Mathussem vint anéantir les derniers doutes.

— Eh bien ! où en sommes-nous ? demanda-t-il d'un air de connivence et avec la froideur d'un syndic chargé de terminer une liquidation.

Le docteur Houzelot pouvait répondre que cette question était bien brutalement posée, que le nom de Mlle Léocadie avait été à peine prononcé dans la séance précédente, et qu'il n'avait considéré les ouvertures de Mathussem que comme des fantaisies sans portée. Mais l'attitude du vieux vivandier le montrait comme ayant si bien consciencé de l'impression profonde qu'il avait produite sur le docteur, que celui-ci jugea inutile toute dépense de mots.

— Où en sommes-nous ? dit-il. Ah ! çà, c'est donc sérieux ?

— Sérieux ! le bonheur de nos enfants ! je le crois, par exemple.

— Leur bonheur ! ils ne se connaissent seulement pas ! s'écria Houzelot, essayant de jouer avec une situation qu'il n'osait attaquer de front.

— Mais oui, leur bonheur, répéta Mathussem. Léocadie serait enchantée d'entrer dans la famille d'un député. L'enfant est un peu ambitieuse ; vous ne lui en voudrez pas, vous qui l'êtes un brin aussi.

— Et vous vous imaginez que mon fils, qui a toujours fait ses dix-neuf volontés, se laissera marier ainsi tout de suite, comme dans un haras ?

— Remarquez que je ne vous demande rien. Je ne suis pas un homme à jeter Léocadie à la tête de personne ; mais enfin, lui en avez-vous seulement parlé à votre fils... de nos projets ?

— De vos projets, voulez-vous dire. Non, ma foi. J'aurais été bien reçu !

— Allons ! conclut sse[Mathum, faisant mine de prendre son parti, je vois que vous ne voulez absolument pas être député.

C'était clair. Un brouillard jaune emplit les yeux du docteur. L'entrepreneur atteignait la porte ; il l'arrêta par ces mots dont la rudesse masquait une évidente concession :

« Vous pouvez vous vanter d'être un singulier type. »

— A quel propos ? fit l'israélite, qui ne demandait qu'à revenir sur ses pas. Nous sommes deux pères de famille qui devrions ne penser qu'à nous entendre. Eh bien ! pas du tout, vous êtes là, vous vous emportez ! vous jetez les hauts cris !

Houzelot n'avait pas jeté le moindre cri, mais Mathussem tenait à lui attribuer des torts, afin de lui permettre de saisir une occasion de les réparer.

— Je m'emporte, moi ! riposta le docteur ; c'est vous qui me proposez des choses impossibles et qui, par dessus le marché, voulez les brusquer sans seulement me laisser le temps de me reconnaître.

Quand un homme dit : Laissez-moi le temps de me reconnaître, il est vaincu.

— Qui vous parle de brusquer quoi que ce soit ? répondit Mathussem, sentant s'affermir sous lui le terrain qu'il avait si habilement déplacé. Je suis prêt à user des plus grands ménagements. Tenez, arrêtons-nous à l'idée que voici : vous viendrez dîner demain à la maison avec votre fils. Il verra Léocadie. Eh ! mon Dieu ! on ne sait pas.

— Lui ! vous ignorez quel travail c'est pour le faire dîner en ville.

— Dam ! je n'ai pas la prétention de le traiter comme chez Bignon. Je ne suis qu'un pauvre diable, dit humblement le fournisseur. Mais on ne trouve pas tous les jours cinquante-cinq mille francs sous sa serviette. Enfin, faites tous vos efforts pour l'amener, nous serons enchantés de le voir. 24, rue des Vinaigriers, six heures précises. C'est le vieux style chez nous.

Et Mathussem regagna l'antichambre comme pour laisser le docteur seul à seul avec son désarroi. Celui-ci essaya une résistance qui déjà n'était plus dans son cœur, et qui se résuma dans cette mince menace lancée de loin à son amphitryon aux trois quarts disparu :

— Ah ! vous savez, je ne réponds de rien.

CHAPITRE SEPTIÈME.
Le fiancé sans le savoir.

— Si cependant Maximilien voulait, se dit-il quand il fut rendu à lui-même, tout dépend de lui. Est-ce que ma députation, mon nom et mon mandat de député ne feront pas partie de son patrimoine? De ma vie, je ne l'ai contrarié en quoi que ce soit, nous verrons si le premier sacrifice que je lui demanderai, il me le refusera.

Maximilien entra pour le déjeuner. Il était de ces fils que leurs parents ne voient guère qu'à l'heure des repas.

— Jamais tu ne devinerais la corvée qui m'attend, lui dit son père. Si tu es un bon fils, tu la partageras avec moi. Je ne me sens pas la force de l'accomplir tout seul.

— Il ne s'agit pas de quelque mauvaise affaire, au moins? fit Max.

— Sais-tu chez qui nous dînons demain? Chez le père Mathussem, qui est venu tout à l'heure déposer une invitation à mes pieds.

— Comment! chez cet anthropophage? Et tu as accepté?

— Il y tenait tant! et puis franchement, je lui dois beaucoup; voilà quatre journées qu'il perd uniquement pour m'être agréable.

— Très bien! mais moi je ne suis pas de la fête. Me trouver à la même table que ce marchand de légumes? fi, l'horreur! Il me semblerait voir ces malheureux prisonniers se retirer les morceaux de la bouche pour les mettre dans mon assiette, ce qui serait un spectacle peu ragoûtant.

— Avec ça qu'ils sont si intéressants, tes réclusionnaires, répondit avec humeur Houzelot, désespéré de se voir engagé dans cette impasse.

— Papa, fit en riant Maximilien, tu deviens réactionnaire. Je serai obligé d'avertir ton comité électoral.

— Voyons! Max, dit Houzelot en pressant les deux mains de son fils d'une étreinte presque suppliante, ne me refuse pas, viens dîner avec moi chez cet homme.

— Du moment où tu y tiens à ce point-là, j'irai certainement, mon pauvre papa, dit Max en embrassant son père. Un mauvais dîner est bientôt passé. D'ailleurs, ne m'as-tu pas raconté qu'il avait une fille?

— Ah! tu te rappelles?...

— Cette Colombine va nous faire manger d'affreux arlequins. Mais je t'avertis, si je n'ai rien autre chose à me mettre

sous la dent, c'est sur elle que je me rattrape. Je lui ferai une cour scandaleuse.

— Tu feras tout ce que tu voudras, dit le docteur presque joyeux en rendant à Maximilien son embrassade. A demain, viens me prendre à cinq heures et demie, il paraît que Mathussem dîne à six heures.

— A six heures! il est complet!

Le lendemain, à l'heure dite, le docteur et son fils entraient au numéro 24 de la rue des Vinaigriers, dans un de ces bâtiments dits maisons d'ouvriers, dont les cours sont généralement la proie d'échelles, de planches, d'enclumes et autres *impedimenta* aussi difficiles à franchir qu'à énumérer.

Du rez-de-chaussée au quatrième, l'escalier allait se rétrécissant d'étage en étage. A partir du quatrième, l'immeuble tournait au pigeonnier. Heureusement, le carré où ils s'arrêtèrent donnait encore place à un homme de grosseur moyenne. A peine la porte de l'appartement occupé depuis vingt ans par Mathussem se fut-elle ouverte devant les deux invités, qu'ils se trouvèrent encaissés dans les parois d'un corridor servant d'antichambre et tellement étroit que Mathussem se crut obligé de s'en excuser. Il leur expliqua que le propriétaire, ancien entrepreneur de maçonnerie, avait taillé dans ce couloir à tout faire une cuisine et des cabinets, de telle sorte que le visiteur devait renoncer à y passer autrement que de profil. C'est seulement dans la salle à manger qu'il reprenait sa surface.

Le jour de l'emménagement, l'exiguïté de ce boyau n'avait pas permis aux commissionnaires de monter les meubles autrement que par la fenêtre. Et le gros du ménage ayant été endommagé sur plusieurs points pendant l'ascension, Mathussem avait argué de ce prétexte pour se dispenser de changer d'abord d'installation afin de ne pas exposer ses canapés à de nouvelles catastrophes, ensuite de renouveler son meuble, ce qui aurait été renouveler ses avaries, que vingt années d'usage avaient sensiblement aggravées.

En outre, racontait le fournisseur juré près les prisons et maisons centrales, un peu honteux de la forme de ses ottomanes et aussi de leur fond, Mme Mathussem, hydropique depuis trois ans et très enflée du côté des jambes qui lui refusaient obstinément tout service, habitait probablement à perpétuité entre les bras d'un fauteuil à roulettes dont aucune puissance humaine n'aurait pu la faire déloger.

Or, le fauteuil étant trop large pour passer par la porte, et Mme Mathussem ne pouvant décemment déménager par la fe-

nêtre, il fallait de toute nécessité attendre sa mort pour quitter l'appartement de la rue des Vinaigriers, où la malheureuse impotente se trouvait ainsi bloquée pour toujours, comme dans une enceinte fortifiée.

Mathussem, que rien ne démontait, se sentait toutefois, comme les gens mal élevés, extrêmement impressionné en présence de deux hommes du monde si différents de son entourage ordinaire. Il se trompait de porte, il enchevêtrait ses pieds dans les déchirures des tapis. A une question de Maximilien, il répondit : « Oui, madame. »

Il fit entrer ses deux convives dans une pièce carrée, tellement tapissée de cartons verts, du plancher au plafond, que la couleur du papier de la chambre, si toutefois la chambre avait un papier, et si ce papier avait une couleur, restait à l'état de devinette.

— C'est ici mon cabinet de travail, dit le fournisseur.

Houzelot fils pensa que, pour mener ses invités dans un cabinet de travail en attendant que le dîner fût servi, il fallait être privé de salon.

Houzelot père, lui, en voyant tous ces cartons étiquetés et numérotés, pensa que l'un d'eux contenait sans doute son dossier.

Aux coins de la cheminée, dont le marbre noir était fendu dans toute sa longueur, deux flambeaux en galvanoplastie d'un modèle écœurant, et au milieu, posée sur un piédouche en sapin simulant l'ébène, et protégée par un verre bombé, une tête d'homme évidemment moulée sur nature.

Maximilien regarda ce plâtre qu'il prit d'abord pour le masque de quelque célébrité défunte, Napoléon ou Jean-Jacques Rousseau.

— C'est la tête de Poncet, vous savez, l'assassin qui a été récemment guillotiné à Versailles, fit gracieusement Mathussem. Le mouleur en a tiré une épreuve spécialement pour moi. Je suis allé le voir exécuter, et, croyez-vous que Léocadie a voulu absolument venir avec moi? Les femmes sont impayables.

Houzelot père lança un regard exaspéré à celui que la nécessité faisait son complice. Mathussem comprit qu'il avait commis ce qu'au boulevard on nomme un impair; mais il ne trouva pour le réparer d'autre correctif que ces paroles :

— C'est une bien bonne petite fille.

Une androgyne de cinq pieds cinq pouces, pouvant marcher sur trente-huit ans, toute dépeignée, ouvrit alors la porte du bureau en criant d'une voix de cantinière :

— Monsieur ! la soupe est sur la table !

La salle à manger où l'on passa était le triomphe du placage en noyer. Buffet en noyer, table en noyer, chaises en noyer, console en noyer dont les teintes primitives avaient été décomposées par un dévernissage progressif.

L'entrée du potage coïncida avec celle de Léocadie. Le docteur, aussi inquiet de cette présentation que son fils y était indifférent, s'aperçut tout de suite que Mlle Mathussem était « tout en buste ». Un front découvert, où son père avait constaté avec joie la bosse du calcul, avançait comme une corniche sur des yeux noirs, qui eussent paru grands et bien dessinés si l'ombre portée par ce maudit front ne les avait tenus dans une sorte de nuit perpétuelle, avec laquelle ils se confondaient ; l'arête du nez était quelque peu tranchante, la bouche grande, mais les lèvres étaient rouges et les dents fort belles.

Bien qu'elle n'eût que vingt-et-un ans, elle en paraissait environ vingt-quatre et elle se rendait certainement compte de cet écart. Sa toilette avait pour principal objectif de lui donner l'air pensionnaire : elle portait une guimpe en mousseline blanche à petits pois, recouverte d'un corsage décolleté en foulard violet à bretelles. La jupe, également en foulard violet, complétait un costume de distribution de prix, assez peu en harmonie avec le visage énergique et déjà marqué de la jeune fille.

L'ordonnance de ses cheveux noirs était le résultat d'une étude approfondie des derniers numéros de la *Mode illustrée*. Elle avait jeté son dévolu sur la coiffure n° 3, laquelle n'était qu'un entrecroisement de canons, de boudins et de nattes formant des collines, des vallées et des routes stratégiques, dans les sinuosités desquelles nous ne nous engagerons pas.

— Elle a été avertie, se dit Houzelot en la détaillant ; c'est la toilette d'une femme avertie. Puisse-t-elle produire son effet, bonté du ciel !

L'examen auquel se livrait le docteur fut interrompu par un roulement rappelant le bruit d'un vélocipède en marche, et le fauteuil de Mme Mathussem entra garni de sa pensionnaire et poussé par la virago dont nous avons parlé plus haut.

La mère de Léocadie n'avait plus ni forme, ni âge. On la poussa à la table comme à une mangeoire. Elle adressa aux deux étrangers un salut de la tête qui ressemblait plutôt à un mouvement convulsif, et, saisissant sa cuiller d'une main tremblottante, elle la plongea dans son assiette et essaya de porter à sa bouche une ration de bouillon, dont une moitié tomba sur la nappe et l'autre moitié sur elle.

Léocadie était l'âme de la maison. Elle ordonnait, découpait, servait, sans que son père songeât à autre chose qu'à la dévorer des yeux. Les cinq pieds cinq pouces d'Elvire (elle s'appelait Elvire, la cuisinière) s'inclinaient avec respect et frémissement devant « la » demoiselle. Cette terreur n'était pas absolument sans objet. Mathussem, qui disait volontiers de sa servante : C'est une perle ! avait découvert cette perle dans la maison d'arrêt de la Ferté-sous-Jouarre. Cette fille de la Beauce venait d'être écrouée sous la prévention d'infanticide. Son ardeur au travail et l'incroyable dextérité qu'elle déployait dans le raccommodage des serviettes de la maison, avaient attiré l'attention de l'entrepreneur, qui, moyennant un demi-litre de vin par jour ajouté à l'ordinaire que vous savez, obtenait de sa prisonnière des miracles de *labor improbus*.

Un jour que la prévenue avait dépassé toutes ses espérances, il lui avait mis à la main ce marché, digne pendant de celui qu'il devait proposer plus tard au docteur Houzelot : — Si vous voulez vous engager, au cas où vous seriez acquittée, à entrer en service chez moi pour cinq francs par mois, le blanchissage et la nourriture, je me charge de votre affaire.

Elvire s'était jetée à ses pieds en l'appelant son sauveur et son maître. La semaine d'après, elle était rendue à la liberté en vertu d'une ordonnance de non-lieu, et le soir même elle venait se remettre corps et âme entre les mains de son autocrate.

Avec son activité dévorante, elle eût facilement trouvé de ses deux bras 30 ou 40 francs par mois ; mais Mathussem lui avait fait comprendre qu'une ordonnance de non-lieu n'était pas un acquittement, en ce sens que le procès pouvait toujours être repris sur de nouveaux indices, et que la moindre tentative d'évasion pourrait la mener beaucoup plus loin qu'elle ne le voudrait. Elvire avait protesté de son désintéressement et baisé humblement son collier de misère.

Léocadie faisait marcher au doigt et à l'œil cette ilote, et Mathussem était heureux de montrer sa fille dans l'exercice de ses fonctions gouvernementales.

— Ah ! disait-il à chaque prescription ordonnée par la jeune fille, c'est que la petite n'est pas manchote. Figurez-vous qu'elle tient mes comptes comme un homme. Je lui donne cinquante-cinq mille francs de dot, mais elle les a parbleu bien gagnés.

Malgré ce panégyrique, qui revenait à tous les plats comme une ritournelle, la conversation se traînait languissamment.

On évalua les bénéfices de la maison. Mathussem s'apprêtait à traiter avec les administrateurs de trois prisons nouvelles.

— A ta place, papa, dit Mlle Léocadie, j'exigerais qu'on fît lever les détenus une heure plus tôt. Ils peuvent parfaitement être debout à quatre heures du matin au lieu de cinq. C'est perdre une heure sans profit pour personne. Une heure de travail pour six mille prisonniers donne six mille heures par jour. Car nous avons six mille prisonniers.

— Six mille prisonniers ! fit Max jouant l'admiration, c'est plus qu'on n'en a fait dans toute la campagne du Mexique.

On en vint à parler du masque en plâtre exposé sur la cheminée du bureau, et de l'exécution de l'homme que Mathussem, accompagné de sa fille, était allé voir guillotiner sur une des places de Versailles.

— Il est bien mort, dit la jeune fille.

Le docteur Houzelot tressautait sur sa chaise comme un cacique sur le gril. Maximilien, qui n'avait demandé qu'à rire, perdait peu à peu toute idée de batifolage en présence de cette Catherine II, qui voulait faire lever les condamnés à quatre heures du matin, assistait à des exécutions capitales et donnait son avis sur la désinvolture des suppliciés.

A l'issue du dîner, une *rêverie* de Rosellen sur le piano, par la même, rendit une certaine gaîté à Max.

— Dieu ! comme je rirais, si je ne tombais pas de sommeil, dit-il tout bas à son père.

Vers neuf heures trois quarts, il commença à le tirer par la manche avec une telle insistance, que le docteur finit par prendre un congé qu'il soupçonna fort d'être définitif, tant l'attitude de son fils était navrante.

Maximilien, réveillé par l'air de la rue, alla finir sa soirée aux Variétés.

Quant au docteur, il se vit, cette fois, bien décidément au fond du gouffre.

— Entrer dans cette famille-là est aussi inadmissible pour Maximilien que de se faire valet du bourreau. Tous les raisonnements du monde ne parviendront pas à lui faire prendre au sérieux une fiancée de cet acabit. Et l'autre qui faisait sonner les malheureux cinquante-cinq mille francs qu'il donne à sa fille ! comme si Maximilien ne savait pas qu'un jour je lui laisserai quarante mille livres de rente. C'est à se tuer !

Et il interrompait ses soliloques pour se reporter à cette députation dont la perspective l'éblouissait, qu'il s'était en quelque sorte laissé imposer au début, et que, maintenant qu'elle lui glissait des mains, il aurait, comme Cynégire à

Marathon, voulu retenir avec les dents plutôt que de la laisser échapper.

Sa colère, qu'il promenait alternativement sur tous les auteurs de sa chute, alla jusqu'à se tourner contre Maximilien :

— Il est mon fils, après tout, se disait-il ; si je lui faisais entendre résolûment que ma volonté est que ce mariage ait lieu avant la fin de l'année. Je suis curieux de savoir comment il s'y prendrait pour me désobéir ! Que je suis neuf !... il m'enverrait promener tout simplement..... Aujourd'hui les enfants traitent leurs pères comme des domestiques, et même moins bien..... Ils ne nous savent aucun gré de nous sacrifier pour eux. En revanche, si nous leur demandons de se sacrifier un peu pour nous, ils nous reçoivent avec la pelle et le balai. Pourtant, s'il me disait : « Papa, voici une femme que tu ne connais pas, c'est vrai, mais qui, en résumé, est une honnête femme ; eh bien ! l'honneur de mon nom qui est le tien, le bonheur de ma vie, tout enfin exige que tu l'épouses », est-ce que j'hésiterais, tout vieux que je suis et tout millionnaire que je serai un jour ?

Cette dernière réflexion prit corps dans son cerveau.

— Tout lui dire ! s'écria-t-il, oui, il saura comment je suis tombé dans les mains sales de ce Mathussem, dans quel but nous sommes allés tous deux bâiller à ce dîner grotesque. Il saura qu'en prenant pour femme mademoiselle Léocadie Mathussem, il me donne trente mille voix, le titre de député, et peut-être un portefeuille, tandis qu'en refusant la main qu'on nous offre, il me sape par la base et me prépare la plus épouvantable des vieillesses... Oui, mais un homme de mon âge et de mon importance faire à un enfant, mieux encore à son fils, l'aveu de ce secret, non pas seulement pénible, mais ridicule... Ah ! bah ! après tout, je suis veuf, presque garçon ; Max me raconte bien ses fredaines. Je n'ai aucune raison pour lui cacher les miennes. D'ailleurs, il y a tout à gagner pour nous à ce qu'il tienne cette histoire de moi, plutôt que de l'apprendre par d'autres...

CHAPITRE HUITIÈME

Le mariage qui vient et l'amour qui s'en va.

Quand Maximilien rentra vers minuit et demi, il trouva son père debout et qui l'attendait dans le même habit noir qu'il portait au dîner de Mathussem. Le docteur n'avait même pas songé à retirer son chapeau.

Mais il ne laissa pas à son fils le temps moral de s'étonner de cette veillée prolongée. Il le saisit entre ses deux bras, l'attira sur son cœur et lui dit de l'accent le plus pénétrant :

— Max, aimes-tu réellement ton père ?

— Moi ! papa, si je t'aime ? Mais oui, je t'aime, je t'aime de tout mon cœur... Voyons... tu pleures ?.... Ah çà ! est-ce que tu deviens fou ?

— Eh bien ! puisque tu m'aimes, comme je le crois, comme j'en suis sûr, tu n'as qu'un moyen de me le prouver, c'est d'épouser Mlle Mathussem.

Ce n'était pas là une proposition, c'était un éclat d'obus.

— Comment, s'écria Maximilien, la demoiselle de ce soir ?

— Je sais tout ce que tu vas m'objecter, reprit Houzelot ; tout ce que tu peux me dire, je me le suis déjà dit cent fois. Elle n'est pas jolie, sa dot est insignifiante, ses façons te déplaisent ; ce que je te demande n'est donc pas un mariage d'amour, pas même de convenance, c'est un mariage de dévouement.

— Tu me récites un conte des mille et une nuits. Explique-toi ! C'est de la démence : où espères-tu en venir ?

— C'est de la démence si tu veux ; mais si tu consens à épouser Mlle Mathussem, tu me rendras bien heureux, mon cher enfant.

— Écoute, papa, j'ignore d'où vient cette lubie. Exige de moi quoi que ce soit : que je me fasse photographe, que je m'engage dans les turcos, mais la fille Mathussem, jamais. Elle est hors concours.

— Mais si je te prouvais que ce mariage me mène à tout ; que, si tu t'y résignes, je serai député aux élections prochaines, bientôt ministre peut-être ; qu'au contraire, si tu t'y refuses, je retombe plus bas que je n'ai jamais été...

— Cette supposition ne peut avoir aucun sens, mais, en admettant qu'elle en eût un, je te prouverais à mon tour que, tandis que tu serais ministre trois mois, je resterais, moi, jusqu'à la fin de mes jours, l'heureux gendre de l'élégant Mathussem. Ton ambition me coûterait cher, tu l'avoueras.

— Eh bien ! après tout, quand je serais ambitieux ? répliqua le docteur consentant à éclairer un des côtés de la question pour mieux cacher l'autre ; ce n'est là qu'une faiblesse ; je t'en ai passé bien d'autres. Puisque tu tiens à tout savoir, oui, là, je suis ambitieux, je le suis au-delà de tout. Es-tu content ?

— Et c'est ce personnage visqueux qui a le pouvoir de faire échouer ta candidature ?

— Il en a le pouvoir.

— Alors on me tendait un piége. Ces visites prolongées, cette invitation à dîner, cette rêverie au piano étaient réglées d'avance dans le but en question. Malheureusement, le but est manqué.

Le docteur Houzelot porta la main à son front comme pour s'arracher les cheveux.

— Ainsi tu me prends pour un ennemi, dit-il, comme si je n'étais pas disposé à payer ton sacrifice le prix que tu aurais fixé toi-même. J'ai actuellement quarante mille livres de rente, je t'en aurais sur-le-champ donné vingt mille.

— Ce n'est pas l'argent qui m'inquiète, c'est la femme.

— Eh ! imbécile, qui t'empêcherait de la tromper avec ton argent ! fit Houzelot, décidé à plaider toutes les atténuations.

— Celle que je ne veux pas tromper, c'est une jeune fille que j'aime depuis cinq mois déjà, et dont la beauté serait passablement surprise de se voir préférer Mlle Léocadie.

— Elle t'aime réellement, ta jeune fille ?

— J'ai lieu de le croire.

— Elle est ta maîtresse ?

— Mais oui.

— En ce cas, tu la quitteras pour deux mois, le temps d'aller avec ta femme faire un voyage en Italie, et tu la reprendras à ton retour.

— Merci ! une femme dont on reste éloigné deux mois, on la retrouve dans un joli état.

— Elle t'attendra, s'il est vrai qu'elle t'aime.

— Si elle m'aime assez pour m'attendre, elle m'aimera trop pour accepter de me partager avec une autre.

— C'est donc une Montmorency, ta châtelaine ?

— Pas précisément ; c'est une fleuriste.

— Alors elle ne t'attendra pas. Ah ! tu donnes dans les fleuristes ?

— Mieux vaut, comme Geneviève, fabriquer des fleurs, que de falsifier des légumes comme les Mathussem.

Houzelot s'aperçut que toutes les concessions auxquelles il souscrivait d'avance et les ouvertures peu dignes que lui suggérait la nécessité de réussir dans sa négociation le diminuaient aux yeux de son fils sans faire avancer la question d'un centimètre.

— C'est bien, Max, dit-il enfin, je n'ai ni l'envie ni le pouvoir de te violenter. Je ne te demande plus rien, j'écrirai demain à mon comité pour lui annoncer mon désistement. Trop heureux, si d'ici à huit jours notre nom n'est pas traîné dans les journaux. Tu verras bientôt ce que ton refus me coûte. Bonne nuit, Max.

Houzelot entra dans sa chambre, laissant son fils stupéfait et se demandant par quel enchaînement de circonstances fantastiques son père en était arrivé à lui imposer une Léocadie Mathussem.

— Il y a là-dessous autre chose qu'une fantaisie, se dit-il. S'il ne me l'a pas révélé, c'est que le mystère dépasse la mesure des aveux permis. Que signifie cette menace : Tu verras bientôt ce que ton refus me coûte?... Pourvu qu'il ne se laisse pas aller à quelque extravagance !

Il appuya son oreille contre la porte qui séparait la pièce où couchait Houzelot de son cabinet de consultations. Son père ne songeait pas à se mettre au lit, car on entendait ses bottes crier sur le parquet. Max eut l'idée de regarder par le trou de la serrure. Il vit celui qu'il côtoyait depuis vingt ans sans avoir jamais eu à subir de son humeur facile un reproche sérieux, une observation malveillante; celui qui répondait à ses demandes d'argent en lui donnant les clefs de ses tiroirs ; qui, la première fois que son fils avait échoué à son baccalauréat ès-sciences, avait accueilli l'annonce de cette défaite par cette consolation si profondément paternelle : « C'est déjà un beau fleuron à ta couronne que de t'être présenté »; celui qui riait de tout, admettait tout, il le vit essuyant avec son mouchoir de grosses larmes qu'il semblait vouloir forcer à rentrer sous ses paupières, mais qui s'en échappaient malgré lui.

Max ne put y tenir. A certaines heures et devant certaines situations, l'homme redevient un enfant de quatre ans. Le fils du docteur Houzelot fut pris d'une envie irrésistible de sauter au cou de son père. Il tourna le bouton de la porte et se jeta dans les bras du docteur en criant :

— Papa ! papa ! que se passe-t-il à la fin ? il faut que je le sache ? Entends-tu bien, il le faut !

— J'espérais pouvoir te le cacher, Max, dit Houzelot en l'étreignant ; mais puisqu'il ne te suffit pas de m'entendre dire que tu tiens entre tes mains ma vie et mon bonheur, et puisque tu me réduis à rougir devant toi, je vais t'expliquer...

— Non, garde ton secret, fit Max en lui appliquant la main sur la bouche pour arrêter l'aveu au passage. Ce mariage me désespère, mais il faut que tu aies pour me l'imposer des raisons terriblement concluantes. D'ailleurs, il m'est impossible de te voir malheureux : fais de moi ce que tu voudras.

Le docteur Houzelot se tint à quatre pour ne pas se précipiter aux genoux de son fils. Son édifice découronné se recouronnait d'un coup de baguette. L'échafaudage électoral qu'il avait vu s'affaisser et se disjoindre reprenait toute sa solidité. Cependant, il avait besoin de garanties. Aussi il se hâta d'engager et de compromettre la parole de Maximilien par les marques d'une reconnaissance enthousiaste : — Mon fils bien-aimé, fit-il en plongeant avec une attitude théâtrale ses yeux dans ceux du jeune homme, tu peux dire qu'aujourd'hui tu as sauvé ton père. Je vais donc pouvoir dormir. Il y a si longtemps que je n'ai fermé l'œil.

Cette fois, c'est Max qui ne dormit pas. A sept heures, il était prêt à sortir. Son père était déjà parti pour aller conclure avec Mathussem. Il ne nourrissait plus contre lui la moindre rancune. Loin de là, il commençait à éprouver pour l'entrepreneur comme de la sympathie. Il trouvait à sa fille l'air digne et à Elvire « une bonne figure ». L'envie de parvenir transporte des montagnes.

En apprenant le résultat final de ce qu'il appelait la « grande entreprise », Mathussem, qui n'aimait rien perdre, faillit pourtant perdre contenance. Léocadie exultait. Elle attribua son triomphe à la fascination exercée sur Maximilien par la rêverie de Rosellen et surtout par son corsage à bretelles. Elle se jura, dans le silence du cabinet de toilette, de n'en plus porter d'autres jusqu'à l'âge de quarante-neuf ans.

Maximilien courut chez Geneviève, dont le calme l'irrita. Il aurait aimé qu'elle lui fît une scène. Il en eût profité pour la quitter ce jour-là ou pour sacrifier Léocadie sur l'autel du raccommodement. Si elle avait connu l'art de provoquer le moindre parallèle entre elle et sa rivale, le fils du docteur eût déserté toutes les promesses de la veille. Mais, confiante comme la loyauté, elle attendait tout de son amour et rien de ses autres séductions. Elle ignorait qu'elle eût une adversaire en face d'elle, et, l'eût-elle su, ce n'est certes pas par des coquetteries qu'elle eût songé à la combattre.

Max, ne fût-ce que par curiosité, avait résolu de tâter le terrain; mais l'innocence de Geneviève avait des milliers de lieues à franchir avant de toucher au soupçon. Toutes les insinuations, les possibilités, les hypothèses émises intentionnellement par le jeune homme, la laissèrent placide et souriante.

— Mon père a parfaitement raison, se dit-il ; il est inutile de lui annoncer que je la quitte ; d'abord, je n'en aurai jamais le courage. Je puis simplement prétexter un voyage de deux mois. Si pendant la lune de miel j'acquiers la conviction que je ne peux pas me passer de Geneviève, et qu'elle ne peut pas se passer de moi, à ma rentrée je renoue, et il n'y a rien de changé en France; il n'y a qu'une femme légitime de plus. Si au contraire l'absence, qui détruit l'amour quand elle ne l'augmente pas, a l'impertinence d'entamer le nôtre, nous ne nous revoyons plus que dans un monde meilleur.

Ce projet de conciliation n'était guère plus flatteur pour la maîtresse qu'il allait laisser que pour l'épouse qu'il allait prendre. Mais il avait besoin d'une solution pour une situation insoluble, et il se montrait facile sur l'adoption des théories. « La faim fait macaque manger piment », dit un proverbe nègre.

Le docteur aurait voulu couvrir Max d'or et de pierreries, afin de l'abuser sur l'étendue de sa misère. Il explora les petites affiches jusqu'à ce qu'il y vit annoncée la cage qu'il rêvait pour les deux prisonniers, destinés à la même chaîne. C'était un petit hôtel situé aux Champs-Élysées, rue Bayard, et en l'honneur duquel il s'était juré de pousser jusqu'à deux cent mille francs.

Il y mena son fils, qui ne resta pas insensible aux enjolivements de la façade et aux moulures des plafonds. Il y mena Léocadie, qui faillit s'évanouir. Elle était sortie des porte-monnaie, des queues de boutons et des eaux grasses de M. son père, pour entrer dans une couche sociale insoupçonnée. Elle apportait dans ces promenades à travers des régions si nouvelles, une ignorance et une perpétuité d'étonnements qui lui donnaient quelque charme. Elle ne commandait plus, elle s'inclinait. Elle était presque bien.

Houzelot fut quitte de son hôtel pour cent quatre-vingt mille francs, payables en quatre ans. Il ne s'agissait plus que de le meubler. On eut des conférences solennelles avec les principaux tapissiers de Paris, et, au choix des couleurs, comme à celui des étoffes, le père de Maximilien vit qu'il n'en sortirait pas à moins de soixante nouveaux mille francs. Mais quand la candidature est tirée, il faut la boire.

C'est alors que le célèbre Chambreland, médaillé pour ses exploits mobiliers à trois expositions consécutives, écrivit cette lettre mémorable :

       « 2 août 1865.

» Monsieur le docteur,

» Consulté hier par monsieur votre fils et celle que vous appellerez bientôt votre fille, sur la couleur et l'agencement du salon de leur hôtel, je leur ai respectueusement soumis mes projets qui ont été acceptés et n'attendent plus que votre sanction pour passer dans le domaine des faits. Voici le résultat de mes recherches.

» Salon complet en brocatelle nacarat, composé de huit chaises poufs et de quatre fauteuils dits crinoline ; comme pièce du milieu, un confident à deux faces de même étoffe et même couleur avec dossier à rampe et capitonné. Les franges du tout seraient de soie à gros grain et les cartisanes dans le style Pompadour.

» Sa Majesté l'impératrice, dont le goût fait autorité en Europe, a daigné nous commander un meuble identiquement pareil qui orne aujourd'hui les appartements particuliers de son palais de Saint-Cloud.

» Vous jugerez comme moi, monsieur le docteur, que pour un jeune ménage la question de l'ameublement est capitale. Amasser chez soi les agréments qu'on chercherait vainement ailleurs, c'est pour le mari le moyen d'aimer son intérieur ; pour la femme, c'est l'art de le faire respecter.

» C'est à peine si le salon dont j'ai l'honneur de vous proposer le modèle, reviendrait à 12,000 francs.

» Veuillez agréer, monsieur le docteur, en attendant l'honneur de vous compter parmi mes clients, l'hommage de mon respectueux dévouement.

» CHAMBRELAND (Eugène), neveu et successeur de Chambreland (Paul). »

— Tiens ! dit Houzelot en tendant cette proclamation à Maximilien, vois donc ce que me veut ce tapissier avec ses cartisanes Pompadour. Je ne comprends pas un traître mot à toutes ses formules.

Maximilien prit la lettre, qu'il mit négligemment dans la poche de son gilet. Le lendemain, il passa chez Geneviève, que la rareté de ses visites, de plus en plus écourtées, commençait à surprendre. Il rejeta ses préoccupations et ses absences sur l'état de santé de son père que les médecins supposaient atteint d'une phthisie laryngée. Il parla de lui faire changer d'air. Il expliquait la fatigue continuelle qu'il venait offrir à son amie par les nuits récemment passées au chevet du docteur. La vérité est que, depuis quinze jours, le fiancé de Léocadie Mathussem ne cessait de courir, d'acheter, de monter des escaliers et d'en descendre, et qu'il était exténué.

Les mariages qui, à Paris, s'improvisent les trois quarts du temps, ressemblent moins à une affaire de cœur qu'à une entreprise de commission et d'exportation. Il faut des époux assortis, il leur faut aussi des assortiments, et le docteur avait trouvé ingénieux d'empêtrer son fils de la masse des livraisons et des commandes, de façon à ce que l'enchevêtrement des détails ne lui laissât guère le loisir de s'interroger sur la gravité du fond. Max était donc littéralement rompu, et les heures qu'il marchandait à Geneviève, il les passait encore étendu sur le lit où il dormait d'un sommeil de plomb. Ce jour-là, il avait passé la matinée au milieu des arrivages, et la sieste qu'il avait commencée vers midi chez Geneviève durait encore à trois heures. A peine s'était-il décidé à s'éveiller, que tous les rendez-vous du jour lui revinrent en mémoire. Il parut s'indigner contre lui-même d'avoir laissé si longtemps tout seul son père malade, embrassa précipitamment Geneviève, prit son chapeau, et partit.

C'est à ce moment qu'en remettant le lit en ordre, la pauvre fille trouva, froissée entre les couvertures, la lettre du tapissier, laquelle était tombée du gousset pendant l'assoupissement de Max.

Elle ne poussa pas un cri, elle n'eut pas une imprécation. L'habitude du travail assidu et de la vie solitaire est contraire aux explosions. Geneviève tomba, comme une masse, assise sur le lit, qu'elle laissa inachevé. Quand elle reprit le cours de ses idées, il faisait nuit noire. Elle se leva, frotta une allumette et l'approcha tout enflammée de la pendule : il était deux heures du matin.

Elle lut et relut la lettre, qui était ridicule, mais qui était claire.

— Voilà pourquoi il ne m'a pas, comme à l'ordinaire, menée au théâtre samedi dernier, pensa-t-elle. Il avait peur d'être rencontré avec moi.

Cependant une erreur était possible. Elle attendit, la tête dans ses mains, que le soleil fût assez haut sur l'horizon pour qu'elle pût décemment se rendre chez le tapissier, dont l'adresse inscrite au fronton de sa lettre s'enroulait en guirlande autour des médailles conquises à la pointe de ses capitons.

Elle se présenta comme une ouvrière de la maison Bachelard, chargée de fournir les fleurs de la toilette de noce destinée à la fiancée de M. Maximilien Houzelot : elle était allée au domicile de la jeune personne, mais on lui avait répondu que toute la famille était partie pour aller chez M. Chambreland compléter l'ameublement d'un hôtel ; elle était donc rentrée dans l'espoir de rencontrer la future Mme Houzelot, et de lui demander le jour et l'heure où il lui conviendrait qu'on vînt lui essayer sa couronne.

Geneviève, qui avait ouvert la porte du magasin de la maison Chambreland sans avoir le moins du monde préparé son entrée, avait pensé à Max sous son voile et son diadème de mariée, et ce mensonge lui était venu tout naturellement. Elle obtint tous les renseignements qu'elle craignait d'obtenir. Douter plus longtemps eût été une lâcheté inutile.

« Il ne s'agit plus maintenant que de mourir, » fut la seule pensée qui l'occupa. »

<hr>

CHAPITRE NEUVIÈME

Quelle est, quelle n'est pas, et quelle pourrait être Geneviève

Il en est quelquefois d'une résolution prise comme d'une révolution qui menace. Le plan étant arrêté, décidé, convenu dans l'esprit de chacun, l'exécution en est retardée souvent jusqu'à ce qu'on ait rencontré la formule de sa réalisation.

Combien de naïfs s'imaginent que, sans la campagne des banquets, Louis-Philippe serait encore sur le trône ! Combien d'autres racontent à leurs enfants que le coup de pistolet du boulevard des Capucines a perdu la monarchie ! Les banquets de 1848 et le coup de pistolet qui les a suivis n'ont été que des formules, comme, cinquante-neuf ans plus tôt, le serment du jeu de paume et la prise de la Bastille n'avaient été que le *modus faciendi* d'une rénovation inévitable. En concluant du général au particulier, Geneviève, se sentant incapable de survivre à l'abandon de Maximilien, n'attendait plus que l'occasion, futile peut-être, le fait probablement insignifiant qui déterminerait la catastrophe.

Elle attendit plusieurs jours encore. Elle voyait le fil de ses amours s'amincir d'heure en heure sous les faux-fuyants et les réticences de Max. En lui annonçant officiellement son départ, en lui laissant comme denier à Dieu ces deux mille francs qu'il avait demandés le matin à son père, il avait coupé le dernier fil qui l'attachait encore à sa maîtresse. C'était pour elle un maximum de désespoir qui ne pouvait plus être dépassé. Le mot : « Amuse-toi bien ! » jeté presque involontairement par Max qui fuyait, avait été pour elle le coup de pistolet du boulevard des Capucines, et la catastrophe avait eu lieu.

On a vu comment l'amant de Geneviève, plein de dégoût et d'horreur contre lui-même avait jeté par dessus bord tous les plans paternels et toutes les considérations de famille. Sa maîtresse avait la beauté d'une héroïne, mais il s'était cru aimé bourgeoisement, et, à la première épreuve, celle qu'il ne s'était pas donné la peine de comprendre franchissait d'un pas toutes les limites de la passion la plus folle. Cette douceur calme qui présidait à l'uniformité du train-train de sa vie, il l'avait prise pour une sorte d'atrophie des fonctions du cœur, et c'était la sérénité d'un amour inaltérable. Il lui avait souvent dit en riant :

— Toi, tu es en pâte de guimauve.

Il se trouvait qu'elle était en bronze.

Elle n'est pas rare la femme qui, le jour où vous lui reprochez d'avoir acheté une ombrelle de deux cent cinquante francs pour aller faire son marché le matin, s'écrie en rugissant comme une ménagerie : « Il faut en finir, je vais me jeter par la fenêtre. »

Alors, si, au lieu de bondir du côté de l'espagnolette en retenant *unguibus et rostro* votre dame par ses vêtements, vous vous dirigez d'un pas tranquille vers la croisée, si vous l'ouvrez à deux battants en lui disant d'une voix mielleuse :

« Ma bonne amie, puisque tous mes raisonnements et mes efforts ne peuvent parvenir à ébranler ta décision ; puisque ton parti est absolument pris et que tu veux sortir de ce vaste désert d'hommes improprement appelé la foule, qu'il soit fait selon ton irrésistible résolution. Seulement, moi qui t'ai tant aimée, je ne supporterai pas que tu t'exposes à froisser tes jolies mains en ouvrant brusquement une fenêtre dont les ferrures endommageraient tes doigts chéris. Souffre donc que je te rende le dernier service qu'il te soit donné de recevoir de moi désormais, et que j'aide dans la mesure de mes bras à t'aplanir le chemin du tombeau. »

Soyez convaincu que le saut fatal, constamment suspendu sur votre ménage, sera, pour cause d'indisposition, remis à un autre jour. Ou la désespérée tournera sur elle-même anéantie en décrivant avec ses jupes un de ces ronds que les petites filles intitulent des « fromages », et en murmurant ces paroles : « Je n'ai même plus la force de me traîner jusque-là ».

Ou attendez-vous plus probablement à la voir s'élancer, puis s'arrêter comme par enchantement à deux pas de l'ouverture béante, en vous interpellant en ces termes : « Lâche ! tu en as bien envie, n'est-ce pas, que je meure ? Mais je ne te ferai pas cette joie, je vivrai ».

Les suicides à grand orchestre n'ont jamais eu rien de bien inquiétant. Mais la femme, la vraie, celle qui, n'étant, quoi qu'ait dit Proudhon, ni ménagère ni courtisane, se tue sans menace préalable, après avoir aimé sans éclats de voix ; celle qui ne peut pas ne pas se dire, avant de plonger dans l'espace : « Me voici à cette heure jeune et embaumée ; dans un instant, je ne serai pas seulement morte, je serai laide ; je ne serai pas laide, je serai hideuse ; mes dents de perle joncheront le pavé ; mes yeux de velours seront hors de leurs orbites ; mes bras blancs, mes mains roses, mes poignets effilés seront tuméfiés et tordus ; mes genoux, nacrés comme des coquillages, auront leurs rotules broyées et leurs articulations ouvertes, et l'homme pour qui je meurs ne pourra jeter les yeux sur mes restes informes sans un frissonnement de dégoût » ; celle qui voit se dérouler devant elle cet épouvantable tableau, et qui, au lieu de reculer avec terreur, se jette résolument en avant, — celle-là, quand elle succombe, c'est l'éternel remords, et quand par malheur elle en réchappe, c'est le phénix, car elle renaît bien réellement de ses cendres.

Maximilien fit jeter un matelas auprès du lit de son adorée et passa deux nuits et deux jours à épier les moindres contractions de sa bouche, le plus simple mouvement des paupières. Tous les quarts d'heure il renouvelait les compresses d'eau sédative sur le pied légèrement foulé.

— Dors donc, lui disait-elle ; si tu ne dors pas, tu tomberas malade et c'est moi qui serai obligée de te soigner. Ce serait par trop drôle.

Les quarante-huit heures que Max avait passées sans paraître chez son père avaient jeté celui-ci dans un trouble inexprimable. Il flairait quelque malheur dont le moindre était pour lui, constatons-le, un accident arrivé à Max, une chute de voiture ou un duel.

— C'est autre chose, se disait-il ; s'il était cloué par quelque blessure, j'aurais reçu une lettre ou une dépêche.

Le matin seulement du troisième jour, Houzelot entendit une clef discrète tourner dans la serrure de l'appartement de son fils.

— C'est donc toi ! dit Houzelot en franchissant le corridor qui séparait les deux logements, et en saisissant Max par le bras. Quelle frayeur tu nous as causée ! Découcher deux jours de suite ! et à la veille de te marier. Est-ce que tu aurais enterré ta vie de garçon ?

— Je l'ai enterrée comme tu dis, répliqua Maximilien.

— Ma foi, dit Houzelot un peu rassuré, tout est prêt maintenant. Nous sommes à tes ordres. Vois-tu quelque inconvénient à ce que la célébration ait lieu dans un mois ?

— Un mois, c'est bien long. J'aurais désiré être marié au plus tard dans trois semaines.

Cet empressement parut singulier au docteur, qui y vit un indice vague de quelque revirement instantané.

— Dans trois semaines, si tu y tiens, fit-il sans essayer de cacher sa surprise, mais...

— Mais comme je ne puis pas épouser ma Geneviève avant qu'elle soit totalement rétablie, interrompit Maximilien, il est en effet probable qu'elle ne sera pas ma femme avant un mois.

— Geneviève ? qui appelles-tu Geneviève ? Si je comprends un mot à l'histoire que tu me contes-là ! fit Houzelot en devenant vert.

— L'histoire que je te conte est pourtant facile à comprendre. Je n'épouse pas Mlle Mathussem, car j'en épouse une autre. Rien n'est plus clair.

— Ah ! exclama Houzelot, pour qui tous les voiles se déchiraient, je me doutais bien que tu nous trompais tous !

— Je ne trompais personne que Geneviève, et elle m'en a puni, la chère âme, en se tuant pour moi.

— Oui, je devine ! la scène de l'asphyxie : on allume un fourneau... et alors...

— Tu ne devines pas du tout. Elle n'a pas fait semblant d'allumer un fourneau. Elle s'est tout bonnement jetée du cinquième sur le pavé.

— Et elle vit ?... C'est particulier.

— Elle vit, parce qu'un miracle a voulu qu'il se trouvât à la hauteur du premier une marquise étendue entre elle et la rue. Mais elle peut mourir ce soir, demain, dans huit jours. Cette explication est-elle concluante ?

— Si elle meurt, ce sera là, en effet, un événement de nature à retarder ton mariage avec Mlle Mathussem, mais non à l'empêcher. Si au contraire elle ne meurt pas...

— Si elle meurt, reprit Maximilien, outré de l'attitude de son père qui semblait traiter le suicide de Geneviève comme un simple événement médical, si elle meurt, comme je serai incontestablement son meurtrier, je n'irai pas m'imposer le supplice de passer le restant de mes jours aux côtés de Mlle Léocadie, cause indirecte de sa mort. Si elle vit, comme je l'espère, comme j'y compte bien, je n'irai pas l'assassiner de nouveau en en épousant une autre. Je compte même sur toi, mon père, pour expliquer à mon ex-future que je consens à être tout ce qu'on voudra, un infidèle, un farceur, mais que je suis obligé de lui rendre sa parole, sous peine d'être un scélérat.

— Oh ! la malheureuse enfant, que va-t-elle devenir ? s'écria Houzelot, comme si le sort de Léocadie était une de ses principales préoccupations.

— Est-ce que tu crains par hasard qu'elle se jette aussi par la fenêtre ?

— Ainsi, dit Houzelot, voyant que l'éloignement de son fils pour Léocadie montait insensiblement jusqu'à la haine, tu lui préfères décidément la plus pauvre des ouvrières ?

— Geneviève ! pauvre ! Elle m'apporte en mariage cinq étages sautés pour moi. Trouve-moi une femme qui ait une pareille dot à offrir à son mari.

— Soit, je ne te parlerai pas de cette jeune fille que je connais à peine, en effet ; je ne te parlerai même pas de moi, qui...

— Tu as raison. Tout doit se taire devant la preuve d'amour que m'a donnée Geneviève... Elle est ma femme. D'abord, parce qu'elle a payé assez cher le droit de porter mon nom ; ensuite, parce que, loin qu'elle soit indigne de moi, j'en suis à rougir d'être si peu digne d'elle ; et enfin, et surtout, parce que je viens de faire à son sujet une double découverte : c'est qu'elle est adorable et que je l'adore.

Le vitriol de l'ambition, en pénétrant dans l'âme du médecin candidat, y avait produit des ulcérations si profondes que son fils lui apparut en ce moment comme le plus dangereux de ses adversaires politiques. Il se vit cette fois plus bas que jamais, car le dilemme était tel entre la mort de Geneviève, si Max revenait à Léocadie, et la perte du docteur, si Max restait à Geneviève, qu'aucun moyen pratique ne se présentait d'en sortir. Le gouffre qu'il vit sous ses pas lui fit tourner la tête. Il commit la faute de s'irriter.

— Au moins, dit-il avec amertume, tu aurais pu prendre ton parti plus tôt et m'épargner les deux cent mille francs que me coûte déjà ton projet d'établissement.

— Tu as toujours le droit de renoncer à l'acquisition de l'hôtel de la rue Bayard, puisque l'acte de vente ne devait être signé qu'après-demain matin. Quant aux dépenses déjà faites, je m'engage à te les rembourser.

— Et avec quoi donc ? Voilà quatre ans que tu bats le trottoir des boulevards. Tu ne sais absolument rien faire, et si la fantaisie me prenait de te refuser les subsides dont tu as besoin, je serais curieux de savoir comment vous vous tireriez d'affaire, toi et ta fleuriste.

Loin d'humilier Maximilien, cet argument *ad hominem* eut pour effet de l'enflammer encore.

— Eh bien ! dit-il, je sais lire et écrire, je ferai comme d'autres, je me placerai. Quant à Geneviève, elle n'a besoin de personne, elle travaille et gagne largement sa vie.

— C'est cela, tu pourras courir les magasins avec ta femme, un carton sous le bras. Tu l'aideras à placer sa marchandise.

— Parfaitement, et, si nous avons des fils, nous nous arrangerons pour qu'ils ne soient pas obligés de s'unir un jour avec des petites-filles de Mathusalem.

Le coup était direct. Houzelot hors de lui ne trouva à y opposer que cet *ultima ratio regum :* — En attendant, comme tu n'as que vingt-deux ans, et qu'on est majeur seulement pour le mariage à vingt-cinq, je te donnerai le temps de réfléchir en te refusant mon consentement jusque-là.

— Voilà qui nous est inférieur, répondit Max avec un rire de défi. Elle continuera à être ma maîtresse, et tant pis pour ceux qui ne la respecteront pas autant que si elle était ma femme.

Le père et le fils se quittèrent sur ces aigreurs. Le docteur s'aperçut bientôt qu'il avait fait fausse route.

— J'ai eu tort de m'emporter, dit Houzelot à Max, quand celui-ci, vers cinq heures, revint de chez Geneviève, que sa douleur au pied seule retenait encore au lit. Si réellement cette jeune fille a préféré la mort à ton abandon, je n'ai plus qu'à m'incliner. L'amour sincère est ce qu'on peut rêver de plus vénérable, je serais heureux d'aller un peu voir ta malade. Si elle doit devenir ma bru, c'est bien le moins que je connaisse sa figure.

Max se hâta d'indiquer à son père la maison où Geneviève, heureuse comme elle ne l'avait jamais été de sa vie, attendait que sa guérison prochaine lui permît d'être plus complètement heureuse encore. Houzelot, avec sa belle prestance et son ruban de la Légion d'honneur, fit sensation parmi les voisines qui se relayaient auprès de la blessée. Il se présenta comme envoyé par la Faculté de médecine, pour relater ce cas extraordinaire d'une jeune fille tombée impunément d'un cinquième étage.

Mis en sa présence, il resta stupéfait devant la grandeur insolite et si étrangement allongée de ses yeux noirs.

Geneviève, qui avait cru reconnaître les pas de son mari, les tenait grands ouverts, couvant par avance du regard celui qu'elle attendait. Sa déception fut grande en apercevant le docteur ; mais à peine lui eut-il adressé cette question : « Souffrez-vous beaucoup Mademoiselle ? » qu'elle s'écria en rougissant jusqu'aux oreilles : — Ah ! vous êtes son père !

— En effet, fit Houzelot, mais je viens ici moins comme père que comme médecin.

La conversation fut très amicale. Les voisines ouvrirent la fameuse fenêtre afin que le père du jeune homme pût mesurer à la fois le gouffre et l'amour de Geneviève. L'un et l'autre lui parurent tellement profonds qu'il en ressentit un double vertige.

Il avait cru trouver une exaltée et une gesticuleuse. Il était en face d'une enfant qui n'osa pas prononcer une seule fois le nom de celui pour qui elle avait donné sa vie. Elle parla de « l'accident » comme si sa volonté, son courage et son désespoir n'y eussent été pour rien, et qu'elle fût tombée d'un cinquième étage par mégarde.

Les armes manquaient pour combattre victorieusement une telle ennemie. Le docteur prit le parti d'aller tout raconter à Mathussem.

— Au moins celui-là ne se laissera pas attendrir, pensa-t-il.

Au récit qu'il fit à la famille assemblée, y compris Mme Mathussem et son fauteuil, récit complet, où rien n'était sous-entendu, pas même l'impression que lui avait produite Geneviève, les paupières du fournisseur s'ensanglantèrent, Mlle Léocadie s'affala sur le moins dur des canapés de la maison, et Elvire, qui achevait son ménage, donna un coup de balai si exaspéré qu'un nimbe de poussière se développa dans la chambre.

— Ainsi, vous venez nous reprendre votre jeune homme ? demanda Mathussem dont la nature grossière cherchait à se frayer à force de brutalité l'exutoire dont elle avait besoin.

— Je viens simplement vous proposer un échange, répondit Houzelot.

— Quel échange ? fit Mathussem ; est-ce que vous avez un autre fils ?

Houzelot fit signe à l'entrepreneur qu'il avait à lui parler en tête-à-tête, non que ce qu'il avait à lui communiquer dût rester secret pour le reste de la famille, mais parce qu'il tenait en le disant à ne pas rougir devant quelqu'un.

Mathussem indiqua d'un regard aux trois femmes la pièce à côté. Léocadie se jeta en sanglottant dans les bras de Mme Mathussem, c'est à dire dans ceux de son fauteuil, qu'Elvire se mit à pousser devant elle avec une fureur à le faire dérailler.

Voici quelle était l'offre du docteur : il voulait consacrer à l'établissement des deux enfants 200,000 fr. environ. Le mari se dérobait, mais les 200,000 fr. étaient toujours là. L'entrepreneur les ajoutait aux 50,000 fr. qu'il devait donner à sa fille, ce qui lui constituait une dot de 250,000 fr., grâce à laquelle elle se mariait à peu près à son gré. Moyennant cette cote mal taillée, Max recevait son exéat; le dossier était anéanti, et la candidature Houzelot reprenait son essor, sans courir le risque d'être inquiétée.

— On voit bien que vous n'avez jamais été dans les affaires, répondit Mathussem, sans essayer de dissimuler le mépris que lui inspirait la candeur d'Houzelot. D'abord, quand vous m'aurez versé vos deux cent mille francs, quelle garantie aurez-vous contre moi, et qui m'empêchera, après les avoir encaissés, de faire publier quand même votre jugement, que je sais par cœur et que vous ne pourrez jamais contester? Votre seul gage de ma discrétion, c'est l'union de nos deux familles. Je n'irai évidemment pas faire tort à la réputation du beau-père de ma Léocadie. En second lieu, ce que j'envie, c'est votre situation de futur député, de futur ministre peut-être, car on m'a répété que vous parliez admirablement et un député qui parle bien finit toujours à un moment donné par devenir ministre. Quant à l'argent, mon bon monsieur Houzelot, avant dix ans, j'en aurai plus que vous. Que nous parvenions, Léocadie et moi, à faire lever nos détenus à quatre heures du matin, qu'on leur donne la viande une seule fois par semaine au lieu de deux, comme j'espère y arriver, et vous verrez s'il me sera difficile d'avoir des hôtels, des chevaux, des voitures et tout le tremblement. D'ailleurs, si je trouvais quelque jeune homme pauvre qui la prendrait pour sa fortune, le jour où on saurait que je lui mets deux cent cinquante mille francs dans la corbeille, on se demanderait d'où ils viennent, et ma position en souffrirait. Assez de gens crient déjà après moi pour les quelques billets de banque que j'ai amassés depuis quatre ans.

— Alors, c'est fini! nous n'avons plus qu'à nous souhaiter le bonsoir.

— Mais pas le moins du monde. Dieu! comme il vous faut peu de chose pour plaider en séparation! C'est un accroc, voilà tout. Il s'agit de le raccommoder en se montrant un peu débrouillard, comme nous disons dans les prisons. Mais j'ai déjà remarqué que vous n'êtes pas du tout débrouillard. D'abord la jeune fille, la fausse morte, a-t-elle un père, une mère? un tuteur, n'importe qui?

— Non, elle m'a raconté qu'elle n'avait jamais connu sa famille, qu'elle ne se savait pas d'autre nom que celui de Geneviève et qu'elle se croyait orpheline.

— Eh bien! voilà qui est très bon. Comme elle ne peut pas se marier sans le consentement de ses parents, si elle n'en a pas, vous ferez semblant de les chercher. C'est deux mois de gagnés, au bas mot.

— C'est une idée, en effet. En admettant qu'on la retrouve, cette famille, il y a des chances pour qu'elle soit d'apparence et de nature à faire reculer Maximilien.

— D'autant plus qu'il a l'air assez fiérot, votre garçon. Allons, remontez sur votre bête, et tenez-moi au courant. Rien n'est encore désespéré. Moi qui vous parle, si vous saviez d'où je suis revenu!

Le soir même, le docteur fit cette déclaration à son fils:

— J'ai vu ton amoureuse. Elle est vraiment jolie, et je la crois sincère. D'ailleurs, vous vous aimez. On ne discute pas plus avec l'amour qu'on ne badine avec lui. Il ne me reste plus qu'à être renseigné sur ses ascendants. C'est bien le moins que je sache à quel père je dois demander pour toi la main de sa fille.

— Mais, dit Max, Geneviève m'a toujours assuré qu'elle était orpheline.

— Orpheline, non. Elle ignore quels sont et où habitent ses parents, s'ils vivent ou s'ils sont morts. Elle n'est même pas bien sûre d'avoir un nom de famille. Elle m'a conté tout cela aujourd'hui avec une grande franchise.

— Pas de famille! mais c'est pain bénit.

— Sans doute; seulement il faut être d'abord sûr qu'il n'en existe aucune. Te figures-tu le mariage ayant lieu sans consentement quelconque, et que, deux mois après, il vous tombe un père au milieu de votre bonheur!

— Tu sais bien que non, papa. Elle ne peut pas se marier sans qu'un acte de notoriété constatant l'absence de ses parents ait été authentiquement dressé.

— Très bien; mais si, après avoir abandonné sa fille, dans son enfance, pour n'avoir pas à la nourrir, le dit père, en apprenant qu'elle a trouvé un galant homme pour en faire sa femme, venait, son identité à la main, demander place à ton foyer? Ce serait peu gai.

— C'est dans tous les cas assez improbable.

— Pourquoi donc? Et si, pour accentuer la situation, ce père revenait au sein de notre famille après avoir ramé une dizaine d'années sur les galères de Sa Majesté! Nous vois-tu avec un forçat libéré sur les bras!

— Tu pousses tout de suite les choses à l'extrême, répliqua Max un peu ému de la possibilité d'une telle aventure. Néanmoins, il y a là, je le reconnais, des démarches à faire dans le sens que tu indiques.

Il courut incontinent chez Geneviève.

— Ma chérie, lui dit-il, mon père te trouve charmante. Il consent à tout. Le seul point qui reste à régler est celui qui regarde le consentement de tes parents, si tu en as, et la preuve de leur disparition ou de leur décès, si tu n'en as pas. Possèdes-tu seulement un indice?

— Depuis l'âge de sept ans jusqu'à quinze, j'ai travaillé chez un vieux commissionnaire en fleurs qui m'a appris mon état. Il me faisait porter chez des clients des cartons très lourds, mais il était assez bon pour moi.

— Et ton père, ta mère, tes frères ou sœurs, t'en parlait-il?

— Il ne m'en a jamais ouvert la bouche. Dans la maison, j'ai toujours passé pour orpheline.

— Et supposes-tu que tu sois née à Paris ou que tu y aies été amenée? A première vue, tu n'as rien d'une Parisienne. Tu marches comme une statue antique qui ferait le tour de son piédestal. Tu parles peu, tu n'es ni prétentieuse ni coquette. J'ai quelquefois pensé que tu pourrais être d'origine grecque.

— Tu me trouves l'air gauche, hein? Avoue que tu me trouves l'air gauche, insista Geneviève, qui, à travers cet interrogatoire, avait cette crainte unique: déplaire à Maximilien.

— Tu es en effet d'une gaucherie remarquable, répondit le jeune homme en l'embrassant passionnément sur les deux yeux, car tu pourrais avoir des bagues plein tes doigts, des bracelets plein tes bras et des loges à toutes les premières, et tu es couchée dans un mauvais lit, au fond d'une petite chambre, au cinquième, avec des bosses à la tête et un pied foulé.

— Je te disais donc, reprit Geneviève rassurée par les baisers et les serrements de mains que lui prodiguait son amant; que te disais-je donc, au fait? Ah! que jusqu'à sept ans je n'ai conscience de rien. Deux ou trois fois, en feuilletant des journaux illustrés, je me suis répété devant certains paysages: Je connais ça! je connais ça! bien sûr, je connais ça!

— Et quels sont ces paysages que tu croyais reconnaître?

— Ah! par exemple, je ne m'en souviens plus. C'était comme un éclair, et puis crac! plus rien.

— Et qui te permet d'affirmer que tu es entrée en apprentissage à l'âge de sept ans?

— C'est une supposition que je fais. Je dis sept ans, comme je dirais cinq. Car je vais t'avouer une chose bien honteuse pour une femme: je ne sais pas mon âge!

— Ne te désole pas, fit Max en riant. J'ai connu tant de femmes qui savaient le leur mieux qu'elles n'auraient voulu. T'est-il jamais revenu à la mémoire des mots ou des phrases appartenant à un patois quelconque?

— Ma foi non! il ne m'est resté de mon enfance qu'un couplet de chanson que je n'ai jamais oublié, parce que, chez mon premier patron, je le fredonnais continuellement en travaillant.

— Répète-le un peu, ton couplet.

— Ah! Max. Je chante si mal, et puis c'est d'un bête, d'un bête!... Tu vas te moquer de moi, c'est aussi sûr!...

— Ah bien! Geneviève, si tu refuses de m'aider dans mes recherches...

— Tu sais, les airs, ça vous revient, c'est plus fort que soi. Quand tu n'es pas là, je ne peux pas m'empêcher de le chanter à tue-tête. C'est une manie.

— Allons! j'écoute.

Geneviève se tint avec un peu d'effort assise sur son lit, et entama le couplet suivant d'une voix gutturale, qui rendait merveilleusement l'air bizarre et probablement espagnol auquel il était adapté :

Quand il paraît dans leurs gourbis,
On voit déraper les Arbis.
Car il les mène à coups de trique,
Le capitaine Poil-de-Brique.

— Le rhythme est celui d'un pas redoublé et les paroles appartiennent à quelque légende de soldat, dit Max après avoir redemandé deux fois le couplet. Les « Arbis », c'est-à-dire les Arabes ; leurs gourbis sont les tentes où ils établissent leurs campements. Ces mots-là ne te représentent-ils rien ?

— Si, j'ai comme des lueurs, mais c'est si vague.

— Bien, repose-toi, mon ange. C'est à moi maintenant à remuer ciel et terre, jusqu'à ce que nous ayons pu établir quelque chose de précis.

CHAPITRE DIXIÈME

Démarches humiliantes, mais nécessaires.

Houzelot était enchanté d'avoir, sur le conseil de Mathussem, levé le lièvre de la famille et mis cette puce à l'oreille de Maximilien. Tandis que celui-ci battrait les buissons, il résolut d'ouvrir à son tour une contre-enquête sur les origines et les premières années de la maîtresse de son fils.

Dans sa conversation avec celle qu'il appelait la « petite », pour se dispenser de la qualifier à sa valeur, il avait relevé sur son carnet le nom et l'adresse de Mme Bachelard, la maîtresse fleuriste. Il se rendit de sa personne chez cette négociante, et resta passablement désappointé devant les éloges qu'elle prodigua à Geneviève, qui fournissait à la fois les modèles de ses plus jolies fleurs et ceux des plus hautes vertus commerciales.

— Mais sa moralité? demanda Houzelot. N'avez-vous jamais constaté quelque incartade jusqu'au jour où elle a quitté définitivement notre maison ?

— Je vais vous expliquer, répondit Mme Bachelard ; sur cet article-là, dans notre état, nous sommes obligées de fermer les yeux. Si nous nous mettions à exiger que nos ouvrières se tiennent, nos magasins seraient fermés au bout de quinze jours.

— Mais enfin, madame, vous n'avez aucune raison de supposer que la conduite antérieure de Mlle Geneviève?...

— Aucune! mais celles qui l'ont connue ici pourraient vous en dire plus que moi à cet égard. Clémentine, par exemple.

Tandis qu'un homme, pour un oui pour un non, s'écrie en parlant de la première « jeunesse » venue : « Je mettrais ma main au feu qu'elle est pure », une femme, même honnête, même bien intentionnée, hésitera toujours à répondre de l'innocence d'une autre. Ce qui prouve que, même en médisant des femmes, nous les estimons encore plus qu'elles ne s'estiment elles-mêmes.

— Et cette Clémentine, où pourrai-je la rencontrer? dit Houzelot.

— Elle était apprentie chez moi, mais elle nous a quittés depuis longtemps. Elle s'est décidée à se mettre au théâtre. Elle joue maintenant à la salle de la Tour-d'Auvergne. Vous aurez là son adresse.

— Mauvaise fréquentation, pensa Houzelot. Voilà une amie qui doit avoir quelque bonne révélation à nous vendre. Il faudra que j'aille rôder de ce côté-là.

Trois jours après, le docteur, muni des indications nécessaires, sonnait à la porte de l'appartement occupé rue Richelieu, au troisième, par la sémillante élève qui, depuis cinq mois déjà, avait déserté les fleurs pour aller rebondir sur les planches rabotteuses du théâtre des jeunes artistes.

Lorsqu'une jeune fille, après avoir reconnu que le travail n'est pas dans ses mœurs, se promet d'entrer dans une carrière inavouable quand ses aînées n'y seront plus, le premier pavillon qu'elle songe à placer sur sa marchandise, c'est le titre d'artiste dramatique. Supposons qu'après des alternatives d'eau claire et de champagne, de perdreaux truffés et de pommes de terre frites, elle se voie obligée de répondre à une assignation de son bijoutier ou de sa couturière, la première question du président du tribunal sera celle-ci :

— Avez-vous des moyens d'existence?

C'est alors qu'elle peut clouer sur sa chaise curule l'indiscret magistrat par cette réponse :

— Oui, monsieur le président, je suis artiste dramatique.

Et si le juge, persistant dans son ironie, ajoute :

— A quel théâtre appartenez-vous?

Elle a le droit de répliquer :

— Au théâtre de la Tour-d'Auvergne.

Et devant les sourires marqués du tribunal, aucune autorité ne l'empêchera de tirer de sa gorgerette un billet de répétition et de le soumettre à l'expertise du ministère public.

Cette qualité éminemment aléatoire équivaut désormais peur elle à un permis de circuler. Elle n'est engagée nulle part, elle l'avoue ; mais elle attend tous les jours chez elle de deux heures à cinq les propositions de MM. les directeurs, fussent-ils de province ou de l'étranger. Elle est en pourparlers avec l'Odéon, le Gymnase ou la Porte-Saint-Martin, et c'est en attendant que les négociations aboutissent qu'elle se décide quelquefois à combler par deux ou trois fils de famille le déficit dû à la fréquence des morte-saisons. L'art est sa vie; la galanterie ne fait que les intérims. Seulement ces intérims durent d'ordinaire vingt ans; après quoi art, galanterie et théâtre sont mis le même jour sous la remise et remplacés par l'ouverture d'une table d'hôte aux Batignolles, rue des Dames.

Telle était la façon dont Clémentine, tombée aux bras de celui que ses ex-camarades du magasin appelaient son vieux « reconduiseur », entendait pratiquer la profession où se sont illustrés Molière et Mlle Mars.

Aussi la camériste qui ouvrit au docteur l'annonça-t-elle en ces termes, qui n'avaient rien de précisément artistique: — Madame! un monsieur décoré!

Et presque aussitôt, après avoir enjambé le demi-mètre qui servait d'antichambre, le père de Max se trouva dans une chambre carrée où la cretonne, à fond jaunâtre et à fleurs bleues, dessin cachemire, jouait un rôle, non pas seulement prépondérant, mais exclusif. Un canapé à accotoirs, recouvert de ladite cretonne, faisait face à une cheminée dont la tablette rivalisait de cretonne avec le baldaquin et les rideaux du lit, ceux de la fenêtre, les tapisseries des murs également en cretonne plissée, en y ajoutant le plafond tendu d'une nappe de cretonne tuyautée en « comète ».

Chaises et fauteuils étaient aussi de cretonne cretonnante.

On devinait que le dispensataire de ces draperies avait mis tous ses œufs dans le même panier. Il s'était évidemment dit : « J'offrirai de la cretonne, j'en offrirai tant qu'on voudra, mais je ne me fendrai pas d'une autre étoffe. »

La pendule, en onyx algérien, bijou disparate, qui semblait taillé dans un morceau de charcuterie était flanquée d'un assortiment, non de bronzes, mais de bronzillons, qui brûlaient d'envie d'appartenir à la statuaire et qui sortaient à peine du bibelotage, comme ces deux enfants enlacés qui s'étiolent à la devanture de tous les papetiers de luxe, la Canéphore qui est de Pradier et cette Vénus dormant dans un coquillage entr'ouvert qui n'est de personne. Pour achever de déshonorer cette réduction de musée, ou plutôt ce musée de réductions, aux extrémités de la tablette, se regardaient ces chiens de porcelaine, ces deux éternels carlins en Saxe moderne et tellement vernis qu'on les supposait mouillés. Le tout paraissant gagné au billard anglais dans les énivrements de quelque fête pastorale.

La déesse de cette collection fit alors son entrée.

Bien que deux heures de l'après-midi eussent sonné depuis quelques instants déjà, Clémentine était encore en peignoir de percale blanc et chaussée de pantoufles vertes dominées par des rosaces gris mastic. C'était bien la Clémentine de la rue Saint-Roch, mais l'espiègle avait fait place à l'effrontée ; ses cheveux dénoués comme par mégarde tombaient d'un bloc sur son épaule gauche qu'ils couvraient en partie. Elle feignait pour les relever des efforts inutiles.

— Je vous demande pardon, monsieur, dit-elle, de vous recevoir en costume de nuit. Mais le théâtre a fini hier à près d'une heure, et je jouais dans la dernière pièce.

— Croyez, madame, répondit Houzelot en se rasseyant sur l'invitation de Clémentine, que je ne me serais pas permis de venir vous surprendre si matin, si je ne savais qu'il n'y a d'heures ni pour les braves, ni pour les artistes. Cependant, si j'étais cause du moindre dérangement...

Le mot artiste flatta l'ex-apprentie, tout en lui indiquant qu'il ne s'agissait probablement pas d'une affaire de cœur.

— Parlez, monsieur, dit-elle, avec un grasseyement subit dont le sens était : tu m'as appelée artiste, vois à quel point je le suis. Parlez, nous avons tout le temps de causer.

— Ce que j'ai à vous demander, d'ailleurs, n'intéresse que moi. N'avez-vous pas connu et fréquenté autrefois, c'est-à-dire il y a cinq ou six mois au plus, une jeune ouvrière fleuriste nommée Geneviève?

— Geneviève... mais très bien, mais beaucoup. Je la voyais tous les jours dans le magasin où... j'allais, avant d'entrer au théâtre.

— Eh bien ! mademoiselle, je vous serais sérieusement reconnaissant, reprit Houzelot en donnant au mot sérieusement une signification métallique, si vous pouviez me fournir quelques éclaircissements sur ses habitudes, ses manières d'être, son caractère, et surtout son passé, autant que possible avec preuves à l'appui.

— Voilà un homme riche et décoré qui s'occupe d'elle, pensa Clémentine, émoustillée par une jalousie instinctive. Mon Dieu, monsieur, fit-elle, vous n'attendez pas de moi que je raconte rien qui puisse nuire à la position d'une ancienne camarade qui a été pendant longtemps mon inséparable. C'est que moi, voyez-vous, je ne suis pas comme tant d'autres : une amie, c'est sacré.

Clémentine, supposant Geneviève en bon chemin, jugeait pratique d'appuyer sur leurs relations antérieures, sans oublier de réserver quelques parenthèses à l'usage de son propre éloge.

— Ne me cachez rien, madame, je vous en prie, interrompit Houzelot. Il s'agit pour moi des plus graves intérêts de famille. Si vous savez quoi que ce soit, parlez.

— Ce que je sais, tout le monde peut le savoir : qu'elle est sortie de son magasin pour se mettre en ménage, avec M. Houzelot, le fils du riche docteur Houzelot.

— Je connais ! je connais ! le docteur Houzelot, c'est moi.

— Comment ! vous êtes le père de M. Maximilien ?

— Oui, et c'est parce que, non content de vivre avec votre amie Geneviève, mon fils s'est déclaré décidé à l'épouser, que je viens prendre des informations sur elle.

— Votre fils ! épouser Geneviève ! s'écria Clémentine hors d'elle et laissant tout grasseyement de côté, oh ! ça non ! ce serait trop fort.

— Je vois que ce mariage n'excite pas précisément vos sympathies, dit Houzelot.

— C'est que, non, voyez-vous, je suis bonne camarade, ah ! on ne peut pas dire, je suis très bonne camarade ; mais penser qu'elle va se trouver mariée, mais vraiment mariée à l'église, à la mairie, partout, et richement, et avec un jeune homme si bien, et qu'elle a trouvé son affaire à la première rencontre, lorsque tant d'au-

tres, qui valent autant qu'elle, sont obligées de trimer pendant des années, comme des mercenaires avant de mettre la main sur quelque chose de potable ! non, le bon Dieu ne serait pas juste !

— Ce que vous ignorez, je le vois, c'est que Maximilien avait voulu rompre, et qu'en se voyant abandonnée elle a perdu la tête et s'est jetée par la fenêtre. Mon fils alors a fait vœu d'en faire sa femme si elle survivait.

— En effet, j'ai lu son suicide dans le *Constitutionnel*, il y a quatre jours. Mlle G..., ouvrière fleuriste, c'était donc Geneviève ? Hein ! l'hypocrite ! avec ses simagrées, elle a trouvé moyen de faire parler d'elle dans les journaux, tandis que moi je n'ai pas pu encore attraper seulement un pauvre petit bout d'article.

Le docteur essaya d'arrêter par quelques paroles d'apaisement le cours de ces récriminations vertigineuses, mais Clémentine était déchaînée. Les leçons de maintien qu'elle recevait sur la scène de la rue de la Tour-d'Auvergne étaient allées rejoindre les leçons de beau langage. Elle levait les bras au ciel comme pour mettre ses droits méconnus sous la protection de celui qui voit tout. Elle laissait le corsage de son peignoir s'entr'ouvrir par saccades, et ne songeait même pas qu'il lui eût suffi d'une épingle pour en arrêter les indiscrétions.

— Et quand on pense, s'écriait-elle, que c'est ce vieil imbécile de Carbonnel qui a fait ce mariage pour ainsi dire à lui tout seul, et que j'ai été assez chose pour l'en récompenser. Je me moque pas mal qu'il m'ait mis dans mes meubles, qui ne sont même pas à mon nom. J'aurais mieux aimé manger du pain noir toute ma vie, et qu'un pareil malheur n'arrivât pas. Mais voilà, j'ai été trop bonne. Je suis trop bonne, c'est mon seul défaut. J'ai voulu rendre service à M. votre fils, et c'est Geneviève qui en profite. Oh ! j'empêcherai ce mariage ! je l'empêcherai quand je devrais écrire à l'empereur !

— Vous n'avez pas besoin d'aller si loin, dit Houzelot saisissant la balle au bond. Vous pensez bien que, dans ma position, ce mariage me répugne autant qu'à vous, ce qui n'est pas peu dire ; mais comment allons-nous nous y prendre ?

— Je vais répandre partout des horreurs contre elle. D'abord, quand j'étais au magasin, il m'a disparu une paire de ciseaux, je suis sûre maintenant que c'est elle qui me les a pris.

— Si vous n'avez pas d'autres histoires à raconter...

— Et puis, est-ce que Carbonnel n'est pas là ? C'est lui qui a fait le mal, il faut qu'il trouve le remède. D'ailleurs, vous ne connaissez pas Carbonnel. En voici un qui ne sera pas embarrassé ! Il sera ici dans une heure. Dieu ! quelle scène je vais lui faire ! Avez-vous le temps de l'attendre ?

— Pas aujourd'hui, chère madame, se hâta de répondre le docteur qui voulait bien utiliser ce Carbonnel pour la réussite de ses plans, mais qui ne tenait pas à se trouver en tiers avec lui dans la chambre à coucher d'un cabotine. Dressez vos batteries sans moi et ne manquez pas de m'instruire de tout ce qui surviendra de nouveau. De mon côté, je vous avertirai. Voici toujours mon adresse : Houzelot, 23, rue Louis-le-Grand.

Clémentine écrivit l'adresse , bien qu'elle la connût parfaitement, et se leva pour accompagner le docteur, à qui elle fit en le quittant sa révérence des grands jours.

CHAPITRE ONZIÈME

Un grand chasseur devant le Seigneur

Mais cette accalmie redevint orage à l'arrivée de Carbonnel.

— Ah ! c'est vous, monsieur, fit la jeune panthère. Eh bien ! vous pouvez vous vanter de nous avoir mis tous dans de beaux draps.

— Moi, Clémentine ? de quels draps veux-tu parler ? Jamais je...

— Taisez-vous ! vous êtes un assassin !

Le personnage ainsi accueilli et dont Clémentine avait, cinq mois auparavant, montré la silhouette à la première demoiselle du magasin de la rue Saint-Roch, était un homme de haute taille, d'environ soixante-cinq ans, sec, un peu voûté, aux cheveux blancs roulés sous son chapeau, qu'il avait gardé en entrant, vêtu de noir et sanglé dans une cravate également noire, d'où sortait un col droit d'un éclat et d'un empesage irréprochables. Son œil doux et bleu, ses traits arrondis encadrés dans cette longue chevelure blanche, rappelaient le portrait de Bernardin de Saint-Pierre qui orne la première page de presque toutes les éditions des *Études de la Nature.*

Fils d'un riche notaire établi à Toulouse, Carbonnel y avait fait longtemps, sous le nom du « beau Ludovic », ce qu'on appelle la vie de garçon, sous prétexte qu'elle est vouée aux filles. A dix-neuf ans, il était l'amant de deux sœurs, mariées toutes deux, et s'était battu dans la même matinée avec les deux beaux-frères, ce qui avait eu pour résultat d'attirer chez lui d'autres femmes mariées, avec leurs sœurs à l'appui. Les témoins envoyés par un mari à l'amant de sa conjointe devraient toujours arranger l'affaire. Punir un homme de ses déportements en établissant aux yeux des beautés de l'endroit qu'il est aimé et qu'il est brave, est aller directement contre le but. C'est à ce point que deux des seconds, qui avaient figuré dans cette double affaire du côté des époux, passèrent pour avoir payé de leur repos conjugal l'honneur de s'être salués sur le terrain avec le beau Ludovic.

Le vrai joueur, après avoir tenu les cartes contre les membres du Jockey-Club, va, le lendemain, se faire voler par des professeurs de langue verte dans des caboulots où la police monte à minuit et demi. Il joue où il peut, ce qu'il peut, avec qui il peut. Le coureur de femmes, qui diffère essentiellement de l'homme à bonnes fortunes, part du même principe : il a toutes les aventures. La Mathilde de La Mole de Stendhal, fille d'un pair de France et fiancée à un duc, ou la marchande de tabac d'en face, c'est pour lui tout un. Il quitte le coupé d'une marquise pour monter sur la charrette d'une vendangeuse. Quand il ne peut pas avoir la femme de chambre, il prend la maîtresse, et, quand il échoue auprès de la maîtresse, il se contente de la femme de chambre.

Carbonnel avait d'abord poursuivi une intrigue comme moyen de parvenir à en entamer une autre ; puis, après avoir beaucoup ri de ses fredaines, il était arrivé peu à peu à les prendre au sérieux.

« Le châtiment des hommes qui ont trop aimé les femmes est de les aimer toujours », a écrit Larochefoucauld. La conquête avec laquelle il souperait le soir avait fini par devenir, pour le casse-cœur de la Haute-Garonne, la grande question de la journée. Mais les agapes, qui coûtent si peu à vingt ans, quadruplent de prix à trente, et à quarante creusent des abîmes financiers. Carbonnel, qui ne buvait ni ne fumait, et se déclarait repu avec un plat de viande et un fromage, dépensait trois cents francs en un repas pour le plaisir de voir quelques doigts roses éplucher des crevettes.

Le jour où il eut la certitude que son patrimoine ne suffirait jamais à l'assaisonnement de ces petits crustacés qui rougissent dans l'eau bouillante, il essaya de se livrer à une industrie plus lucrative que celle de suivre les passantes. Mais l'instinct le dominant, il se réveilla à Paris, commanditaire d'un théâtre de sixième ordre. Ce fut son passage de la Bérésina. Il noya dans les dessous de cet immeuble le gros de sa fortune et le restant de ses curiosités d'homme.

En amour, il faut s'attendre à être toujours trompé. Seulement, quand on est jeune, on ne s'en aperçoit pas, et on en prend son parti quand on est âgé. Carbonnel, qui avait usé sa vie dans l'étude des passions, des vanités, des trahisons et des mensonges féminins, y avait acquis à ses dépens une expérience monumentale, si bien qu'un jour les femmes n'eurent plus de secrets pour lui et qu'il en eut pour elles. Après avoir été longtemps battu dans ces assauts d'escrime à fleurets démouchetés, il devint insensiblement prévôt d'armes, et de force à défier les plus fines lames.

Aussi, lorsque ses tempes s'argentèrent et qu'il dut s'écrier devant son miroir : « Il commence à neiger sur la montagne », se découvrit-il dans sa détresse amoureuse une ressource nouvelle, et, puisqu'il n'avait plus d'argent à donner aux femmes, il leur donna des conseils.

Ce fut pendant des années un spectacle indescriptible que celui de ce vieillard quasi-vénérable entouré, tutoyé, fêté par tout ce que Paris contenait de filles roses, blondes et perverties. Quand il entrait dans un foyer d'actrices, il y faisait émeute : — Ah ! mon petit Carbonnel, Charles veut me quitter. Toi seul peux me tirer de là. — Carbonnel, Alfred ne veut pas acquitter un billet de cinq cents francs que j'ai souscrit sans le lui dire. N'est-ce pas qu'il est forcé de payer, puisque tout le monde sait que je suis sa maîtresse ? — Carbonnel, je voudrais faire reconnaître mon enfant qui a déjà cinq ans, par Lucien qui n'en a que dix-huit. Est-ce que la déclaration sera valable ?

Et Carbonnel avait une solution pour toutes les questions, un moyen de lever tous les obstacles, une « ficelle » pour sortir de tous les embarras. Il était passé ainsi, à l'unanimité, général en chef de cette garde nationale volante qui ne se laissera jamais désarmer. C'était le Lafayette du libertinage.

Toussenel a publié un traité sur l'art de trouver les nids. Carbonnel avait fait faire d'immenses progrès à l'art de dénicher les jolies filles. Il n'y avait pas à Paris un comptoir qu'il n'eût exploré, pas un vitrage derrière lequel il n'eût deviné le gibier dont il s'était constitué le chasseur implacable. Son œil de lynx disséquait une femme à travers l'enveloppe des voiles les plus épais. Quand il passait la revue de ses bataillons, il savait non-seulement que telle créature était belle, mais que telle autre ne tarderait pas à le devenir. En voyant le matin glisser le long des maisons comme une ombre quelque enfant se rendant à son ouvrage, avec un bonnet de toile pour toute coiffure et une robe d'indienne, sans jupon de dessous, pour tout encadrement, il se disait :

— Si celle-là, à qui personne ne donne un regard, avait seulement un chapeau de quinze francs sur la tête et un mantelet de taffetas sur les épaules, tout le monde se retournerait pour l'admirer.

Les célébrités galantes n'étaient plus dans ses moyens. Mais, comme il est bien rare que les plus en renom n'aient pas débuté par la misère, c'est à ce moment-là qu'il s'offrait à elles. Deux cents francs par mois ont presque toujours été le Pactole pour celles dont trois cent mille francs par an ne peuvent réussir, plus tard, à équilibrer les dépenses. Ces cous blancs, que des rivières de diamants désignent dans les fêtes dramatiques aux lorgnettes de l'orchestre, se sont inclinés pour la plupart sur des travaux débilitants qui tiennent les ouvrières attachées à leurs chaises pendant d'interminables heures. Ces mains gantées, qui jouent sur le bord des loges avec des éventails damasquinés d'or, ont, à peu d'exceptions près, serti des bagues en doublé ou tourné des queues de boutons ; et peut-être eussent-elles vu s'étioler leur beauté dans cette besogne détériorante, si elles n'avaient été devinées par quelque Christophe Colomb ou quelque émule de Fernand Cortez, ce coupable auteur de la première expédition du Mexique.

Carbonnel avait pris insensiblement un goût singulier à ces voyages de découvertes. Il se plaisait à arracher une jeune travailleuse à son aiguille ou à ses outils, et, après l'avoir instruite à son école pendant quelques mois, il la jetait dans le mouvement parisien, sans regrets de la quitter, sans le remords de l'avoir perdue, pour s'appliquer à l'éducation d'une autre. En voyant plus tard passer à fond de train dans une victoria celle qu'il avait tirée d'une paire de sabots, il éprouvait cette jouissance particulière de l'amateur de tableaux qui, après avoir acheté dans la boutique d'un bric-à-brac une toile moyennant cinq francs, la retrouve un jour dans la collection Pourtalès et guettée par tous les connaisseurs, qui en attendent la vente avec impatience.

A l'époque où Carbonnel avait brigué auprès de Clémentine l'honneur de porter son panier, le nombre de ses victimes était déjà considérable. Il faut reconnaître d'ailleurs qu'il était incomparable comme initiateur. Les jolies boulevardières qu'il lâchait sur la société étaient, en sortant de ses mains, si énergiquement cuirassées contre les émotions vives, si terriblement blindées contre les surprises du cœur et bronzées contre les attendrissements, que leur avenir était assuré d'avance.

Cependant, pour ce genre d'études comme pour celle du piano, les élèves demandent à être commencées de bonne heure. L'extrême jeunesse de celles qu'il recueillait sans distinction de caste et de milieu, lui avait fait donner dans le monde incertain où il se concentrait un surnom significatif ; on l'appelait : Saint-Vincent de Paul.

Il avait eu ce mot sinistre : « Ces Champs-Elysées deviennent insupportables. On n'y rencontre plus que des vieilles traînées de seize ans et demi. »

Le logement, composé d'une salle à manger, d'une cuisine et de la chambre bleue décrite plus haut, où régnait Clémentine et dont elle croyait peut-être inaugurer la cretonne, avait servi de station au calvaire de beaucoup d'autres. Il avait pris à bail ces trois modestes pièces que chacune de celles qu'il appelait à les habiter supposait louées spécialement pour elle, et qui depuis longtemps constituaient une sorte de lazaret d'où, l'une suivant l'autre, après une quarantaine plus ou moins écourtée, elles s'élançaient, voiles déployées, vers le port.

Combien avaient pris part à ce Longchamps et gagné dans la chambre bleue leurs brevets de capacité? personne ne le savait, pas même Carbonnel. Cependant Clémentine s'y épanouissait depuis tantôt cinq mois, et son usufruitier ne pouvait se décider à lui donner l'essor.

— Est-ce que je vieillis? se demandait-il de temps en temps. Il me semble que cette petite est aussi forte que moi.

Carbonnel n'avait pas conscience d'avoir mérité la bordée d'injures dont Clémentine l'avait mitraillé à son entrée, mais il la reçut avec une impassibilité complète. Il en avait essuyé bien d'autres.

— Oui, assassin! insista Clémentine, croyant qu'il n'avait pas entendu.

— Est-ce que tu répètes un rôle? demanda flegmatiquement Carbonnel.

— Ce n'est pas un rôle. Vous ne méritez pas d'autre nom, vous n'en méritez pas d'autre.

— J'ai eu tort de te faire entrer au théâtre, dit Carbonnel en s'asseyant; tu vois ces mots dans les pièces, et puis tu les redis sans savoir. Voyons, en quoi t'ai-je assassinée ?

— Vous m'avez assassinée, répliqua Clémentine, qui tenait à son expression, parce que Geneviève, vous savez, Geneviève... Eh bien ! elle se marie.

— Qu'est-ce qui se marie? Quelle Geneviève?

— Oui, votre ancienne protégée.

— J'ai protégé une Geneviève? fit Carbonnel, cherchant avec beaucoup de bonne foi dans ses souvenirs.

— Sans doute. Vous vous rappelez bien : celle pour qui nous avons combiné la machine du jeune homme qui se mourait pour elle.

— Ah! j'y suis maintenant, cette camarade à toi, qui était si jolie.

— Pourquoi jolie? Comment savez-vous qu'elle est jolie?

— Parce que je me souviens que tu m'en as dit beaucoup de mal; si elle était laide, tu m'en aurais dit du bien.

— Eh bien ! jolie ou non, elle épouse dans trois semaines, quinze jours peut-être, son amant, le fils Houzelot, un jeune homme ravissant. Et dire que je n'avais qu'à étendre la main... Vous voyez qu'il n'y a pas une minute à perdre.

— Je perçois la chose : tu voulais bien lui faire faire la culbute, mais ça t'ennuie qu'elle soit retombée sur ses pieds.

— En attendant, il faut que ce mariage soit en miettes dans le plus court délai. Le père du jeune homme sort d'ici, il est avec nous. Je ne lui ai rien caché. Il sait que je la déteste. Je lui ai raconté qu'elle m'avait pris une paire de ciseaux tout neufs. Il m'a dit qu'il comptait sur toi pour dénouer cette affaire-là. Il t'aime beaucoup. Il m'a répété plusieurs fois : M. Carbonnel, je l'aime beaucoup.

Le vieux raffiné avait, au premier mot, percé à jour les sentiments de Clémentine. Non-seulement Geneviève échappait au milieu dans lequel on avait voulu la pousser, mais elle gravissait sur l'échelle sociale un échelon lumineux dont le resplendissement foudroyait sa blonde camarade. La distance que la candeur de la fiancée de Maximilien mettait déjà entre elle et la soubrette du théâtre des Jeunes-Artistes prenait, par cette union, des proportions imprévues. Ce sont des coups de massue que les Clémentine ne pardonnent pas.

— Ecoute, ma bonne amie, dit Carbonnel avec une nuance de sensibilité, il y a une chose que je n'aime pas, c'est faire du mal à une femme. Je t'ai aidée la première fois dans ton petit complot, parce qu'il s'agissait d'une chose par laquelle il faut toujours finir. Tu vois que ta Geneviève n'a pas eu à se repentir d'être tombée dans le traquenard, du moment que le mariage est au bout. Mais chercher à désunir ceux qui doivent s'aimer, puisqu'ils sont assez bêtas pour se lier par des chaînes éternelles, tu sais, ça ne m'irait pas beaucoup. D'abord, l'idée de faire pleurer les femmes m'a toujours désobligé. Chaque fois que j'en quittais une, ce que je craignais le plus, c'était la scène des larmes, et pourtant je savais à quoi m'en tenir sur ces sanglots-là.

— Eh bien! moi aussi, je pleurerai si vous me refusez ce que je vous demande. Je vais pleurer tout de suite. Voulez-vous?

— C'est inutile, garde ça pour une autre occasion.

— Ah! le misérable! il m'abandonne, s'écria Clémentine mettant sur-le-champ sa menace à exécution. Il se ligue contre moi avec mes ennemis. Et quand on pense que c'est cet homme-là qui m'a perdue... oui, perdue, je l'affirme. Qui vous prouve que, moi aussi, je n'avais pas l'intention de me bien conduire?

— Clémentine, la colère te fait divaguer.

— Eh bien! non, au fait, puisqu'elle épouse son Maximilien, j'exige que vous m'épousiez aussi. Les deux noces se feront le même jour. Dieu! serait-elle furieuse! Une!... deux!... trois!... consentez-vous? C'est à prendre ou à laisser.

— Oh! en ce cas, tu peux être sûre que je ne prends pas et que je laisse! dit en riant Carbonnel.

— Ah! s'écria Clémentine exaspérée; ah! vous trouvez tout simple qu'on fasse d'elle une madame, tandis que moi je continuerai à vous servir de jouet. C'est ce que nous verrons. Pauline!

Pauline parut. C'était la bonne qui avait annoncé le docteur Houzelot sous cette périphrase : Madame, un monsieur décoré!

— Pauline, apportez-moi vos comptes, que je vous paye, ma fille. Nous nous séparons. Vous ferez ensuite vos malles. Donnez-moi toujours mon chapeau et mon manteau, je quitte la maison.

— Vous, madame? dit Pauline d'un ton qui voulait être surpris et qui n'était que profondément incrédule.

— Allons! allons! pas d'enfantillages, dit en s'interposant Carbonnel, qui ne laissait pas volontiers une femme quitter la chambre bleue avant d'avoir sous la main celle qui devait l'y remplacer.

— Non! c'est fini! répliqua Clémentine, qui se dirigea vers la porte, tenant déjà son chapeau à la main et son mantelet sous le bras, comme une femme qui aime mieux se vêtir dans l'escalier que de rester cinq minutes de plus dans l'antre de la tyrannie.

Carbonnel n'était pas sans avoir constaté que la jalousie noire allumée par les succès d'une rivale ou d'une simple concurrente, est la seule passion qui puisse jeter les femmes d'un certain acabit hors du sentier de leurs intérêts.

— Tu ne vas pas t'en aller, au moins! Que veux-tu que ton pauvre Carbonnel devienne sans toi? dit le sexagénaire en se plaçant en travers de la porte.

— Choisissez d'elle ou de moi! fit Clémentine avec un geste auquel un peu de tragédie n'était pas étrangère.

— Mais enfin je n'ai jamais vu les futurs époux... Comment veux-tu que je m'y prenne?

— Avec ça qu'un vieux lapin comme vous est jamais embarrassé, fit Clémentine en commençant à câliner l'ancien vainqueur.

— Quant à moi, reprit Carbonnel, se défendant de plus en plus mollement, je tiens à ne me mêler de rien. J'agirais tout de travers. Il n'y a au monde qu'une personne capable de bien mener cette affaire-là jusqu'au bout, c'est la vieille Agathe.

— Agathe? Quelle est celle-là, Agathe?

— Ah! c'est juste. Je ne te l'ai jamais présentée. Tu la connaîtras toujours assez tôt, du reste.

— Eh bien! cette Agathe, il faut la voir, nous aboucher avec elle. Oh! mon petit Carbonnel, que tu serais gentil si tu voulais aller lui parler tout de suite!

— Pourvu que je reste en dehors de tout ce qui se manigancera, très bien. Je causerai avec elle. Elle vous donnera rendez-vous à toi et au père du jeune homme et vous arrangerez vos affaires sans moi. D'autant qu'avec une pareille gaillarde dans votre manche, vous n'aurez besoin de personne autre.

— Oh! que je suis contente! mon chéri; mais, ajouta Clémentine, cette Agathe, elle a donc bien du vice?

— Agathe? dit Carbonnel en prenant son chapeau, elle n'a pas du vice : elle a du crime.

CHAPITRE DOUZIÈME

De l'influence de la conquête d'Alger sur les destinées de Max.

Tandis que Houzelot père accumulait le plus d'obstacles possibles sur le chemin qui devait conduire Geneviève à la mairie, Houzelot fils s'efforçait de lui aplanir et de lui sabler la route.

— Ce couplet qu'elle m'a répété, s'était-il dit en quittant Geneviève, a été composé par quelqu'un. Ce nom, ou plus probablement ce surnom de Poil-de-Brique, correspond à un individu. Si je ne puis découvrir celui qui a fait la chanson ou celui en l'honneur de qui on l'a faite, c'est bien le diable si je ne mets pas la main sur quelqu'un de ceux qui l'ont chantée.

Il fréquenta pendant trois jours, de préférence à l'heure de l'absinthe, les cafés spéciaux où se réunissent ordinairement les militaires. Il avait recueilli des bribes de conversation dont pas une ne l'avait mis sur la voie, lorsqu'à la porte du café du Helder il reconnut sous l'uniforme de sous-lieutenant de grenadiers de la garde impériale un ancien élève du collége Henri IV, aux côtés duquel il avait usé pas mal de fonds de culottes.

On s'embrassa, on s'assit. Le sous-lieutenant se plaignit. Dans le métier des armes, on se plaint toujours. Les soldats se plaignent de ne pas être caporaux et les maréchaux de France de ne pas être empereurs. Il paraît que la plupart des camarades de promotion du sous-lieutenant portaient déjà l'épaulette à gauche tandis qu'il continuait à l'attacher à droite. Quand il eut nommé par leurs noms et par le chiffre de leurs régiments tous ceux qui lui avaient coupé l'herbe sous le pied, Maximilien lui égréna ses quatre vers, en lui demandant s'il pouvait lui en donner une traduction compréhensible.

— C'est sans doute une marche de zouaves, dit le jeune officier. Ils les composent pendant leurs étapes. Les trois quarts du temps elles n'ont pas le sens commun. Est-ce que tu tiens à te faire expliquer celle-là?

— Précisément. Je cherche une piste que ces quatre vers peuvent m'aider à trouver.

— Eh bien! ce que tu as de mieux à faire, c'est de venir dîner avec moi au mess, à l'Ecole militaire. Tu verras là des hommes qui savent sur le bout de leurs doigts l'itinéraire de tous les régiments depuis 1853. Tu ne te figures pas à quel point ils sont intéressants à entendre.

Le lendemain, Maximilien très impatient, après avoir conseillé la patience à Geneviève, était à l'heure militaire dans une salle grande comme une église devant un immense fer à cheval qui s'évasait pour recevoir le flot des convives. Au milieu, le buste en stéarine de Napoléon III, avec toutes ses croix, non pas, bien entendu, celles qu'il avait données, mais qu'il avait reçues.

Le sous-lieutenant, son ami, lui avait choisi sa place, et le nom de son père, très en relief depuis quelque temps, faisait de Maximilien une sorte de personnage. Il ne crut pas se tromper en supposant que les convives se mettaient pour lui en frais d'anecdotes et de théories militaro-philosophiques. Il épiait le moment d'entamer la série de questions dont la solution l'occupait uniquement et il laissa passer sans plus goûter aux uns qu'aux autres les entremets sucrés et les récits de bataille qu'on lui servit à profusion. Deux ou trois fois, au moment de mettre sur le tapis sa chanson de zouave, il se vit distancé par quelque épisode du mamelon Vert, ou quelque exposé de la défense des places fortes. Vingt-sept projets de défense des places fortes furent successivement produits devant l'auditoire.

— Le meilleur plan pour défendre une place, c'est encore de refuser de la rendre, dit un lieutenant suspect de tendances républicaines.

— Lieutenant, répliqua avec une certaine vivacité un gros major placé en face de Maximilien, si nous n'avons pas indiqué le moyen que vous émettez, c'est qu'il est écrit avant tous les autres, dans les cœurs de nous tous qui sommes ici.

On parla du souverain, et les plus tièdes avouèrent qu'il était très bien à cheval. Il fut question du dernier bal des Tuileries et des largesses de l'empire comparées aux mesquineries de la cour de Louis-Philippe.

— C'est qu'aujourd'hui on sait dépenser son argent, fit observer un chef de bataillon aux moustaches blanches, mais cosmétiquées. Nous ne sommes plus au temps où M. Guizot nous disait impudemment : Enrichissez-vous.

— L'empereur nous dit : Enrichissez-moi. C'est en effet tout le contraire, souffla dans l'oreille de son voisin le lieutenant suspect.

Mais le mot ne fut pas relevé, et à huit heures et quart on convenait d'un commun accord, autour du fer à cheval de la grande salle de l'École militaire, que les Français étaient les premiers soldats du monde.

— A propos, fit tout à coup le sous-lieutenant en s'adressant à un convive de son grade, quoique beaucoup plus âgé, à propos, vous, Bidault, qui avez huit ans d'Afrique, est-ce que vous avez connu là-bas le capitaine Poil-de-Brique ?

— Poil-de-Brique ! ce n'est pas là un nom de chrétien, dit Bidault.

— Mais si, interrompit un lieutenant qui avait évidemment bruni sur les confins du désert, tu sais bien, le capitaine Follard.

— Mais il ne s'agit pas de Follard, il s'agit de Poil-de-Brique, dit Maximilien.

— C'est ce que j'expliquais à Bidault. Le capitaine Follard, surnommé Poil-de-Brique, comme on dit Poil-de-Carotte, à cause de ses cheveux rouge-feu.

— Celui dont il est parlé dans ce couplet probablement ? ajouta Maximilien.

Quand il paraît dans leurs gourbis,
On voit déraper les Arbis.
Car il les mène à coups de trique,
Le capitaine Poil-de-Brique...

— Il leur saisit aux moindres mots
Bœufs, moutons, chèvres et chameaux.
Il prendrait jusqu'à leur bourrique,
Le capitaine Poil-de-Brique...

continua une voix derrière Max. C'était celle d'un des soldats chargés du service de la table. L'amant de Geneviève le pressa de questions, et obtint de lui les lumières suivantes :

Follard, capitaine aux tirailleurs algériens avait été plusieurs années chef du bureau arabe d'un district situé à vingt-cinq kilomètres de Constantine. Impitoyable envers les Arabes qui ne payaient pas leurs impôts et dont, pour trois douros en retard, il faisait saisir jusques aux femmes, et non moins dur envers les Arabes qui payaient et dont il réglait généralement les comptes « à coups de trique », comme le déclarait la chanson, il avait été mis en disponibilité à la suite du grand balayage nécessité par le scandale de l'affaire Doineau, — ce Doineau, que tout le monde plaignait, sous prétexte qu'il avait payé pour les autres quand il était si simple d'arrêter les autres et de les faire à leur tour payer pour lui.

— Mais, ajoutait le soldat de service qui donnait tous ces détails à Max, au moment de son rappel en France, il y avait déjà longtemps que le capitaine Follard était au sac.

Dans un certain argot, *être au sac*, signifie avoir fait fortune.

— Et, demanda comme dernière question Maximilien extrêmement intrigué, ce Poil-de-Brique, qu'est-il devenu ?

— Je l'ai perdu de vue, quand j'ai cessé de servir sous lui. J'ai entendu dire qu'il était en retraite, mais je ne sais pas s'il est mort.

— Va simplement au ministère de la guerre, dit le sous-lieutenant à Max, au bureau des pensions. On te délivrera là son numéro matricule, et, comme un retraité ne peut pas toucher ses semestres sans un certificat de vie, tu sauras tout de suite s'il est décédé ou non.

— Eh bien ! et Poil-de-Brique ? demanda en riant Geneviève à Maximilien, quand elle le revit le soir même.

Depuis que ce nom grotesque avait été prononcé dans la maison, l'être mystérieux auquel il appartenait était devenu le sujet des plaisanteries continuelles des deux amants. On remettait tout au jour où on aurait découvert Poil-de-Brique. On ferait fabriquer un sabre d'honneur pour Poil-de-Brique. On inviterait Poil-de-Brique à la noce. Poil-de-Brique serait garçon d'honneur. Et à force de mettre Poil-de-Brique à toute sauce, on avait fini par ne plus y croire.

Aussi Geneviève éprouva-t-elle une vive émotion quand Max lui répondit : — Poil-de-Brique est retrouvé !

Mais au lieu de rire, la jeune fille tomba dans une rêverie irrésistible, lorsque Max lui nomma les pays que le chef de bureau arabe avait traversés : Alger, Constantine, et surtout Soukarras.

On passa la fin de la soirée à dresser des plans, et il était une heure du matin quand Geneviève s'endormit en murmurant : Soukarras !... Soukarras !...

Le capitaine Follard était si peu mort qu'il habitait un appartement avenue de Villars, aux abords des Invalides.

Max, en sortant du ministère, où il avait eu toutes ces indications, courut sans désemparer à l'adresse du capitaine.

— Au second, vis-à-vis l'escalier, dit la concierge.

Le jeune homme fut introduit par un domestique moustachu, probablement une ancienne ordonnance revenue à la vie civile, dans un salon très vaste, dont le confortable lui rappela l'expression bizarre dont le cuisinier du mess des grenadiers s'était servi pour qualifier la situation pécuniaire du capitaine.

Un grand tapis de Tunis à fond vert d'eau, presque aussi souple d'étoffe et riche de dessin qu'un tapis de Smyrne, couvrait toute l'étendue du parquet. Des carpettes, également tunisiennes, étaient en outre disposées au pied de deux grands fauteuils Voltaire, à dossiers extrêmement développés. Une chaise longue, dite méridienne, attestait que le capitaine Follard, dit Poil-de-Brique, avait pris en Algérie le goût de la vie horizontale. Le long des tentures, de cette soie légère où les Arabes taillent leurs haïcks, une véritable exposition de yatagans à fourreaux d'argent ou d'or repoussé et à poignée de jaspe.

Sur la cheminée, deux coupes faites de la coquille d'un œuf d'autruche scié en deux conques égales. Un second œuf d'autruche pendait du plafond, et pendait même si bas que le front de quelque habitué de la maison, avait dû produire la fêlure qui le divisait de l'est à l'ouest.

Maximilien avait vingt-deux ans, c'est-à-dire qu'il avait pris son élan des bureaux du ministère de la guerre à l'avenue de Villars sans songer à se demander quelle excuse il fournirait à l'ex-capitaine pour le sans-gêne avec lequel il le pourchassait sans motif plausible jusque dans son domicile. Pour chercher avec lui quelle filière avaient suivie les couplets qui le concernaient avant de se graver dans la mémoire de Geneviève, il fallait d'abord les citer, ce qui ne laissait pas que d'être délicat. Le capitaine pouvait en rire, mais il pouvait s'en formaliser. Max, une fois au milieu des yatagans et des œufs d'autruche du tirailleur algérien, s'aperçut qu'il eût été au moins prudent de se préparer une entrée auprès de lui.

Le visiteur, de plus en plus embarrassé pour trouver un objet à sa visite, songeait déjà à redescendre les escaliers sous prétexte qu'il s'était trompé de nom et d'étage, lorsqu'une porte s'ouvrit sur le salon, et il vit s'avancer ou plutôt rouler dans sa direction un globe de graisse enfermé dans un pantalon en drap bleu et un coin-de-feu en laine blanche, le tout surmonté d'une boule qui ne pouvait être qu'une tête, puisqu'elle s'attachait sur deux épaules, mais qu'on hésitait un instant à prendre pour une tomate. Le capitaine Follard avait les yeux rouges, le nez rouge, les oreilles rouges, la barbe et les cheveux rouges, non pas de cette nuance plus ou moins ensoleillée, plus ou moins vénitienne, mais rouges comme une feuille de cuivre fraîchement récurée, rouges comme l'extérieur de cette marmite qui donne tant de prestige à l'Hôtel des Invalides, et qu'il allait revoir presque tous les dimanches.

Il était impossible d'être plus « Poil-de-Brique ». Le ruban de la Légion d'honneur s'harmonisait avec la tête du capitaine, comme si cette tomate avait laissé tomber un peu de jus sur la boutonnière de la vareuse.

— Monsieur le capitaine, dit Maximilien, essayant d'improviser quelque défaite, c'est avec la recommandation de plusieurs braves officiers de la garde que je prends la liberté de me présenter devant vous. Je suis le fils du docteur Houzelot. Nous sommes sur le point, mon père et moi, de partir pour l'Afrique, où nous appellent certaines études scientifiques ; et comme, m'a-t-on dit, vous avez exercé d'importantes fonctions dans le cercle de Constantine, j'ai commis l'extrême indiscrétion, connaissant vos sympathies pour tout ce qui porte un cœur français, de m'adresser à votre connaissance si approfondie du pays que nous allons probablement parcourir.

Tout autre que le capitaine Follard eût été au comble de la surprise devant cette divagation débitée par un inconnu, cherchant visiblement ses mots et ses idées. Mais l'esprit d'analyse était juste assez développé chez cette pivoine pour qu'il ne vît dans la démarche insolite de Maximilien qu'un hommage rendu à sa valeur personnelle, valeur méconnue par le gouvernement qui l'avait sacrifié aux plaintes de ces scélérats d'Arabes.

— Monsieur, dit-il, asseyez-vous donc, je vous prie, et croyez que je suis disposé à vous donner toutes les facilités dont vous pourrez avoir besoin pour explorer des contrées que je connais, et que je ne regrette pas d'avoir conservées à mon pays, bien qu'il m'en ait récompensé par une mise en disponibilité, bientôt suivie d'une mise à la retraite.

— En effet, on m'a raconté avec quelle injustice...

— Oui, un an après l'affaire de ce pauvre Doineau, un brave garçon, allez ! un peu brusque, mais franc ! il était impossible de rien voir de plus franc. C'était de l'osier. Eh bien ! ils l'ont condamné, monsieur, et pourquoi ? pour un mauvais chef de tribus qu'on a trouvé mort dans le coupé d'une diligence au moment où il allait faire contre nous des rapports à l'autorité supérieure.

— Des rapports ? à quel propos ? demanda bonassement Maximilien.

— Est-ce que je sais ? Ils prétendaient tous que, quand ils venaient dans les bureaux arabes pour toucher le prix du bétail qu'ils nous avaient vendu, on les soldait à coups de matraque, qu'on leur faisait payer quatre fois les mêmes impôts, et autres calomnies qui avaient pour but de déconsidérer l'armée. Ces êtres-là sont si menteurs que, les pieds dans le feu, la tête dans un silos, ils mentiraient. J'ignore si c'est réellement lui qui a tiré le coup de fusil, mais s'il l'a fait, c'est uniquement parce qu'il ne voulait pas souffrir qu'on essayât de déconsidérer l'armée.

— A ce point de vue, il n'aurait fait que son devoir.

— Son devoir strict. Aussi, tu as été bien vengé, va, mon brave ami ! reprit Poil-de-Brique s'animant au point de devenir coquelicot. Ce que je leur ai bousculé de gourbis, brûlé de récoltes, ravagé de villages, ce n'est rien de le dire. Ah ! les bandits, ils me l'ont payé !

Maximilien se taisait, ne trouvant absolument rien à opposer aux fureurs rétrospectives de l'ancien chef de bureau arabe, qui d'ailleurs prenait son silence pour le plus complet acquiescement.

— A la dernière révolte qui eut lieu sur les frontières du Tell, vous auriez ri, continua-t-il. C'est moi qui ai demandé à commander l'expédition. J'ai commencé par leur faire couper à coups de hache par mes hommes plus de dix mille palmiers, et pas des palmiers nains, des palmiers, s'il vous plaît, qui avaient plus de trois cents ans d'existence, et dont chacun donnait par an des cinq cents kilos de dattes. Après les palmiers, les figuiers. Vous avez lu qu'ils fabriquent leur kouskouss avec de la farine, du lait et des figues écrasées. Quand ils voulaient manger des dattes, plus un palmier à trente lieues à la ronde ; quand ils voulaient manger du kouskouss, plus un figuier. *Macache bono* ! vous pensez bien ; ils mouraient comme des moustiques. *M'sa el krir* ! mes petits amis ! nous les ramassions par centaines sur les routes. On a vu de ces gredins qui se décidaient à se faire anthropophages. S'ils avaient pu seulement se manger tous entre eux ! Je me rappelle que nous étions un jour à Sétif à prendre des sorbets dans un café et nous avons aperçu une quarantaine de ces affamés qui se traînaient jusqu'à la porte des écuries de la cavalerie pour aller chercher des grains d'orge jusque dans le crottin de cheval. J'ai vu ça comme je vous vois, mon cher monsieur.

Maximilien profita de la confiance que lui témoignait le capitaine pour aborder indirectement la question palpitante.

— On m'a, en effet, beaucoup parlé de la popularité dont vous jouissiez parmi vos soldats, dit Max. Ils ne connaissaient que vous. On m'a même cité ça et là quatre ou cinq vers d'une chanson pleine de verve dont vous êtes le héros, si je ne me trompe, et où on rend justice à votre intrépidité et à votre respect de la discipline.

— Précisément, la chanson que chantaient mes tirailleurs quand nous partions pour une razzia. Ils m'appelaient Poil-de-Brique. C'était un surnom qu'on m'avait donné à Saint-Cyr, à cause de mes cheveux, qui, dans ma jeunesse, étaient blonds ardents, mais qui ont beaucoup foncé depuis. Les Arbis me connaissaient bien. Quand l'un d'eux criait : Poil-de-Brique ! aroi ! aroi ! il fallait les voir filer tous.

— Mais cette chanson, reprit Max, sans chercher à comprendre ou à se faire traduire les mots arabes dont le brûleur de gourbis agrémentait ses monologues, cette chanson a fait rapidement son chemin, car je l'ai entendu chanter à Paris même.

— Ah ! vraiment ! fit Poil-de-Brique, presque flatté que sa gloire eût ainsi émigré d'Afrique en Europe.

— Oui, et par une personne qui la connaissait depuis au moins douze ans.

— Douze ans ! vous m'étonnez, il y a tout au plus dix ans que je suis revenu en France.

— Cependant, fit remarquer Max, il s'agit bien de la chanson dont j'ai retenu ce couplet.

Et il cita les quatre vers qui depuis huit jours constituaient toute sa littérature.

— C'est bien la même qui, en effet, a été composée il y a douze ou treize ans, mais pas plus, sur un air de marche, par un homme de mon bataillon, pendant notre expédition de Soukarras, dont nous avons tué le caïd, pris les chameaux, les femmes et les enfants, toute une smalah.

— Et comment expliquez-vous que cette poésie de soldat qui n'intéressait que votre troupe ait mis si peu de temps à traverser non-seulement l'Algérie, mais la Méditerranée pour arriver jusqu'à Paris?

— Tout ce que je me rappelle, c'est que l'auteur de la chanson a été précisément blessé à l'affaire de Soukarras, et qu'après un mois d'hôpital, il est retourné en France, en congé de convalescence. Peut-être l'a-t-il redite à ses amis.

— C'est que la personne de qui je la tiens vit tout à fait en dehors de ce milieu-là : c'est une femme.

— Eh bien! est-ce que vous croyez que mes soldats ne peuvent pas connaître des femmes? répondit le capitaine Follard avec un gros rire, qui, étant donné que cette femme était Geneviève, parut blessant à Maximilien.

— Mais, répliqua-t-il vivement, celle dont je vous parle est toute jeune et avait peut-être cinq ou six ans quand ces couplets lui sont tombés dans l'oreille.

— C'est qu'il y avait aussi à l'hôpital, je m'en souviens maintenant, une petite fille d'environ quatre ans. Je dis environ; car ces brutes d'Arabes, vous me croirez si vous voulez, ils ne savent seulement pas leur âge, à moins pourtant qu'ils le sachent et qu'ils ne veuillent pas le dire; ils sont si faux et si hypocrites!

— Et cette petite fille, comment se trouvait-elle dans un hôpital avec des soldats?

— C'était l'enfant du caïd de Soukarras. Quand mes hommes, après être entrés chez lui, ont pénétré dans l'appartement de ses femmes, il y eut un carnage assez coquet, et la plus jeune des filles de la maison a eu un bras démis dans la bagarre. Alors nos blessés ont demandé qu'au lieu de l'achever, on l'envoyât se faire guérir à l'hôpital pour les distraire. Chose... jamais je n'ai pu retenir son nom, lui répétait sa chanson toute la journée. Je le vois encore lorsqu'il la faisait sauter sur son lit.

— Oui, mais cette petite fille n'avait aucun motif pour quitter l'Afrique? fit observer Max, « empoigné » au dernier point.

— Voilà où vous vous trompez. Chose... il est inutile que je cherche son nom, je ne me le rappellerai jamais... Chose m'a demandé la permission d'embarquer avec lui la petite arbicaude. La réponse ne s'est pas fait attendre; je lui ai dit : Emmène-nous-la, ce sera toujours ça de moins.

— Eh bien! qu'en concluez-vous? demanda Max les mains tremblantes et la langue collée au palais par l'émotion.

— Je n'en conclus rien du tout, répondit Poil-de-Brique, évidemment impatienté par l'insistance que le jeune homme mettait à le questionner sur des faits aussi insignifiants; vous me demandez comment il se fait que l'air de marche de mes soldats soit connu à Paris depuis longtemps, et par des femmes. Je vous raconte que la fille du caïd de Soukarras, une fois débarquée en France, a pu l'apprendre à de petites camarades de son âge qui la savent encore. Voilà toute ma conclusion.

— Et comment nommait-on ce caïd?

— Il s'appelait Ahmet ben Messaoud. Quand on l'a relevé, il avait onze balles dans le corps.

— Et l'enfant, vous n'avez sans doute jamais su son nom?

— A l'hôpital, on l'appelait : Oudja. Mais Oudja n'est qu'un substantif arabe qui signifie épouse. Chose, qui aimait à jouer, lui disait toujours : *Aroi shrirr oudja ana. Viens, petite femme à moi.* Et ce nom d'Oudja lui est resté.

Il n'y avait plus l'ombre d'un doute. Celle qui avait retenu l'improvisation du soldat de Poil-de-Brique, ne la tenait pas d'Oudja, c'était Oudja elle-même, c'est-à-dire Geneviève; Geneviève, qui ne connaissait pas son âge; Geneviève, dont les yeux fendus jusqu'aux tempes donnaient si bien l'idée de ce que nous appelons en France des yeux d'Arabe; Geneviève, dont le teint rose thé n'appartenait certainement pas au continent européen. Sa tournure biblique, sa démarche presque solennelle, qui avaient fait dire à Maximilien dès l'abord : « Elle ressemble à la Judith de Christophano Allori »; les vagues représentations de paysages oubliés qui repassaient devant elle, tout témoignait avec plus de certitude que les papiers les plus réguliers, que les signatures les plus légalisées, de l'état-civil de Geneviève. La femme qu'il allait épouser, et qui, mise en présence de l'abandon et du suicide, avait choisi la nuit de la tombe ou plutôt de la fosse commune, n'était pas une petite ouvrière mettant sa misère et son avenir incertain sous la protection de la mort, c'était la fille du caïd de Soukarras, du chef militaire et civil du cercle des Beni-Snassen.

Une fois sûr de ses informations, Max ne songeait plus qu'à quitter le salon du capitaine, où il commençait à s'agiter comme un cheval qui cherche à briser sa longe. Il se sentait pour lui une reconnaissance qui le lui faisait trouver presque beau, mais il n'aspirait qu'à rencontrer un motif suffisant de le planter là.

— J'avais pris la liberté de venir vous arracher à vos travaux (Max appuya sur le dernier mot. Rien ne flatte un homme qui ne fait rien comme de s'entendre dire qu'on l'arrache à ses travaux) afin d'obtenir de vous communication d'un plan topographique de la province de Constantine, plan qu'on m'a assuré être en votre possession. Mais j'abuse, réellement j'abuse. Mon père et moi, nous ne partons pas encore. J'aurai l'honneur de vous revoir et nous examinerons le plan ensemble.

— Le plan dont vous parlez, je ne saurais affirmer qu'il soit chez moi.... je verrai dans mes cartons. Dans tous les cas, j'irai au ministère de la guerre, j'en parlerai à ces messieurs, et en attendant je vais vous rédiger quelques notes.

— Vous nous rendrez à nous et à la science un service inappréciable, capitaine, dit Max en lui tendant la main. Si la France possède beaucoup d'officiers comme vous, elle a lieu d'être fière.

— L'Afrique, dit modestement Follard en répondant à son étreinte, est la véritable école du soldat. C'est des bureaux arabes que sont sortis nos meilleurs généraux.

Ils se saluèrent sur ces paroles cordiales, et, une demi-heure plus tard, Max après avoir traversé Paris à force de roues débusquait chez Geneviève.

— Tu te nommes Oudja, ma Geneviève, s'écria-t-il dès le pas de la porte. Tu es née en Algérie, près de Constantine. Tu es la fille d'Ahmet-ben-Messaoud, l'ancien caïd de Soukarras. J'ai vu Poil-de-Brique, il est atroce.

— J'ai un père! et je vais pouvoir l'embrasser! Quel bonheur! Il faut partir tout de suite pour Constantine. Est-ce bien loin?

— Ton père est mort, ma chérie.

— Ah!

— Il est mort, ne pleure pas; c'est un grand malheur, mais s'il vivait, nous ne serions pas l'un à l'autre. C'est une considération.

— Caïd? c'est beaucoup caïd? demanda Geneviève en s'essuyant les yeux.

— Je crois bien. C'est comme, par exemple, un préfet militaire qui gouvernerait tout un département.

— Tu as raison, fit Geneviève, cherchant à remonter le cours de sa vie. Je me rappelle maintenant avoir assisté étant toute petite à des revues passées par mon père. Tous ses soldats portaient de grands manteaux blancs. Aussi, quand je t'ai vu pour la première fois, costumé en mariée, avec ce grand voile qui t'enveloppait, je me suis reportée malgré moi à mon enfance. Tu as dû me trouver bien effrontée de te regarder dans le blanc des yeux comme je l'ai fait, mais ton ami s'était écrié : « Tu as l'air d'un Arabe ! » Ce mot « Arabe » a produit sur moi un effet extraordinaire. Ma volonté n'y était plus. Je me disais : « Bien sûr, je le connais, et c'est sous ce costume qu'il m'est apparu. Et pourtant jusqu'ici il ne s'est jamais montré à personne avec un voile sur la tête. Il y a là quelque mystère ». Je m'explique maintenant comment j'ai pensé tout de suite que, si je devais un jour aimer quelqu'un, ce serait toi.

Max raconta son entrevue avec l'ancien capitaine, en cachant à Geneviève que ce pseudo-bienfaiteur était un peu le meurtrier de son père, et l'exterminateur de quelques milliers de ses compatriotes.

— Comme le docteur Houzelot va être content d'apprendre que je ne suis pas la première venue ! s'écria Geneviève quand Max eut achevé son récit.

— J'aime à le croire, répondit-il avec une sorte de pressentiment que cette nouvelle ne transporterait pas Houzelot d'une joie aussi vive que paraissait le croire celle qu'il affecta d'appeler Oudja tout le reste de la soirée.

On eut une pensée pour l'improvisateur de la chanson, mais Poil-de-Brique avait oublié son nom et douze ans s'étaient passés depuis que le convalescent avait quitté l'Afrique. Une fois à Paris, il s'était probablement débarrassé de sa protégée sur quelque âme charitable, et il était reparti pour d'autres aventures.

— Dis donc, il me vient une réflexion, fit Maximilien en roulant autour de ses doigts les cheveux rebelles de sa conquête, tu es musulmane.

— Et la voisine qui voulait aller chercher un prêtre catholique quand on me croyait en danger ! répondit Geneviève, Tu as bien fait de l'en empêcher. Qu'est-ce que ce pauvre Mahomet aurait pensé de moi ?

———

CHAPITRE TREIZIÈME
Le Dîner des Funérailles

Le docteur Houzelot essaya d'accueillir d'une oreille incrédule les détails que lui transmit son fils sur la naissance et la situation de Geneviève. Mais les faits étaient si patents, si irréfutables, que la plus mauvaise foi du monde ne pouvait en triompher. Les événements racontés par le capitaine Follard accumulaient en ou-

tre, autour de la personnalité déjà si séduisante de Geneviève, une atmosphère de poésie qui la rendait à peu près invincible.

Houzelot, qui avait combattu de violentes répugnances pour se décider à aller implorer le secours de Clémentine contre le danger que courait la candidature à lui offerte par un groupe grossissant d'électeurs, avait quitté la jeune locataire de la chambre bleue avec l'intention arrêtée de ne pas pousser plus avant la culture de cette nouvelle connaissance. Exposer une seconde fois sa dignité à ce contact lui paraissait le dernier des supplices. Mais la nécessité, dont on a imprimé à tort qu'elle n'avait pas de lois, en a au contraire de particulièrement cruelles. Il compta sur ses doigts les saints auxquels il avait encore le loisir de se vouer, et il la reconnut avec regret, le fameux Carbonnel qu'il ne connaissait ni d'Eve, ni d'Adam, mais devant les hautes facultés de qui s'inclinait la vindicative Clémentine était le plus clair de son actif.

Il avait reçu, la veille, du secrétaire de son comité une lettre bourrée d'espérance. La propagande en sa faveur progressait à vue d'œil. La bourgeoisie du département le demandait. Les chaumières ne lui étaient pas hostiles. Jeter de pareilles acquisitions par la fenêtre, sous prétexte que Mlle Geneviève s'y était jetée elle-même, et qu'elle était la fille d'une des quatre ou cinq femmes du caïd de Soukarras, plutôt la mort, plutôt Carbonnel, plutôt Clémentine !

C'est ainsi que, deux heures après les révélations apportées par Max à son père concernant Geneviève, l'oiseau de passage qui attendait dans l'appartement de la rue Richelieu le moment de changer de poulailler, reçut le billet ci-dessous :

« Madame,
» Une complication imprévue m'oblige à vous rappeler vos offres obligeantes. Avez-vous vu la personne en question ? Sur quoi et sur qui puis-je compter ? »

Il avait signé d'une H initiale avec son adresse au-dessous, afin d'éviter toute confusion, car Clémentine devait, depuis leur entrevue, avoir fait des offres à bien d'autres.

Dans la soirée, le docteur Houzelot fut atteint par cette riposte :

« Cher monsieur,
» Vous nous invitez à dîner demain, chez Bignon, avec Mme Agathe. Vous demanderez le 4. Carbonnel a refusé de nous accompagner. Du reste, il nous gênerait plutôt. Il a fallu une scène pour le faire marcher. C'est pour sept heures.

» Agréez, cher monsieur, toute ma considération,

« CLÉMENTINE ».

— Allons ! me voilà toujours sûr d'être considéré par quelqu'un, se dit avec une certaine amertume le père de Maximilien, déchiffrant la formule de salut que lui dédiait l'élève du digne Carbonnel.

Il était au plus six heures et demie quand le docteur s'enfonça dans les vapeurs du restaurant. Il demanda le cabinet n° 4.

— Est-ce celui qui a été retenu par Mme Agathe ? demanda un garçon.

— C'est celui-là.

— Veuillez me suivre, monsieur. Personne n'est encore arrivé.

Bien que tout fît supposer qu'il était venu dîner avec deux femmes chez Bignon en partie sinon carrée au moins triangulaire, les sensations du docteur étaient aussi peu galantes que possibles. Max l'avait interpellé, dans la journée, sur la nécessité de faire dresser un acte de notoriété, rétablissant Geneviève dans la nationalité et le rang qui lui appartenaient. Le capitaine Follard ne pourrait se refuser à signer toutes les attestations qu'on exigerait de lui. Au besoin, on se mettrait à la recherche du soldat qui avait amené en France la petite Arabe. Mais son cachet de beauté était si individuel et si incontestable que personne ne songerait à lui dénier ses droits de naissance. D'ailleurs, le caïd de Soukarras était mort, sa fortune avait été confisquée, et il ne pouvait être question que d'une revendication d'état-civil.

Cette ténacité de Max faisait perdre contenance à son père. D'autre part, Léocadie s'impatientait. Elle acceptait sans plus de vergogne cette humiliation affreuse d'être épousée pour ainsi dire à la force du poignet par l'homme qu'elle commençait à aimer sérieusement, mais elle désirait profiter sans délai des sacrifices d'amour-propre devant lesquels elle n'avait pas reculé. Mathussem, qui regardait sans sourciller mourir de faim ses détenus, ne pouvait pas voir pleurer sa fille. Il était allé trouver le docteur, à qui il avait dit avec une mauvaise humeur qui ne lui était pas habituelle : — « Ah ! çà, est-ce que votre fils n'en a pas bientôt fini avec sa fleuriste ?» L'origine de Geneviève avait un caractère trop extraordinaire, et le nom d'Houzelot était trop connu pour que les journaux ne donnassent pas aux préliminaires de son union avec Max une publicité faite pour provoquer un éclat de la part de l'entrepreneur. Cette partie, fine en apparence, ne s'annonçait donc pas comme devant être beaucoup plus gaie qu'un dîner diplomatique. Peut-être même était-ce pour Houzelot quelque chose comme le repas des Girondins. Dans cette disposition d'esprit, l'aspect du salon où le garçon l'introduisit, et où trois couverts étaient déjà dressés, lui parut presque obscène. La croisée Louis XV avec ses doubles rideaux, bonne grâce et lambquin, semblait garantir de son lampas épais les soupeurs contre les curiosités du dehors. Des glaces remplissaient les deux panneaux dans toute leur longueur, mais la réfraction en avait été considérablement atténuée par les arabesques que les bagues de ces dames y avaient dessinées à tous les coins et sur tous les côtés. Les noms, et surtout les prénoms, s'y entrelaçaient ; les dates s'y croisaient. Ces miroirs n'étaient plus que des pages d'écriture. Vous devinez quelles pages et quelles écritures. Sur la droite de la glace placée derrière le canapé, on lisait : — *Virginie et Paul, qu'il faut se garder de confondre avec Paul et Virginie.*

Sur la gauche de celle qui faisait face, une correspondante de l'Académie des inscriptions, mais non des belles-lettres, avait tracé cette phrase familière : « Félicia a été bien heureuse avec Gaston, le 4 avril 1864. »

Une autre, plus cynique, avait fait de la plaque de verre comme une feuille d'annonce, en y inscrivant, à l'usage de MM. les étrangers, non-seulement ce nom, mais cette adresse :

MADEMOISELLE ADÈLE
52, rue Pigalle
(*au troisième*)

Cette manie hiéroglyphique n'est pas chez les femmes qui s'y livrent dénuée de tout calcul. Le diamant possédant à peu près seul la propriété de rayer le verre, graver son nom sur une glace, c'est dire en même temps au public : « Je ne suis pas une coureuse vulgaire, puisque c'est grâce aux joyaux dont on m'a fait hommage que je puis me livrer à cette fantaisie. »

En revanche, si vous racontiez à ces bachelières ès-lettres qu'une femme est venue dîner dans un cabinet de restaurant sans imiter François Iᵉʳ, qui écrivait volontiers des sentences sur les carreaux, elles vous répondraient que cette réserve doit être attribuée à un manque évident de bijoux sérieux.

Le déchiffrage auquel se livrait mélancoliquement Houzelot fut interrompu par un cliquetis de soie dans le corridor. La porte du cabinet s'ouvrit brusquement, et Clémentine parut sur le seuil, au port d'armes, comme on dit en langage de coulisses, afin que le spectateur ne puisse perdre, à l'entrée de l'héroïne, aucun des avantages dont la Providence l'a dotée.

Faut-il en faire l'aveu ? l'apprentie fleuriste, devenue apprentie comédienne, portait encore la toilette qu'elle avait exhibée un semestre auparavant aux yeux jaloux de ses compagnes du magasin ; mais, preuve concluante que l'économie et l'ordre ne sont pas toujours incompatibles avec la mauvaise conduite, son costume avait conservé presque toute la fraîcheur des premières sorties.

Agathe suivait, et l'aspect de ce deuxième convive plongea le docteur dans une surprise dont il eut quelque peine à retenir la manifestation.

Clémentine n'avait pas seize ans. En supposant mademoiselle Agathe son aînée de dix ans, il était à croire qu'elle n'en avait pas beaucoup plus de vingt-cinq. Or, la commère qui venait de se laisser tomber en soufflant, comme un phoque, sur le canapé du restaurant, portait hardiment son demi-siècle. Grande, brune et d'apparence mastoque, le haut de son corps, impatient du corset, retombait sur ses hanches puissantes que le nacarat voyant à palmes jaunes de sa robe développait encore. Ses yeux noirs, restés brillants, mais devenus pochés ; ses cheveux châtains mangés aux raies ; les bajoues qui s'évadaient de son chapeau violet, garni d'un assaisonnement d'épis, de bleuets, de marguerites et de boutons d'or, et qui, malgré le consciencieux appui d'une large paire de brides, pendaient jusque sous les maxillaires ; sa bouche gracieuse, mais dégarnie, montraient que la lutte était désormais inutile et qu'il fallait enfin capituler devant les avaries de l'âge.

A partir d'un certain chiffre, les femmes cachent généralement douze ans, quelquefois treize ou même quatorze, jamais moins de dix. Le jour où Agathe avait entendu comme un glas sonner ses cinquante ans, elle avait dit à Carbonnel, pour juger de l'effet produit sur un homme si difficile à tromper :

— Nous commençons à nous faire vieux, mon bon Ludovic, tu sais que j'ai quarante ans aujourd'hui. Parle-moi franchement : est-ce que je les parais ?

A quoi Ludovic avait répondu :

— Oh ! non, tu peux aisément cacher trois semaines.

Au moral, Agathe n'avait jamais eu d'âge. Personne n'avait percé distinctement les ténèbres de son passé. Sa notoriété avait pris du corps à la suite d'un scandale dont la chronique s'était emparée. C'était lors du mariage d'un des princes de la famille d'Orléans. Une jeune princesse étrangère, venue à Paris pour les noces, avait rencontré aux Champs-Elysées, montant et descendant la grande avenue, la calèche d'où Agathe envoyait des saluts de la main et de la tête à ses amis déjà nombreux.

— Est-ce que vous connaissez cette dame si jolie et si bien mise qu'on salue avec tant de respect ? demanda innocemment la princesse à une dame du château assise à côté d'elle dans une des voitures de la cour.

Agathe, qui avait entendu et qui avait sans doute copieusement déjeuné, se leva alors toute droite dans sa calèche et cria de toutes ses forces à la jeune étrangère : — Cette dame qu'on salue avec respect, c'est une drôlesse. Si vous voulez voir une drôlesse, vous n'avez qu'à me regarder.

Tant de franchise et d'abnégation méritait une récompense. Deux mois plus tard, Agathe avait les plus beaux chevaux de Paris, risquait aux courses des paris de vingt-cinq louis (somme énorme pour l'époque), qu'elle ne payait pas quand elle perdait, qu'elle encaissait lorsqu'elle gagnait, et recevait dans un entresol de la rue du Rempart les descendants des plus grandes familles de France.

Un bruit assez étrange, aurait dit Racine, était venu jusqu'aux oreilles de quelques-uns de ses assidus. On prétendait que le gouvernement du roi peu galantuomo (appelé Louis-Philippe) avait profité de ses accointances avec le parti légitimiste pour lui donner la mission secrète, payée sur une caisse qui ne l'était pas moins, de surveiller les menées toujours inquiétantes de la duchesse de Berry. Le fait est que les fouilles opérées en 1848 par Caussidière dans les sous-sols de la préfecture, amenèrent la découverte de plusieurs listes sur lesquelles le nom de la brune Agathe figurait pour des sommes assez rondelettes. Cette trouvaille fit quelque bruit et amena ce mot d'un habitué des soirées de la rue du Rempart : « Agathe est une femme qui se décline ! Elle est à la fois à la police et de la police. »

Mais, si en France les femmes n'ont pas de droits politiques, elles possèdent des droits sociaux qui n'appartiennent qu'à elles, comme celui, par exemple de tricher au jeu et d'aller raconter tous les samedis au chef de la sûreté générale les conversations qui se sont tenues dans les salons. Agathe perdit un ou deux amis, mais le noyau lui resta. On continua à aller chez elle parce qu'on s'y amusait.

Après le coup d'Etat, tout le monde y retint sa langue pendant deux mois. Le troisième, on y fit plus que jamais des gorges chaudes sur les ancêtres de M. de Persigny et les « malheurs évus » par le maréchal Saint-Arnaud à la suite du sacre de Charles X. On se passait même une lettre écrite par ce hardi capitaine, alors simple utilité au théâtre de la Porte-Saint-Martin et dans laquelle il demandait à un auteur connu un rôle dans sa prochaine pièce. Cette supplique était modestement signée : Leroy.

Agathe, de qui ses bonnes amies disaient qu'elle « les connaissait toutes », avait fini par se créer une position comme Vidocq femelle. Elle était de première force sur la lettre anonyme et tenait entre ses doigts les fils de quatre ou cinq intrigues adultères, dont elle exploitait le secret et les dangers selon ses inimitiés ou ses camaraderies. Elle avait forcé une femme de vingt-deux ans à s'empoisonner en envoyant au mari de cette infortunée des lettres écrites autrefois à un amant qu'elle s'était décidée à quitter.

— Elle n'avait qu'à rester dans la bonne voie, avait dit Agathe. Du moment qu'elle en est sortie, tant pis pour elle ! Il serait trop facile de cumuler un, deux, trois amants, sans que personne le sache, et de passer l'éponge sur cette ardoise après s'être dit : J'en ai assez. Elle a Alfred, elle le gardera, ou nous verrons.

Elle n'avait pas gardé Alfred. Alors Agathe avait volé au jeune homme trois lettres de sa maîtresse et les avait adressées sous une simple enveloppe au mari, à ce moment en province. En apprenant qu'il savait tout, la femme avait avalé un flacon d'acide sulfurique. Quant au jeune homme, il s'était naturellement imaginé que sa maîtresse s'était empoisonnée faute de pouvoir survivre à leur séparation, et, comme il l'adorait, il s'était marié de désespoir. Agathe, elle, s'était contentée de hausser les épaules.

Tel était le bâton que Clémentine songeait à jeter dans les roues de la voiture de noce que Geneviève devait partager avec Maximilien. Quand Agathe fut devenue maîtresse de son essoufflement, elle fit tomber sur le canapé, d'un mouvement d'épaule qui voulait être jeune et qui n'était que débraillé, son crêpe de Chine rouge brodé en soie de fleurs exotiques et d'oiseaux de paradis. Elle posa sur la nappe, comme pour prendre possession de la table, ses deux mains grasses et pour ainsi dire matelassées, dont les gonflements se faisaient jour à travers un assortiment de bagues de toute nature.

Elle avait cette coquetterie d'en changer quatre fois par semaine, afin de laisser supposer qu'un ou plusieurs enthou-siastes lui avaient donné, le matin même, celles qu'elle portait ce jour-là. La vérité, c'est qu'en vingt ans d'exercice, elle avait rempli ses arsenaux d'un approvisionnement formidable de cette mitraille féminine que les moins ambitieuses aiment tant à recevoir en pleine poitrine. Elle avait ainsi la faculté de renouveler son ornementation et de varier ses parures. Mais depuis quinze ans déjà, elle en était réduite à s'offrir des cadeaux à elle-même. Non-seulement ceux qu'elle appelait jadis brutalement ses *officiers payeurs*, n'officiaient ni ne payaient plus, mais c'est elle qui, reprenant peu à peu leur rôle, rendait clandestinement à de jeunes et méprisables favoris ce que des vieillards lui avaient généreusement donné quand elle aussi était méprisable, mais jeune.

— D'abord, dit Clémentine à Agathe, que je vous présente monsieur...

— Oui, je connais, interrompit Agathe, se doutant bien que le docteur ne tenait pas à ce que son nom fût prononcé tout haut, dans le lieu et les circonstances où la rencontre se produisait.

Agathe sonna violemment pour animer la scène qui se congelait à vue d'œil.

— Allez donc me chercher Lucien, dit-elle au garçon qui se présenta. C'est lui qui me sert d'habitude.

Quand Lucien se présenta, elle convint avec lui de la carte comme une femme qui a eu autrefois des remises sur les additions. Tout était prévu et choisi avec une connaissance approfondie de ces sortes de questions de cabinet. Elle possédait le fort et le faible de tous les restaurateurs de Paris.

— Marchez maintenant, fit-elle quand la note fut dressée. Nous boirons de la tisane, n'est-ce pas ?

— Quelle tisane, demanda le docteur, sans se rendre compte de l'endroit où il se trouvait.

— De la tisane de Champagne. Est-ce que vous en connaissez d'autre ?

— Non ; très bien ; tout ce que voudrez, madame. Commandez, vous me rendrez service.

Clémentine était en extase, d'abord devant les bagues d'Agathe, ensuite devant cette façon grandiose de traiter un garçon de café, enfin devant cet art de manipuler un menu.

Les fréquentations aristocratiques de l'ancienne célébrité n'avaient pu lui faire perdre totalement ses habitudes de gloutonnerie, fruits d'une première éducation manquée. Elle absorba le potage avec une satisfaction réelle, et dit en passant aux sardines : — Si vous voulez, nous causerons après la sole.

Quand l'estomac d'Agathe eut repris l'équilibre nécessaire à la lucidité des idées, elle s'accouda un instant sur le coin de la table, le front dans sa main comme un juge d'instruction qui se recueille.

— Carbonnel m'a mise au courant, dit-elle ; il s'agit d'un mariage indigne que veut contracter votre fils et que vous voulez empêcher à tout prix. Rien n'est plus légitime.

— Ce mariage n'est pas indigne, répondit Houzelot. Mais il nous serait extrêmement préjudiciable à tous.

— Enfin, vous vous y opposez, toute la question est là. Et nous disons que la demoiselle s'est jetée par la fenêtre. Est-elle un peu défigurée ?

— Pas du tout, dit Houzelot. Elle n'en serait que plus séduisante. C'est à peine si elle portera à la racine des cheveux une petite cicatrice, suffisante pour rappeler continuellement à Maximilien toute l'étendue de l'amour qu'elle lui porte.

— Oui, mais avec le temps, ce témoignage-là pourrait bien devenir un reproche.

— Je m'inquiète peu du plus ou moins d'harmonie qui régnera dans le ménage une fois qu'elle sera sa femme. L'essentiel, c'est qu'elle ne le soit pas.

— Je comprends très bien. Autrement, il ne faudrait pas s'imaginer que les mélodrames de ce genre attachent deux êtres l'un à l'autre. Connais-tu le grand Chastanier ? demanda Agathe en se tournant vers Clémentine.

— Non, dit celle-ci, que sa haine contre Geneviève rendait attentive à la moindre réflexion de son ancienne.

— C'est un ami de Carbonnel. Eh bien, il y a une quinzaine d'années, il a voulu se brûler la cervelle pour Rose Trémisot. Il s'est manqué et en a été quitte pour cinq dents enlevées, trois en bas et deux en haut. Rose, qui était une vraie crétine, s'est jetée à ses genoux en lui demandant pardon. Ils se sont mis à s'adorer. Rose s'était attachée à lui comme une colle forte. Elle se montrait partout au bras de son petit « nonomme ». Elle lui répétait qu'elle ne l'avait jamais trouvé aussi beau. Au bout de deux mois, ils ne pouvaient plus se voir. Rose est venue me trouver en me disant : « Quel supplice que de vivre avec cet être-là ! On croirait que, s'il lui manque cinq dents, c'est moi qui les lui ai prises. » Quant à Chastanier, c'est bien pis. Il était l'autre soir, au Vaudeville, dans ma loge. Quand il a aperçu Rose Trémisot, qui avançait hors d'une avant-scène sa tête, qui commence à se déplumer sérieusement du reste, ce n'était plus un homme : — « Est-il possible, a-t-il crié au point que nos voisins se sont retournés de notre côté, est-il possible que j'aie failli faire mourir ma mère de chagrin ; que, chaque fois qu'il pleut, j'éprouve des douleurs atroces dans la mâchoire, et que toutes ces misères-là je les doive à cette vieille bécassine ? Si j'avais un coup de pistolet à tirer sur quelqu'un, c'est elle que j'aurais dû choisir ! »

— Les conditions où nous sommes sont tout autres, répliqua Houzelot. La maîtresse de mon fils ne ressemble pas plus à votre Rose Trémisot que Maximilien ne ressemble à M. Chastanier. J'ai vu cette Geneviève qui nous préoccupe. Son âme et sa beauté sont aussi extraordinaires l'une que l'autre. Notre seule crainte était qu'elle ne sortît d'une souche tellement abjecte que mon fils reculât à la vue de la famille future. Or, j'ai appris hier, et je suis même accouru vers vous sur cette nouvelle, que notre belle est une jeune fille de race, de race africaine, mais peu importe. Son père occupait dans la province de Constantine les plus hautes fonctions. Elle est aujourd'hui orpheline et sans fortune, mais il faut renoncer à la faire passer pour une mendiante.

— Soit ; mais puisqu'elle est née en Afrique, pourquoi est-elle en France ? Elle n'a pas traversé la Méditerranée toute seule, avec une ceinture de natation.

— C'est un capitaine de tirailleurs algériens qui l'a capturée.

— Voilà à quoi je voulais en venir : nous pouvons affirmer qu'elle a été publiquement la maîtresse de cet officier.

— Pendant deux ans, ajouta Clémentine.

— Mais il ne la connaît même pas ; c'est un de ses soldats qui l'a embarquée, quand elle avait quatre ans, sur le navire qui le ramenait en Europe, fit observer Houzelot.

— Très bien ; laissons de côté le capitaine, il n'y a rien à faire avec lui. Il s'agit de trouver autre chose.

Clémentine profita d'un moment de silence pour revenir à son accusation favorite : — On peut toujours répéter que c'est une malhonnête fille, qui a pris une paire de ciseaux, tout neufs, à une de ses camarades ?

— Toi, tu nous ennuies avec tes ciseaux, répliqua Agathe. Voilà depuis avant-hier soir la troisième fois que tu m'en parles. D'abord, elle ne t'a jamais pris les moindres ciseaux, j'en suis sûre.

— Pourquoi alors m'a-t-elle reproché un jour de lui avoir emporté les siens ?

— Ça, c'est plus vraisemblable, fit Agathe en riant aux éclats. Vois-tu, ma petite, tu manques de sang-froid. La ja-

lousie te bouleverse le cerveau. Tout à l'heure, quand le docteur a dit un mot de la beauté de ton amie, tu mordais ton mouchoir comme un blessé qu'on ampute, pour résister à l'envie de crier.

— Eh bien ! c'est vrai, répliqua Clémentine toute bondissante : rien ne me révolte comme d'entendre constamment parler de ses cheveux par-ci et de ses yeux par-là. Causons-en un peu, de ses yeux. Si j'avais autant de mille livres de rente qu'elle se les noircit tous les matins avec du charbon !...

Agathe interrogea Houzelot du regard sur le plus ou moins de valeur de cette assertion. Celui-ci eut un sourire qui n'échappa pas à Clémentine.

— Elle se les noircit, je le jure sur la tête de ma mère ! fit-elle, en étendant la main comme pour chercher cette tête chérie, mais absente.

— Écoute, Clémentine, fit Agathe avec une certaine gravité, ta bonne étoile a voulu que tu tombasses, presque à ton début, dans les mains de Ludovic. C'est une veine inespérée. Une femme ne rencontre pas deux fois dans sa vie un pareil homme sur son chemin. Mais, si tu veux que ses leçons profitent à ton avenir, il faut te défaire tout de suite de cette déplorable habitude qui nous perd toutes, de dire du mal des autres femmes.

— Moi ! oh ! par exemple.

— Je ne t'empêche pas d'être jalouse de Geneviève si tu ne peux pas faire autrement, reprit la moralisante Agathe ; mais, au nom de ta mère que tu invoquais tout à l'heure, tâche qu'on s'en aperçoive un peu moins.

— Ça s'aperçoit donc ?

— Comme le nez au milieu du visage. Alors on s'imaginera naturellement que tu lui en veux, en premier lieu, parce qu'elle est plus jolie que toi ; en second lieu, parce que tu as plus d'amants qu'elle.

— Elle en a un... comme toutes les autres.

— Oui, mais il est le seul et le premier.

— A quoi voyez-vous qu'il est le seul ?

— Avec ça que, si elle en avait deux, tu ne m'en aurais pas déjà nommé cinquante. Nous pouvons ouvrir nos cœurs devant M. Houzelot, qui est à la fois un médecin et un ami. Eh bien ! lorsque dans ma jeunesse j'apercevais une femme remarquable par sa beauté, au lieu de regarder d'un autre côté afin de détourner l'attention de mon entourage, sais-tu ce que je faisais ? Je devançais tout le monde en fixant obstinément les yeux sur elle, tout en m'écriant comme em-

portée par l'enthousiasme : « Messieurs, faites-moi le plaisir d'examiner un peu cette ravissante créature assise là-bas, à tel fauteuil ou à telle stalle. C'est un vrai chef d'œuvre ». D'abord je n'éprouvais pas d'autre désagrément que celui d'avoir désigné une rivale à la curiosité de mes compagnons un peu plus tôt qu'ils ne l'eussent découverte eux-mêmes. Puis, je passais dans leur esprit pour une gaillarde tellement sûre de moi que la proximité la plus dangereuse ne m'effrayait pas. Mais la franchise de mon procédé me permettait surtout le manège suivant, que je te recommande et dont le résultat est infaillible : un quart d'heure après les témoignages d'admiration prodigués spontanément par moi à cette jeune privilégiée, je prenais ma jumelle comme pour la contempler plus à mon aise, et, après avoir tenu la lorgnette braquée quelques instants à ma vue, je disais tout haut d'une voix chagrine : « Quel malheur qu'une femme si jolie ait les dents de devant complétement gâtées ! » Et je posais la jumelle. Mes amis se faisaient alors ce raisonnement : « Puisque, de son propre mouvement, et sans y être provoquée par aucun de nous, Agathe nous a indiqué la dame susdite en nous vantant sa beauté, il est clair qu'elle n'irait pas de gaîté de cœur se donner tort en nous avertissant que cette même dame a les dents de devant totalement perdues, si elles n'étaient pas en effet dans un état de détérioration incontestable. Personne ne la regardait plus de la soirée, et j'avais mis ainsi une concurrente dans l'impossibilité de me nuire.

— C'est joliment trouvé ! dit Clémentine désespérant d'atteindre jamais un tel degré de perfection, bien qu'elle fût prête à tout pour y arriver.

Les bras tombaient au père de Max ; mais Agathe ne laissa pas à sa stupéfaction le temps de se refroidir.

— Ce sont des manœuvres dans ce goût-là, continua-t-elle, qu'il faudrait combiner pour anéantir votre Geneviève. Tenez, je crois que j'y suis.

— Voyons, répondez à mes questions comme si c'était vous le malade et moi le médecin. A quelle heure précise la petite s'est-elle jetée par la fenêtre ?

— A neuf heures, neuf heures et demie du soir.

— Il faisait nuit ?

— Nuit noire. Le temps était couvert. Il avait plu toute la journée.

— Elle a été arrêtée dans sa chute par un store qui avançait d'environ deux mètres sur le trottoir, n'est-il pas vrai ?

— Oui, c'est à un auvent placé au-des-

sus de la boutique du parfumeur qu'elle
doit son salut.

— Cet auvent, à quelle heure le re-
plie-t-on ordinairement ?

— En même temps qu'on ferme la
boutique, je suppose. Il paraît que la parfumeuse aurait dit : « Un quart d'heure
plus tard, elle était morte. J'avais déjà
répété trois fois à la bonne de poser les
volets. »

— Ah ! il y a une bonne ! Et où loge
ce parfumeur ?

— Dans la maison même, immédiatement au-dessus de sa boutique. En allant
voir la blessée, j'ai tenu à me faire expliquer tous les obstacles qui avaient pu
amortir une pareille chute.

— Aucune lumière spéciale n'éclaire la
marquise et n'a pu permettre à Geneviève de se rendre compte du point où elle
irait tomber.

— Mais songez donc qu'elle s'est précipitée du cinquième étage : à une telle
hauteur, que voulez-vous qu'on distingue ?

— Ainsi, vous êtes convaincu qu'elle
s'est bien réellement jetée de sa chambre
sur le pavé, et qu'un miracle a pu seul...

— Pas un miracle, mais le hasard.

— Que le hasard, si vous y tenez, est
l'unique puissance qui l'ait arrêtée dans
sa descente et déposée mollement comme
dans un hamac sur la toile d'une marquise fortuitement tendue pour la recevoir ?

— Sans aucun doute, j'ai cette conviction, répondit le docteur surpris. J'ai
vu les supports en fer tordus par le poids
du corps. J'ai vu la toile de l'auvent déchirée : j'ai vu le morceau de percale ar-
raché du jupon de Geneviève par la violence de la rencontre.

— Eh bien ! moi, qui n'ai rien vu de
tout cela, je suis persuadée que votre future bru, dans l'espoir fondé, comme
vous voyez, de le devenir, vous a préparé
une jolie petite comédie en trois actes et
en prose dans laquelle elle vous destine
un rôle important : celui du père Ducantal
dans les *Saltimbanques*.

— Vous avez raison, s'écria Clémentine au comble du ravissement; il faut
croire à un suicide pour rire. C'est excellent, je n'aurais jamais trouvé celle-là.

— Mais, interrompit Houzelot décou-
vrant enfin le but du minutieux interrogatoire qu'il venait de subir, je sais, à
n'en pas douter une minute, que Geneviève s'est élancée du cinquième sans autre pensée que celle de mourir. J'ai causé
avec elle une bonne heure : sa sincérité
ne peut être suspectée. Elle m'a reçu au
lit avec un pied foulé et des compresses
plein la tête.

— Moi aussi, j'aurai quand je voudrai
des compresses plein la tête, et vous n'y
verrez que du feu, tout membre de la Faculté de Médecine que vous êtes. D'ailleurs, en admettant que pour vous le suicide ait été sérieux, il faut pour tous les
autres qu'il ne le soit pas. Et voilà !

— Certainement, voilà ! répéta Clémentine.

— Et vous vous imaginez comme ça
tout bonnement que Max, qui est fou,
littéralement fou de Geneviève, va vous
accorder à vous plus de confiance qu'à
elle ?

— Et si on lui démontre, à votre Max, si
on lui prouve aussi clairement que deux
et deux font quatre, qu'il a été dans toute
cette affaire roulé comme un adolescent,
refait comme un Joerisse de l'amour,
croyez-vous que l'amour-propre ne le fera
pas cabrer ?

— Je serais en tous cas assez désireux
de connaître les arguments que vous em-
ploiriez pour le convaincre.

— Pourvu que ces arguments aient le
pouvoir d'établir, pour M. Max comme
pour tout le monde, que sa maîtresse,
avant de se laisser choir, avait non-seulement fait tendre une toile tout exprès,
mais qu'au lieu de plonger du cinquième
elle est tombée du premier où elle avait
eu soin de descendre, afin d'avoir un
chemin moins long et surtout moins dangereux à parcourir dans l'espace; pourvu
enfin que votre enfant prodigue vous re-
vienne, c'est tout ce que vous demandez,
n'est-il pas vrai ? Le reste me regarde. Je
vous supplie seulement de ne pas me con-
trecarrer. Avez-vous une servante sur laquelle nous puissions absolument compter ?

— Il n'y a à la maison que deux domestiques mâles.

— C'est d'une femme que j'ai besoin ;
mais je ne puis opérer moi-même, dit en
riant Agathe ; tout Paris me connaît. Si
vous mettiez la main sur quelque malheureuse aussi obscure que disposée à
tout, ne la laissez pas échapper et en-
voyez-la-moi dans les quarante-huit
heures.

La tête noirâtre d'Elvire, la bonne de
Mathussem, se présenta la première à
l'esprit du docteur. — Celle-là ne peut
rien nous refuser, pensa-t-il ; on la pé-
trira comme une cire molle.

— Allons, voilà qui est convenu, reprit
Agathe. On étouffe ici. Mets ton chapeau,
Clémentine, et filons.

Clémentine obéit et Agathe lui dit,
tout en l'aidant à s'habiller : — J'espère
que tu es contente de moi ?

— Oh ! madame, répondit Clémentine,
que vous êtes bonne !

— Allons, viens. Vous, docteur, attendez pour sortir que nous soyons descen-
dues. Il est inutile qu'on nous voie ensemble.

Houzelot s'empressa de laisser partir
les deux femmes sans lui et resta pour
payer l'addition. Quand il se retrouva
seul dans ce cabinet auquel sa conversation avec Agathe et Clémentine venait
d'imprimer de nouvelles souillures, il se
sentit pris d'un frisson de dégoût.

— Me voilà à cette heure en intrigue
réglée avec deux filles de joie et une infanticide, se murmura-t-il.

L'image de Max et de Geneviève lui
passait devant les yeux. Mais celle de la
tribune française, avec ses huissiers à la
base et son verre d'eau sucrée au som-
met, chassa insensiblement l'autre. — Au
fait, dit-il tout haut, tant pis pour eux;
pourquoi s'obstinent-ils à m'empêcher
d'être député ?

Il regarda la pendule : comme dans
tous les salons de restaurant, elle était
arrêtée. Il tira sa montre, qui marquait
neuf heures.

— J'ai encore le temps de voir Mathussem avant demain, pensa-t-il.

CHAPITRE QUATORZIÈME

**Pourquoi une femme ne doit pas
laisser traîner ses boucles d'o-
reilles.**

Le lendemain, vers les trois heures de
l'après-midi, Max, qui avait couché rue
Louis-le-Grand, se coiffait en sifflottant
pour se rendre chez Geneviève, lorsqu'il
entendit, à la porte de la première des
deux chambres qui composaient son logement, le bruit d'une discussion où se
mêlaient les éclats de deux voix, celle de
Félix, le valet de chambre de son père,
et celle d'une femme qui paraissait vouloir forcer une consigne.

— Mais, mademoiselle, disait Félix,
M. Houzelot donne sa consultation, attendez votre tour.

— M. Houzelot fils ?

— M. Houzelot fils n'est pas docteur.

— Docteur ou non. C'est à M. Houzelot fils que j'ai affaire.

— Alors vous vous trompez, c'est par
ici.

Max entendit deux petits coups secs
frappés à sa porte qui s'ouvrit presque
aussitôt. Une jeune fille de vingt à vingt-
deux ans, vêtue comme une femme de
chambre, marcha droit à lui, et s'arrêta
tout à coup d'un air mystérieux et confi-
dentiel en lui montrant un objet de dimensions minimes qu'elle tenait à la main
enveloppé dans du papier.

— Je viens de la rue Saint-Martin, dit-elle à Max, en lui lançant un regard de connivence.

— Est-ce que Geneviève irait plus mal ? demanda-t-il déjà inquiet.

— Plus mal ? dit la domestique avec un sourire. Puis, s'apercevant que Félix était toujours là, elle ajouta en clignant de l'œil : — Ah ! oui !

Mais dès qu'elle se vit seule avec le jeune homme, elle lui mit dans la main l'objet tout enveloppé avec ces mots prononcés rapidement et tout bas :

— C'est une boucle d'oreille qui appartient à votre dame et qu'elle a laissé tomber le soir de l'événement.

Max, croyant à quelque erreur, développa le papier et y vit une des boucles d'oreilles en corail rose, dont il avait donné la paire à Geneviève quelques jours après leur liaison.

— En effet, dit-il, cette boucle d'oreille lui appartient. Qui donc vous a priée de me la remettre ?

— Personne ; je l'ai trouvée dans le salon de madame. Je suis la femme de chambre de Mme Alibert, la parfumeuse du 73.

— Comment ? dans le salon de Mme Alibert ? Mais Mme Alibert demeure au premier.

— Oui, au premier, c'est-à-dire à l'entresol, au dessus de sa boutique ; c'est en traversant l'appartement qu'elle aura perdu sa boucle d'oreille.

— En traversant l'appartement ? Pourquoi faire ?

— Pourquoi faire ? Eh bien ! pour se jeter, donc !

— Pour se jeter ! d'où cela ?

— Mais de chez Mme Alibert. Voyons, monsieur Houzelot, vous faites l'ignorant avec moi ; à quoi ça vous sert-il ?

— Pourquoi voulez-vous que je fasse l'ignorant ? Je ne comprends pas un mot à tout ce que vous me racontez.

— Ah ! mon Dieu ! s'écria la femme de chambre, est-ce que par hasard vous ne seriez pas dans le secret ? Si cela est, je m'en vais. Je vous demande pardon. Je croyais... il n'y a pas de ma faute... madame Geneviève qui ne m'avertit pas...

Et la jeune domestique gagna la porte comme si elle venait de commettre une imprudence dont elle ne pouvait se tirer que par la fuite.

Mais Max la retint brusquement par le bras :

— De quel secret voulez-vous parler ? s'écria-t-il avec une violence inquiète ; Geneviève n'a pas de secrets, entendez-vous, ni pour moi ni pour personne.

— Mais je ne dis pas qu'elle a des secrets pour vous, puisque au contraire je vous rapportais sa boucle d'oreille plutôt que de remonter la lui remettre à elle-même, parce que j'avais peur qu'on ne m'aperçût et que quelqu'un n'allât conter à votre père que nous avions comploté ensemble pour le forcer à consentir à votre mariage.

— Nous avons comploté ensemble ? A propos de quoi ? Quand cela ? Je ne vous ai jamais vue, dit Max.

— Excusez-moi, monsieur, je vois que je suis une sotte, répliqua la femme de chambre toute confuse. J'avais la conviction que vous étiez de connivence avec Mme Geneviève. Je n'y voyais aucun mal : on peut bien tromper son père quand c'est pour le bon motif. Du moment où elle ne vous a rien dit, c'est qu'elle avait ses raisons, et je n'irai certainement pas la trahir ; elle est bien trop charmante, la pauvre enfant.

Et elle fit de nouveau quelques pas pour sortir ; mais Max, l'œil sec, le cœur serré, se posta devant elle, donna deux tours de clef à la serrure et fit reculer par son attitude menaçante la domestique au fond de la chambre, jusqu'à un fauteuil sur lequel elle tomba, sans qu'il soit bien sûr que Max ne l'y eût pas poussée.

— Je vous donne ma parole d'honneur, cria-t-il, que vous ne sortirez pas d'ici avant de m'avoir expliqué ce que vous venez y faire, et comment une boucle d'oreille de Geneviève se trouve en votre possession.

— Taisez-vous donc, monsieur, votre père peut vous entendre.

— Précisément, je serais enchanté qu'il m'entendît.

— Oui, mais s'il sait que je suis pour quelque chose dans tous ces mensonges, il ira se plaindre à Mme Alibert, qui me renverra sous prétexte que j'ai laissé entrer quelqu'un chez elle sans sa permission. Et que deviendrai-je si je perds ma place ? Comment ferai-je pour payer la pension de ma petite sœur ? Sans compter que Mme Geneviève m'avait promis vingt francs si je voulais lui tenir la main pendant qu'elle enjambait le balcon pour s'asseoir sur la marquise, et que je ne les ai pas encore touchés.

Ce spectre de la misère qui se dressait devant elle jeta dans l'âme de la jeune domestique une telle épouvante qu'elle éclata en sanglots, entrecoupés par les cris vingt fois répétés de : « Maman ! maman ! »

— Du calme ! mademoiselle ! du calme ! répétait Max presque affolé par ces mots : « Elle m'a promis vingt francs, » qui semblaient lui indiquer quelque chose d'énorme auquel il ne voulait pas s'arrêter. Il avait cependant besoin d'une explication dénuée de tout ambage, et il voyait, au trouble de son cerveau, que s'il n'arrêtait pas sur-le-champ les larmes diluviennes de la femme de chambre, il serait devenu tout à fait insensé avant qu'elle eût fini de pleurer.

— Je n'ai jamais eu, lui dit-il, l'intention de vous causer le moindre préjudice. Mais vous êtes allée trop loin pour ne pas achever vos confidences. Je connais en effet la plus grande partie des incidents dont vous venez de me parler, ajouta-t-il, croyant cette feinte de premier ordre, mais supposez que je les ignore et exposez-les-moi en toute franchise.

— En ce cas, puisque vous savez tout, pourquoi faites-vous semblant de vouloir me dévorer lorsque je vous rapporte la boucle d'oreille que votre femme, on peut bien l'appeler votre femme, a laissé tomber dans le salon de ma maîtresse ?

— Vous voulez dire de Mme Alibert ?

— Bien entendu. De ma maîtresse, Mme Alibert, chez qui je suis en service depuis trois ans.

— Et qui tient la boutique de parfumerie rue Saint-Martin n° 73 ?

— Quelle question ! vous pouvez la voir tous les jours à son comptoir, en vous rendant chez votre femme.

— Et pourquoi est-ce dans le salon de Mme Alibert et non ailleurs que Geneviève a perdu sa boucle d'oreille ?

— Pourquoi ? Eh bien ! parce qu'elle est rentrée comme une folle, renversant toutes les chaises sur son passage afin d'arriver plus vite à la fenêtre. Elle l'a ouverte si vivement qu'il n'y a rien d'étonnant à ce qu'un de ses boutons de corail se soit détaché.

— Et dans quel but ouvrait-elle la fenêtre du salon de Mme Alibert et l'ouvrait-elle avec cette vivacité ?

— Dans quel but ? Dans le but que vous savez, parbleu !

— Dites toujours lequel, pour voir si c'est bien celui-là.

— Dans le but de se glisser sur l'auvent qui descend en pente jusqu'à deux mètres du pavé tout au plus. C'est là qu'elle m'a fait cette promesse : il y a vingt francs pour vous, vite aidez-moi à enjamber.

— A enjamber quoi ? demanda Max, à qui l'anxiété donnait des bourdonnements dans les oreilles.

— A enjamber l'appui de la fenêtre, répondit la domestique paraissant stupéfaite devant un tel manque de compréhension, à enjamber l'appui de la fenêtre, afin de tomber comme qui dirait de sa hauteur sur le trottoir, tandis qu'on persuaderait à votre brave homme de père qu'elle s'était jetée de son cinquième avec l'intention de se périr, mais que la marquise s'était trouvée là par enchantement et...

— Vous mentez! scélérate, fille dégoûtante, vous mentez! s'écria Max se soulevant de terre dans un état de démence furieuse pour se précipiter sur la domestique.

Celle-ci tomba de son fauteuil à deux genoux sur le parquet en gémissant de nouveau avec une énergie sans limites :

« Maman! maman! ne me tuez pas! Je n'ai que vingt ans! je suis le soutien de ma petite sœur. Je croyais que vous aviez comploté ensemble. Ah! si j'avais su !

— Max! mon enfant! que se passe-t-il? Est-ce qu'on t'assassine chez toi? fit tout à coup à travers la porte la voix du docteur. Et tu es enfermé! ouvre-moi! mais ouvre-moi donc!

Le jeune homme laissa sa victime toute pantelante pour aller ouvrir à son père, qui parut effaré sur le seuil de la chambre.

— Entre, papa, entre; je te prie, dit Max, qui, de rouge comme un congestionné, était devenu pâle comme un mort. Tu as vu Geneviève, tu lui as parlé. Eh bien! voici une misérable qui vient prétendre... Non, tu ne devinerais jamais ce qu'elle ose m'affirmer : que Geneviève, ma Geneviève, mon Oudja, est une coquine, une créature ignoble, la dernière des intrigantes, en un mot qu'elle ne s'est pas plus jetée par la fenêtre que toi et moi, que son amour est une farce et son suicide une plaisanterie funambulesque. Je t'en fais juge : est-ce assez horrible?

— Mademoiselle, dit le docteur Houzelot d'un ton chagrin, si votre démarche n'est pas absolument coupable, elle est au moins fort inconsidérée : ou mon fils avait participé au complot organisé contre ma faiblesse paternelle, et ce n'était pas à vous, simple servante, de venir le lui reprocher; ou mon fils était dupe, et puisque je n'avais pas jugé à propos de le désillusionner, vous n'aviez à aucun titre le droit de prendre une responsabilité aussi lourde.

— Ah çà! tu perds la tête, toi aussi, fit Max atterré. Tu peux supposer un instant que Geneviève, cette créature angélique, cette beauté radieuse...

— Je n'ai rien à supposer; les faits sont là et ne font plus mystère pour personne dans la maison qu'habite ta femme. J'ai d'abord eu l'idée que cette parodie avait été organisée entre vous deux par une passion aux abois qui cherchait tous les moyens de me forcer la main; mais j'ai réfléchi bientôt que ta loyauté n'était pas compatible avec de telles sour-

noiseries, et en t'interrogeant sans préméditation apparente, j'ai acquis la certitude que ta bonne foi était entière. Je...

— Papa, interrompit Max, il m'est impossible de te laisser marcher plus longtemps dans cette voie. Je n'ai pas à rechercher quelles calomnies odieuses ont été répandues sur Geneviève. Je l'ai toujours aimée ; aujourd'hui, je l'adore. Je suis sûr d'elle, sûr, entendez-vous bien! et ce n'est pas sur un conte ordurier imaginé par une domestique que je modifierai mes idées.

— Quel conte ai-je imaginé? demanda la femme de chambre; et quel mal ai-je fait? Je ne réclame rien, pas même les 20 francs que votre dame m'avait promis si je gardais son secret. Je trouve un bijou qui lui appartient, je le rapporte, et voilà comme on me traite !

— En effet, dit Houzelot, cette jeune fille ne peut être punie pour un acte de probité. Elle croyait, comme je l'ai cru moi-même un instant, que ta femme t'avait mis dans la confidence de son petit plan. Elle l'avait conçu à elle toute seule : c'est à l'éloge de son intelligence...

— Ces accusations sont infâmes et ineptes! Mais toi, mon père, puisque tu les acceptais comme vraies, puisque tu avais la persuasion que ta future brûlait assez éhontée pour jouer cette parodie de suicide, répondit Max en rugissant, à quoi pensais-tu donc de me laisser épouser une femme de cette espèce?

— Je t'avais supplié à mains jointes d'en épouser une autre, répliqua Houzelot. Pour rien au monde, je n'aurais voulu que tu pusses me supposer capable de peser sur ta décision. Dans la position où nous étions l'un vis-à-vis de l'autre, je devais me taire. D'ailleurs, tu me parais qualifier bien sévèrement le mensonge de ta Geneviève. Il est possible après tout qu'elle ne soit pas l'intrigante qu'il y aurait lieu de soupçonner; et que la peur de te perdre lui ait momentanément oblitéré le sens moral. Tu l'aimes, fais-en ta femme. Il ne faut jamais bouder contre son cœur.

Cette façon bienveillante, mais perfide, de descendre Geneviève de son piédestal troubla Max au point de lui enlever tout désir de réplique. Il était exaspéré contre tout le monde, contre son père, contre la domestique du parfumeur, contre ce bouton de corail, qui constituait incontestablement une pièce à conviction des plus fâcheuses; mais il se serait considéré comme un drôle s'il eût admis un instant autre chose que la parfaite sincérité de celle qu'il vénérait comme une idole.

— On ne discute pas l'absurde, dit-il. Si Geneviève s'était moquée de nous à ce

point, je ne la reverrais de ma vie. Mais dans vingt minutes je serai chez elle, et les propos qu'on vient de tenir ici sur son compte n'auront même pas l'honneur de lui être répétés. Bonsoir, papa.

Et Max sortit à l'aventure, laissant derrière lui toutes les portes ouvertes.

Il monta la rue Louis-le-Grand jusqu'au boulevard, où il se trouva arrêté par le passage d'un régiment. C'est alors que, du milieu des groupes qui bordaient le trottoir opposé, il vit sortir une main qui lui faisait signe. Il profita d'une halte pour traverser le boulevard et reconnut Poil-de-Brique. La marche et le soleil avait empourpré le visage du vieux capitaine, dont les taches de rousseur avaient pris l'aspect foncé d'un semis de graines de lin sur une plaie vive.

— J'allais chez vous, dit-il à Max. Je vous portais un plan de l'Afrique française qui vous sera précieux. A propos, Blavant est mort.

— Qui ça, Blavant?

— Mon soldat, celui qui a embarqué la petite Arbicaude avec lui. J'ai retrouvé son nom : il s'appelait Blavant. A son arrivée à Paris, sa blessure s'est rouverte, et du jour au lendemain il était nettoyé.

A ce moment, Max, fourrant machinalement la main dans sa poche, y rencontra le bouton d'oreille que lui avait rapporté la femme de chambre, et qu'il y avait serré non moins machinalement. L'opinion exprimée par Poil-de-Brique sur la race arabe : « Les pieds dans le feu, la tête dans un silos, ils mentiraient, » lui revint en mémoire. L'inquiétude pousse d'ordinaire à l'indiscrétion, Max se sentit, à l'égard de Poil-de-Brique, un véritable besoin d'épanchement.

— Je regrette vivement, dit Max à Poil-de-Brique, que le brave tirailleur qui a si généreusement sauvé la petite Oudja, ne soit plus parmi nous. Il lui aurait servi de père le jour de notre mariage.

— Votre mariage? avec elle?

— Oui, il aura lieu dans quinze jours environ.

— Avec elle! avec une Arabe! répéta Poil-de-Brique, à peu près aussi surpris que si Max lui annonçait qu'il allait épouser la girafe du Jardin des Plantes.

— Que voyez-vous là de si étonnant? Je l'aime, et j'ai de nombreuses raisons de croire qu'elle m'est aussi dévouée qu'une femme peut l'être.

— En ce cas, vous pouvez vous vanter d'avoir une forte chance. Une Arabe dévouée! c'est du neuf. Là-bas, ça obéit comme des bestiaux. Quant à aimer quelqu'un, makache !

— Mais j'ai pourtant entendu raconter

qu'elles étaient au moins aussi fidèles que nos Françaises, et que leurs maris ne leur toléraient pas la plus légère faute.

— Ce qui n'empêche pas leurs femmes de courir après le premier Français qu'elles aperçoivent. C'est au point qu'ils les font garder dans les tentes où elles couchent, savez-vous par qui ? par des chiens énormes qui sont dressés à mordre à belles dents celles qui voudraient sortir et ceux qui voudraient entrer. Sans quoi, je vous réponds qu'on en verrait de drôles !

— Ah ! vraiment, fit Max préoccupé.

— Tenez ! continua le capitaine Folard, en s'arrêtant pour relever le bas de son pantalon et en mettant à nu la cicatrice d'une morsure profonde qui lui déformait le mollet, voilà comment, du temps que j'étais sergent, j'ai été arrangé par le chien d'une jolie moukère, en sortant de dessous la toile où elle m'avait donné rendez-vous. Dans ce pays-là, les chiens sont fidèles pour les femmes qui ne le sont pas.

— Cette aventure aurait pu arriver dans tous les pays du monde.

— Oui, mais ce qui arrive seulement en Afrique, c'est que la belle, craignant mes indiscrétions, a conseillé à son mari de me loger une balle dans la tête, sous prétexte que mes assiduités lui étaient insupportables. Il n'y a rien de plus traître que ces créatures-là.

Max pétrissait dans ses doigts la boucle d'oreille de Geneviève. Les récits de Poil-de-Brique, auprès de qui il avait espéré un instant trouver appui et consolation, lui révolutionnaient le système nerveux.

— Faites ce qu'il vous plaira, ajouta le capitaine, mais si j'ai un conseil à vous donner, c'est de vous tenir sur vos gardes. Moi, à votre place, je me tiendrais sur mes gardes.

— Je vous remercie de l'intérêt que vous me témoignez, dit Max, je verrai à mettre vos indications à profit. A bientôt, capitaine.

— Et votre plan de l'Afrique française ? répondit Poil-de-Brique en lui tendant un rouleau de carton ; vous alliez oublier le plus important.

Max se saisit du rouleau, serra la main du chef du bureau arabe, et prit en toute hâte le chemin de la rue Saint-Martin.

On a déjà compris ce qui s'était passé. En sortant du cabinet 4, le docteur Houzelot s'était fait conduire rue des Vinaigriers, où il avait dû faire lever Mathussem, qui se couchait à neuf heures, après l'apurement de ses comptes.

— J'ai besoin d'Elvire pour une matinée, avait dit le docteur. Pouvez-vous me la prêter ? Il s'agit de notre affaire.

— Prenez-la, avait répondu l'entrepreneur, et tant qu'elle vous sera utile, servez-vous-en comme si elle était à vous. Vous pouvez lui faire faire dix lieues par jour, la rouer de coups ou la tuer de fatigue, elle ne bronchera pas.

Elvire, convenablement « serinée, » était allée s'informer au n° 73 si Mme Alibert, la parfumeuse, n'avait pas manifesté l'intention de changer de cuisinière. La concierge l'avait renvoyée à Mlle Coralie, la femme de chambre ; et une fois en présence, les deux domestiques n'avaient pas tardé à s'entendre. Mlle Coralie aimait un soldat du train à qui il restait encore deux années de service. Toutefois, il se chargeait de trouver à s'acheter, moyennant cinq cents francs, un homme qui trimbalerait des munitions à sa place. Que ne tenterait pas une femme de chambre amoureuse d'un soldat du train pour pouvoir l'épouser avant la fin de son temps ? Elvire avait envoyé Coralie rue d'Antin, où Agathe demeurait actuellement, en lui recommandant de se conformer servilement aux ordres qu'elle recevrait de cette dame.

Agathe avait pris un billet de cinq cents francs dans le tiroir du haut de son armoire à glace, l'avait montré tout déplié à la femme de chambre, l'avait replacé au fond du tiroir qu'elle avait fermé à clef ; puis, après avoir fait asseoir Coralie en face d'elle sur une chauffeuse, elle lui avait dit : « Maintenant, causons. »

Le premier travail consistait à pouvoir montrer un bijou quelconque ayant appartenu à Geneviève. La femme de chambre avait attendu que la malade fût endormie pour entrer dans sa chambre sur la pointe du pied et y subtiliser une de ses boucles d'oreilles, détachées par une des voisines qui avait aidé à placer Geneviève dans son lit et jetées sur le coin de la cheminée.

Lorsqu'elle reparut chez Agathe chargée de cette dépouille, elle eut à répéter la scène telle qu'elle devait la jouer chez Maximilien.

— Il est possible qu'il s'exaspère au point de vouloir vous battre, lui avait dit Agathe. Dès que vous le verrez lever la main, tombez à genoux sur le parquet, en joignant les mains. Il est rare qu'un homme frappe une femme dans cette position.

Toutes les questions avaient été prévues et toutes les réponses préparées. Agathe avait surtout recommandé à Coralie de prendre un air profondément étonné lorsqu'elle apprendrait du jeune homme qu'il n'avait jamais été de connivence avec Geneviève pour tromper le docteur, son père.

— S'il veut vous obliger à prendre les vingt francs que sa dame vous aura soi-disant promis en échange de votre discrétion, refusez-les obstinément, avait-elle insisté en ajoutant : — Il faut tout prévoir : au cas où le jeune homme, après une explication avec sa Geneviève, exigerait une confrontation et vous forcerait à paraître devant elle, êtes-vous absolument résolue à soutenir vos inventions mordicus, sans vous couper et sans vous laisser attendrir ?

— L'idée d'épouser Fulgence au mois de janvier prochain me donnera des forces surhumaines, avait répliqué la domestique.

Les forces surhumaines que l'idée d'épouser le nommé Fulgence donnait à Mlle Coralie, avaient produit leur effet, puisque Max courait comme un égaré chez Geneviève à qui il brûlait de tout raconter, afin qu'elle aussi lui racontât tout.

— Ce Poil-de-Brique, quelle brute ! se murmurait-il, en hâtant le pas. Qui diable le priait de me corner aux oreilles toutes les perfidies des compatriotes de mon Oudja ? comme s'il n'y avait pas femme et femme ! Il est possible que cette domestique ait réellement ramassé ce morceau de corail dans le salon de sa maîtresse. Quant au racontar forgé à plaisir dont elle m'a régalé, je suis sûr que Geneviève va d'un mot le mettre à néant.

Mais, tout en se fendant comme un compas pour arriver plus vite à l'explication, devenue nécessaire, il se répétait malgré lui : « Pourtant, si ce que Poil-de-Brique m'a affirmé de la perversité des Arabes était vrai ! »

Le soupçon a ceci de dangereux qu'en amour il est un commencement de preuves. La veille, en quittant Geneviève, il aurait mis sans sourciller ses deux mains au feu que jamais le reflet d'un mensonge n'avait effleuré le carmin de ses lèvres. Le lendemain, après la tourmente qu'il venait d'éprouver à son sujet, il aurait encore mis une main au feu, mais il n'en aurait mis qu'une, et il aurait peut-être choisi la gauche.

Avec la ferme volonté d'être calme et d'être confiant, il ne put se défendre, à son entrée dans la chambre de sa maîtresse, de chercher, comme dans la *Lettre volée* d'Edgard Poë, à construire un acte d'accusation d'après les indices les plus insignifiants. Mais il retrouva sa Geneviève couchée, souriante et tendre comme la veille.

— Comment vas-tu aujourd'hui ? lui demanda-t-il en lui donnant un baiser un peu guindé.

— Admirablement, répondit Geneviève, mon pied désenfle à vue d'œil. Si le médecin consentait à me laisser enlever toutes les bandes de toile qui en gênent les mouvements, je ferais une lieue à ton bras sans fatigue aucune. Veux-tu me permettre de me lever, dis ?

— Pas maintenant ; ce soir, après ton dîner, tu essaieras de faire un tour dans ta chambre, mais pas maintenant. Les foulures exigent des précautions spéciales.

En la voyant si gaie, si enjouée, si gamine, Max rougit comme un faux témoin pris en flagrant délit de calomnie. La pensée lui vint que cette boucle d'oreille qui lui avait été remise par la femme de chambre de la parfumeuse ressemblait à celle de Geneviève, mais appartenait à une autre.

— Si je trouve sur le coin de sa cheminée ses deux boutons de corail dans le petit vide-poche où elle les pose ordinairement pour la nuit, je me jette à ses pieds en lui racontant tous les commérages ridicules qui m'ont été débités contre elle. Je lui avouerai même que j'y ai cru un moment. Je la connais, plus je serai coupable, plus elle me pardonnera.

Il avait adopté cette solution avec enthousiasme. — Je donnerais dix ans de ma vie pour que les deux boutons fussent dans le vide-poche, pensait-il en s'avançant vers la cheminée avec une lenteur pleine d'hésitation.

Il se décida enfin à regarder dans la petite coupe en porcelaine de Chine, coquille d'œuf où Geneviève déposait le soir son unique bague et ses uniques boucles d'oreilles.

Un seul bouton de corail s'y morfondait, et il était évidemment le frère jumeau de celui que Max serrait convulsivement dans sa main.

Cette découverte lui alla au cœur, comme s'il n'eût pas dû s'y attendre : « Je ne peux pourtant pas l'interroger comme une criminelle, se dit-il. Si je me trompe et qu'elle ne puisse pas me prouver sur le champ que je me trompe, elle mourra de chagrin en songeant que je la prends pour la plus sale des intrigantes. Si, hypothèse inadmissible, elle m'avait en effet trompé sur les détails et le fond de son suicide, elle saura bien soutenir son mensonge jusqu'au bout, surtout si les femmes de sa race sont aussi profondément endurcies dans le mal que le prétend Poil-de-Brique. Il n'y a donc rien à faire, si ce n'est à attendre un événement qui éclaire la question par un côté ou par l'autre. »

Ce dont il ne s'apercevait pas, c'est que Geneviève, qui, lui présent, suivait des yeux ses moindres jeux de physionomie, le regardait ruminer, s'agiter, changer de place et changer de fauteuil depuis un quart d'heure, et se demandait à quelle préoccupation elle devait attribuer cet état d'inquiétude générale. Il était absorbé dans le dialogue qu'il tenait avec lui-même, au point que ses lèvres remuaient, car c'est le propre des gens tourmentés de vouloir mettre l'air extérieur et les objets inanimés dans la confidence de ce qu'ils éprouvent. Ne pouvant parler tout haut à Geneviève, il parlait tout bas au canapé et à la pendule.

— Je vais attendre, se disait-il, que la femme de chambre soit rentrée chez sa parfumeuse. Je la forcerai alors à monter ici et à recommencer ses histoires devant Geneviève. Nous verrons bien ce qu'il en restera. Allons donc ! ajoutait-il immédiatement ; mettre cette fille en présence de ma femme, recevoir et discuter devant elle la déposition d'une étrangère, ce serait jeter dans notre ménage un élément de défiance et de suspicion qui le troublerait à jamais. Pourtant il faut à tout prix que j'enlève ce poids de cent livres qui me pèse sur l'estomac.

Il tournait en marmottant dans la chambre sans arriver à se poser. Il alla de nouveau à la cheminée, prit la boucle d'oreille dans le vide-poche et la comparé à celle qu'il avait replacée dans son gousset. Les deux faisaient parfaitement la paire.

— Mais qu'as-tu donc et que fais-tu donc ? lui demanda enfin Geneviève.

— Rien ! rien ! Je remettais dans la petite coupe un de tes boutons de corail. Une bonne de la maison me l'a rapporté tout à l'heure. Il paraît que tu l'as perdu le soir du grand événement. Lorsqu'on t'a portée ici, est-ce que tu avais tes deux boucles d'oreilles ?

— Je n'en sais rien. Comment veux-tu que je me rappelle ?

— Alors, il est possible que tu l'aies laissé tomber quelque part.

— Oui, c'est possible, répondit Geneviève, beaucoup plus attentive à l'air embarrassé de Max, que tracassée des pérégrinations de sa boucle d'oreille.

Le jeune homme crut deviner dans l'effacement donné par Geneviève à ce : c'est possible, un désir préconçu d'écarter ce sujet. Les amoureux sont de première force pour « s'emballer » sur des réponses privées de sens. Il est vrai que devant des faits qui leur crèvent les yeux, ils gardent une sécurité parfaite.

Max sentit couler entre les parois de son crâne tout un monde d'idées sombres, confuses et contradictoires. Il n'admettait pas que Geneviève traitât avec cette légèreté la rentrée en possession de ce bouton de corail, cause pour lui d'un bouleversement moral sans précédent, car, en résumé, la question était posée ainsi : ou la femme de chambre avait inventé un récit fantastique, et il fallait reconnaître que cette fille du peuple avait mis dans ses déclarations une précision et un ensemble extraordinaires; ou elle avait réellement trouvé, comme elle le soutenait, le bijou dans le salon de sa maîtresse, et Geneviève lui avait en effet offert une pièce d'or pour l'engager à prêter la fenêtre du premier et à se taire ; alors ce n'était plus le doute ; c'était un océan de perplexités affreuses dans lequel Max se sentait prêt à sombrer.

Toutes ces transitions du froid au chaud, de la confiance à la terreur, se reflétaient si visiblement sur sa figure et dans son attitude que Geneviève ne put s'y tromper longtemps.

— Max, fit-elle, tu m'en veux; il s'est passé quelque chose depuis hier. D'abord, tu m'avais promis d'être ici aujourd'hui au plus tard à trois heures. J'ai entendu sonner cinq heures et demie, et tu n'étais pas encore arrivé. Il est maintenant six heures et quart, si tu dois rester avec moi, pourquoi ne demandes-tu pas à la voisine qu'elle t'apporte le dîner ? Si tu dois dîner chez ton père, pourquoi rester à te promener dans la chambre sans me rien dire, tandis qu'il est temps d'aller te mettre à table ? Il y a quelque chose, j'en suis bien sûre, va !

— Mais non !... rien... rien du tout ! des machines... sans aucune importance, dit Max désorienté, et se sentant de moins en moins prêt pour la lutte... En effet, il est l'heure de rentrer, mon père doit m'attendre... Adieu, Geneviève !... tu sais... je dîne et je reviens...

Max disparut sur ces mots inarticulés comme des hoquets. Il n'avait pas eu le courage de parler, il ne se sentait pas assez de sang-froid pour se taire. La fuite a été inventée pour échapper à ces sortes de dilemmes.

Geneviève, atterrée, n'essaya pas de le retenir.

— Il avait cette figure-là le jour où il m'a quittée, se dit-elle.

Comme complément de tortures, Geneviève fit cette remarque que Max, dans les trois derniers jours, n'avait guère passé en tout plus de sept heures avec elle, tandis qu'il lui consacrait ordinairement quatre heures par jour au minimum depuis qu'elle était revenue à la vie. La vérité est que Max, rassuré sur le compte de sa malade, se reposait un peu des fatigues de la première semaine, et avait employé la majeure partie du temps passé hors de son lit à essayer de constituer à Geneviève un conseil de famille, nécessaire

Pour autoriser la publication des bans. Mais Geneviève, ignorante de ces formalités, se bornait à compter les heures de présence de Max à son chevet, et la coïncidence de ses absences récentes avec son agitation actuelle la couvrit d'un voile funèbre.

— S'il allait ne plus revenir ! fut sa première pensée, laquelle se trouva presque aussitôt démentie par la rentrée de Max.

— Décidément, lui dit-il, je n'y tiens plus ; il faut absolument que nous nous expliquions.

— Ah ! s'écria-t-elle, tu vois bien qu'il y a quelque chose.

— Il y a quelque chose, en effet. Lève-toi, habille-toi, je vais faire avancer une voiture, et tu t'appuieras sur moi pour descendre jusqu'en bas. Au besoin, je te porterai.

— Ah ! mon Dieu ! où allons-nous ?

— Chez mon père. Lui seul peut te parler en toute liberté. Moi, je ne me sens ni le droit ni la force de te rien demander ou de te rien dire. Allons, viens, Geneviève.

La jeune blessée sauta de son lit et posa par terre son pied foulé. Elle avait une telle hâte, non pas de se savoir madame Houzelot, mais de sortir au bras de Max, qu'elle s'était supposée à peu près guérie. Elle s'était annoncée une heure auparavant comme en état de faire une lieue sans fatigue, et à peine debout, elle s'aperçut qu'il lui serait impossible, non seulement de marcher, mais de se soutenir. Elle essaya d'avancer d'un pas ; les tendons déchirés se replièrent sous le poids de son corps et elle glissa entre les bras de Max qui la porta presque évanouie sur le canapé.

— Je me croyais bien plus forte, murmura-t-elle quand elle eut repris connaissance.

— Voilà qui est particulier, pensa Max. Tout à l'heure, elle ne demandait qu'à faire à pied une promenade avec moi ; et quand je lui propose d'aller en voiture chez mon père, elle se trouve mal.

— Oh ! que je suis malheureuse, reprit-elle, j'en ai au moins pour quinze jours seulement avant de pouvoir descendre les escaliers. Est-ce que ton père a besoin de nous voir tout de suite ?

— Aujourd'hui même.

— Ce qu'il a à me communiquer est donc bien grave ?

— Il faut que ce soit grave, puisque je n'ose pas m'en charger. Mais il y a un moyen de nous dispenser d'aller chez lui, c'est de l'amener chez toi. Je vais te replacer tout doucement dans ton lit ; je monte seul dans la voiture que j'espérais partager avec toi, et dans trois quarts d'heure, une heure au plus, je suis ici avec mon père. Attends-nous.

Si les paroles de Max n'étaient pas absolument ironiques, elles étaient au moins fort amères, et le ton sarcastique dont il ne put s'empêcher de les accompagner glaça Geneviève jusqu'au fond de l'âme.

— Lui si bon hier encore ! que lui ai-je fait ? se demandait-elle en se laissant emporter par Max du canapé sur le lit, où il la déposa avec des précautions trop exagérées pour être tout à fait sincères.

— Allons ! à bientôt, Geneviève, dit-il ; nous serons ici dans une heure, entends-tu bien ? Profite de ce temps-là pour te faire servir à dîner. Tu as besoin de prendre des forces, ma chérie.

Et il sortit sans l'embrasser.

CHAPITRE QUINZIÈME

Une bonne petite amie

A ce moment, Max aurait parié cinq contre un que sa maîtresse avait feint un évanouissement subit pour éviter la visite qu'il lui proposait d'aller rendre au docteur Houzelot, et il attribuait à l'offre qu'il lui avait faite d'aller le chercher l'attitude interloquée de Geneviève. Il était, du reste, enchanté de son idée.

— C'est la seule manière de nettoyer la situation, se disait-il. Mon père aura, lui, le droit d'interroger officiellement la femme de chambre et de poser à Geneviève des questions qui me sont interdites, à moi son fiancé. Après tout, un mariage ne se fait presque jamais sans que les parents aillent aux informations. Je saurai ainsi ce qu'il peut y avoir de vrai dans l'affaire de la boucle d'oreille.

La tache d'huile du soupçon avait pris de tels développements depuis le matin, qu'il en était arrivé à accepter que son père prît des renseignements sur Geneviève.

Il roulait vers la rue Louis-le-Grand depuis un quart d'heure à peine, quand la voisine de service auprès de la blessée ouvrit du dehors la porte à une jeune élégante avec laquelle elle s'était rencontrée sur le carré, et qui lui avait demandé d'une voix exubérante de sollicitude :

— N'est-ce pas ici que demeure une jeune fleuriste qui a été récemment victime d'un accident épouvantable, et qu'on m'a dit extrêmement souffrante ? Elle se nomme Geneviève.

— C'est ici ! lui avait répondu la voisine, et Clémentine était entrée.

Subitement sortie de la prostration où Maximilien l'avait laissée pour courir chez Geneviève, la femme de chambre de Mme Alibert n'avait fait qu'un bond de la rue Louis-le-Grand à la rue d'Antin, où demeurait Agathe et où se trouvait déjà Clémentine, attirée là par sa jalousie de Junon. Au récit des injures immodérées que Max avait prodiguées à la cameriste et des violences auxquelles il avait failli se livrer, Agathe impassible avait prononcé ces simples mots : Il est mordu.

Et elle avait envoyé Coralie prendre, en compagnie de Clémentine, un poste d'observation dans la maison même où Max était allé porter le trait empoisonné qu'il venait de recevoir.

Installées au premier, dans l'appartement du parfumeur, contre la fenêtre d'une petite pièce servant de cabinet de toilette, et où se tenait ordinairement la fille de chambre, elles avaient aperçu, par les fentes des rideaux, Max entrant sous la porte cochère d'où il était monté chez Geneviève. En le voyant ressortir, quelques instants après, les joues pâles, les lèvres frémissantes et le pas saccadé, Clémentine avait jeté ce cri de triomphe : « Le torchon brûle ! »

Elle était alors sortie du cabinet de toilette en passant par la cuisine, et s'était élancée sur l'escalier en évasant ses jupes comme celles d'une femme qui vient du dehors.

Geneviève, le coude enfoncé dans son oreiller, sanglottait dans son mouchoir. Elle était si défigurée par les larmes que Clémentine, en entrant, eut un éclair de joie : — Depuis quatre mois que je l'ai vue, serait-elle devenue laide ? se dit-elle.

Geneviève la regarda à travers les pleurs qui l'aveuglaient et ne la reconnut pas. Mais Clémentine savait se faire reconnaître :

— Ma Geneviève ! mon amie ! ma mignonne ! s'écria-t-elle en l'embrassant jusque sur les cheveux, voilà près de cinq mois que nous ne nous sommes rencontrées. Je me disais tous les matins : il faut pourtant que j'aille voir Geneviève. C'est ce maudit théâtre qui me prend tout mon temps. Et qu'apprends-je hier ? Que tu as voulu te tuer pour un misérable qui te trompait, qui se jouait de ta naïveté ? Ils sont tous les mêmes, du reste.

— Clémentine ! comme vous voilà belle ! dit Geneviève. Est-ce que vous êtes heureuse ?

— Ne parlons pas de moi et ne me dis pas : vous. Je te tutoie toujours, tu vois. Ce n'est pas quand mes amis souffrent que l'idée me viendra jamais de les renier.

Geneviève avait relevé la tête ; ses larmes s'étaient momentanément séchées, et

Clémentine fut bien obligée de constater que son ancienne camarade de magasin était encore plus jolie que du temps de Mme Bachelard.

— Je vois à ton désespoir que tu connais ton sort, continua la jeune artiste qui avait pris, rue de la Tour-d'Auvergne, l'habitude des phrases prétentieuses. Laisse-le te quitter, ma pauvre colombe, il sera le premier à s'en repentir. Tu verras que sa scélératesse lui portera malheur.

— Mais Max ne m'a jamais dit qu'il me quittait, répliqua Geneviève en frissonnant. Qui peut vous faire supposer qu'il me quitte?

— Ah! il te garde après? Ma foi, si tu l'aimes, tu fais aussi bien d'y consentir.

— Il me garde après? après quoi? demanda la jeune fille d'une voix mourante.

— Quelle plaisanterie! Après son mariage! Ah! çà, il n'a pas eu le toupet de te c cher qu'il allait se marier, j'aime à croire? exclama Clémentine, usant à l'égard de Geneviève de la tactique employée par Coralie envers Max.

— Oui, il doit se marier, en effet, il doit se marier, mais..... avec moi; c'est peut-être ce que vous voulez dire? balbutia Geneviève.

— Ah! ma belle! mon cher petit ange! je vois qu'il est encore plus méprisable que je ne l'aurais cru. Mais non, au fait, tu sais tout, puisque tu sanglottais au moment où je suis entrée.

— Je pleurais, parce qu'il ne m'avait pas semblé aujourd'hui aussi bon qu'à l'ordinaire, mais il y a deux jours encore, nous parlions de notre mariage comme d'une chose faite.

— En ce cas, je suis bien heureuse de t'avoir instruite de ses véritables projets. C'est un grand bonheur que je sois venue te voir. Un bon averti en vaut deux. Mais il faut que tu sois réellement d'une innocence crasse pour ne t'être aperçue de rien. Il est impossible qu'une pareille infamie se consomme sans transpirer d'un côté ou de l'autre. Il ne t'a jamais paru gêné, embarrassé, inquiet?

— Si; tout à l'heure, par exemple, il était comme fou. Il se promenait dans la chambre en parlant tout seul. On sentait qu'il avait un secret sur le cœur et qu'il reculait toujours le moment de me le confier.

— Et tu n'as pas trouvé moyen de lui faire tout avouer?

— Je l'ai interrogé, je l'ai supplié de m'ouvrir son cœur. Il m'a d'abord assuré qu'il ne me cachait rien. Il est même sorti, de crainte de se trahir, je m'en suis parfaitement bien rendu compte.

— Oh! le lâche!

— Mais il est rentré tout de suite après en me disant : Eh bien! oui, j'ai quelque chose, mais le courage me manque. Mon père seul peut se charger de cette révélation. Viens avec moi chez lui, je te porterai, s'il le faut. C'est ce mot-là « je te porterai » qui m'a fait peur. Je me suis levée, j'ai essayé de marcher, mais j'ai failli me trouver mal. Alors il est parti en me disant d'un ton presque grossier : Je vais chercher mon père, tu peux dîner en nous attendant.

Geneviève, comme une accusée mise à la question et répondant au tortionnaire, insistait sur les plus petits détails, comme si du fait le moins apparent pouvait sortir quelque alibi pour Max et quelque espérance pour elle. Ses mains crispées, sa respiration haletante, ses yeux fixes, semblaient répéter après chaque syllabe :

« Vous le voyez : je sue une sueur de sang. Trouvez un mot qui me rassure, une réflexion qui m'encourage. Ne vous obstinez pas à me persuader que tout est perdu. »

Mais Clémentine plongea ce nouveau coin dans les chairs de la patiente avec autant de sang-froid qu'elle en avait mis à enfoncer les autres :

— La révélation qu'il n'a pas osé te faire, je la connais, dit elle. J'ai chez moi un journal qui en parle, je suis fâchée de ne pas l'avoir apporté. Et comme si elle avait encore les yeux sur la feuille imprimée, elle se prit à réciter :

« Le fils unique du docteur Houzelot va épouser prochainement la fille de M. Mathussem, entrepreneur général des fournitures des établissements pénitentiaires de France. La fiancée est, dit-on, millionnaire. »

— Vous avez lu cela? fit Geneviève, disposée à croire comme tant d'autres qu'il n'y avait plus à revenir sur une assertion quand le journal y avait passé. Alors, c'est fini. Ce que son père va venir m'annoncer tout à l'heure, c'est son mariage avec une autre.

— Comment! tu ne l'as pas déjà deviné, ma pauvre enfant?

— Si, si, dit Geneviève; ce matin, je me suis répété plus de vingt fois : il veut me quitter, mais je ne pouvais pas le croire; non, je ne pouvais pas le croire.

Jamais le nom de Léocadie Mathussem n'avait été prononcé entre elle et Maximilien. Tout ce qu'elle savait de cette rivale, c'est que Max, le soir de la catastrophe, s'était écrié au milieu des imprécations qu'il se prodiguait à lui-même : Je ne voudrais pas d'elle pour ta bonne!

Cette appréciation avait suffi à maintenir Geneviève dans un état de quiétude relative. Clémentine se donna la mission de lui expliquer que Mlle Mathussem était brune, très élégante, que son père avait cinq maisons sur le pavé de Paris et elle quatre cent mille francs de dot; que le mariage, un instant détruit, s'était renoué de nouveau moyennant cent mille francs ajoutés par le père au premier enjeu, et que cette fois la torche de l'hymen était définitivement allumée.

Geneviève écouta jusqu'au bout les variations que sa loyale amie broda sur ce thème. Pendant que Clémentine égrenait son chapelet de mensonges, jonglant tantôt avec les centaines de mille francs de la fille, tantôt avec les immeubles du père, la pauvre blessée ramenait sur sa propre misère des yeux pleins d'épouvante. Elle les reportait sur ses pauvres meubles, sur ses pauvres petites robes, sur sa pauvre petite lampe. Elle jetait un regard morfondu sur ses bras minces comme la jeunesse; elle songeait à son pied malade.

Elle s'imaginait qu'une concurrente rehaussée d'une dot de cinq cent mille francs avait au moins la tête de plus qu'elle. Elle avait cette conviction que non-seulement Mlle Mathussem était la splendeur et la beauté, mais qu'elle était la vertu. Cette pensée fortuite lui empourpra le visage. La fiancée de Max était pure, et elle Geneviève était tombée, puisqu'elle était la maîtresse de Max, et tutoyée par Clémentine. Espérer vaincre dans de pareilles conditions était de l'impudence gratuite.

Devant l'évidence de sa défaite, sa raison la quitta. Tout son sang africain lui afflua aux tempes. Pendant quelques instants, elle ne perçut plus le caquetage de Clémentine que comme un bourdonnement dénué de toute signification. Puis, quand le bruit cessa, la langue de l'artiste s'étant arrêtée, Geneviève ne poussa qu'un cri : « Allons! »

Et légère comme un fantôme, sans paraître en quoi que ce soit gênée par sa foulure, elle sauta du lit et se précipita vers la fenêtre qui était fermée et qu'elle chercha à ouvrir.

Mais Clémentine avait l'œil à tout. Elle fut à la fenêtre en même temps que Geneviève, et mit la main sur l'espagnolette, qu'elle tint baissée en s'y cramponnant.

— Ah çà! tu es donc enragée? lui dit-elle.

— Laisse-moi mourir, Clémentine, fais ça pour moi, laisse-moi mourir! répéta Geneviève, rendue tant soit peu à elle-même par cette opposition imprévue! Il vaut mieux que j'en finisse maintenant. Tout à l'heure, le père de Max va venir me notifier notre séparation et m'annoncer son mariage. Je perdrai la tête, j'en suis sûre. Je ne veux pas recommencer devant eux la scène ridicule de l'autre soir. Il faut que je sois morte quand ils arriveront.

— Comme s'il n'y avait pas un autre moyen d'éviter la rencontre ! dit Clémentine, saisissant au bond cette balle inespérée. Viens chez moi, je te cacherai, et le père, pas plus que le fils, n'aura la satisfaction de te voir dans tous tes états à cause d'eux. Je connais les hommes, ils en riraient le soir au café avec leurs amis.

Pour Clémentine, l'idée qu'un homme pouvait rire d'elle au café avec des amis représentait le *summum* de l'infortune.

— C'est cela ! vite, partons ! emmène-moi ! fit Geneviève. Si ce mariage est l'œuvre de son père, ma mort les brouillerait peut-être. Je n'ai pas le droit de brouiller un père avec son enfant.

— Alors, il n'est que temps de t'habiller ; ils peuvent arriver d'un moment à l'autre.

— Oui, oui ! dit Geneviève en passant à la hâte un peignoir en cotonnade demi-deuil ; tant que je ne verrai pas Max, j'aurai du courage, mais s'il est là, je ne réponds plus de quoi que ce soit.

Clémentine eut toutes les peines du monde à attendre que son amie fût à peu près couverte pour la prendre par le bras et l'entraîner vers la porte. Mais Geneviève avait dépensé toute son énergie dans les préparatifs de son départ. Son pied, dans tous les va-et-vient auxquels on venait de le soumettre, s'était endolori au point qu'elle ne pouvait même pas se tenir debout. Elle s'assit en pleurant sur la première marche de l'escalier.

— Coralie ! Coralie ! cria Clémentine.

La femme de chambre, restée à l'affût sur le carré du premier étage, fut en six enjambées auprès des deux jeunes filles.

Clémentine craignit d'avoir commis une imprudence en appelant avec ce ton d'autorité cette Coralie qu'elle ne devait pas connaître.

— C'est, dit-elle à Geneviève, une excellente fille qui m'a indiqué ton logement quand je le cherchais tout à l'heure. Elle connaît ta malheureuse position et s'intéresse beaucoup à toi. Elle m'a recommandé de la faire monter si nous avions besoin d'elle. Coralie, ajouta-t-elle en s'adressant à la domestique, Madame a besoin pour se remettre tout à fait d'aller respirer un air plus pur que celui de la rue Saint-Martin. Il s'agit de m'aider à la porter jusqu'en bas, car elle est encore bien faible. Mais avant tout, allez nous chercher un fiacre.

— C'est inutile, madame, répliqua Coralie : juste en face, nous avons une re-

mise. Une fois sous la porte, nous n'aurons plus qu'à faire signe à un cocher d'avancer.

— En ce cas, *andiamo* ! dit Clémentine, qui, comme beaucoup d'actrices, croyait savoir l'italien. Laisse Coralie t'enlever par les pieds. Bien ! maintenant, passe ton bras autour de mon cou. Là, et serre-moi fort, ma chérie, ne crains pas de me déchirer mon col de valenciennes. Tu penses bien que, pour une camarade comme toi, je n'irai pas regarder à une dentelle de vingt-cinq francs.

Sans la volonté bien arrêtée des deux femmes de faire disparaître Geneviève, l'une pour l'arracher à un mari, l'autre pour racheter son amant, les difficultés de la descente eussent été presque insurmontables. Mais il serait plus sûr de s'adresser à la haine et à la jalousie qu'à la foi pour transporter des montagnes. Les cinq étages qu'elle avait montés avec tant de peine quinze jours auparavant sur les bras de deux hommes du peuple, alors que tout le monde la croyait morte, elle les redescendait non moins péniblement sur ceux de Clémentine et de Coralie, et n'était pas beaucoup plus vivante.

Quand on fut en bas, Coralie abandonna un instant, sur la dalle au pied de l'escalier, la partie du fardeau qui lui incombait, tandis que Clémentine continuait à soutenir la sienne, et courut jusqu'au seuil de la rue, d'où elle appela un cocher qui vint immédiatement s'établir devant le n° 73.

La femme de chambre retourna à Geneviève et parvint à l'installer dans le fiacre, toujours aidée de Clémentine, qui prit également place dans la voiture.

— Eh bien ! ma bonne Geneviève, dit-elle, te voilà hors de danger.

Geneviève ne répondit pas : elle était évanouie.

— Quelle créature étonnante ! fit en manière de couplet final la femme de chambre, qui était restée sous la porte cochère. Elle se fait du chagrin à propos de tout.

— Elle est sûrement hystérique, riposta Clémentine. Cocher ! nous allons rue Richelieu.

Coralie continua à monter la faction jusqu'à l'arrivée du docteur Houzelot et de Max. Au moment où ils mettaient le pied sur l'escalier, elle les arrêta au passage.

— Vous venez sans doute chercher les effets de Mme Geneviève, dit-elle à Max. Vous savez où elle les serre ordinairement. Tenez, voici sa clef qu'elle m'a laissée en partant.

Et Coralie la mit dans la main de Max.

Après avoir fermé la porte de la cham-

bre, elle avait jugé prudent d'en garder la clef au lieu de la déposer chez la concierge, qui ronflait dans sa loge au moment du transfèrement de Geneviève, ne s'était aperçue de rien.

— Comment ! fit Max sans comprendre, dans l'état où elle est, on la laisse enfermée toute seule dans sa chambre ?

— Montons vite, dit Houzelot, en gravissant les premières marches.

— Mais vous n'avez donc pas entendu, reprit la femme de chambre ; je vous répète que votre dame n'est plus chez elle.

Le père et le fils se regardèrent comme pour s'interroger l'un l'autre.

— Eh bien ! où est-elle donc ? demanda le docteur, qui semblait le moins surpris des deux.

— Elle est sortie.

— Geneviève sortie ! dix Max.

— Il y a déjà une bonne demi-heure, répondit Coralie.

— Ah ! ça, décidément, vous êtes folle.

— Folle ! pourquoi donc serais-je folle ? Je ne sais pas ce que vous avez contre moi. Elle est si bien sortie, qu'en passant elle m'a donné sa clef, avec la recommandation de vous la remettre. Elle a même ajouté : c'est le dernier service que vous me rendrez.

— Et puisqu'elle est sortie, répliqua Max toujours incrédule, vous pourrez du moins nous apprendre où elle est allée.

— C'est bien ce que j'aurais voulu savoir ; mais elle courait si fort, si fort que je n'ai pas eu le temps de le lui demander : c'était comme une vraie biche !

— Geneviève courait ! Il y a une heure, elle ne pouvait mettre un pied devant l'autre.

— Elle aura fait un vœu qui l'aura guérie subitement, dit en souriant le docteur.

— Je ne sais pas si elle a fait un vœu, répliqua la femme de chambre ; mais je puis vous affirmer qu'elle allait vite.

Max n'avait plus rien à objecter. Il bondit dans l'escalier et se trouva, sans avoir eu conscience de l'espace parcouru, devant la porte de Geneviève, qu'il ouvrit toute grande.

Les couvertures du lit traînaient à terre ; les armoires étaient ouvertes, les tiroirs béants. Jupons, jarretières, mantelets, chapeaux gisaient pêle-mêle sur le parquet, dans le tohu-bohu du désordre le plus imagé. La femme de chambre avait raison : ce n'était pas un départ, c'était une fuite.

Le docteur Houzelot mit à gravir les cinq étages le temps nécessaire pour se faire éclairer sur l'état des choses par Coralie. Il trouva son fils debout au milieu d'un flot d'étoffes et d'objets féminins avec les bras tombants d'un homme plus que stupéfié.

— Allons! remets-toi, mon garçon, lui dit le docteur. A ne te rien cacher, je m'y attendais. Elle a tenu à éviter les désagréments d'un débat public et elle a mieux aimé se laisser juger par contumacé. Elle a eu raison, du reste. C'est ce qu'on appelle se faire justice soi-même. Ah! dame! mon cher Max, tu as vingt-deux ans! les illusions vont commencer à tomber.

Max eut le gosier serré par un rire qui était tout près des larmes.

— Je n'ai que ce que je mérite, se dit-il. Il n'est réellement pas permis de pousser la bêtise aussi loin.

Houzelot commit la faute inutile de vouloir escompter immédiatement son succès.

— Après un effondrement comme celui-là, dit-il à son fils, tu n'as plus qu'à murer la porte de ta vie de garçon et à te réfugier dans un mariage bien paisible. Si ce n'est pas tout de suite le bonheur, ce sera au moins le calme.

— Le moyen de me donner le calme, ce serait de me donner la paix, répondit Max d'un ton sec. Ta demoiselle Léocadie est probablement la vertu même comparée à... l'autre; mais je ne me sens pas en train de chercher des parallèles. D'ailleurs, c'est à cette famille Mathussem que je dois tout le bel ouvrage d'aujourd'hui. Ne me parle plus de ces gens-là.

— Cependant, quand ils n'auraient été bons qu'à t'ouvrir les yeux?

— Ils m'ont rendu là un aimable service, en effet. Avec la conviction que Geneviève était la candeur et le dévouement incarnés, j'aurais pu vivre heureux jusqu'à la fin de mes jours. Tant qu'on est trompé, on n'éprouve aucune douleur. C'est le jour où on vous détrompe qu'on commence à souffrir.

— En ce cas, épouse une femme convenable : tu ne seras ni trompé, ni détrompé.

— Tu peux donc me garantir qu'elle se conduira autrement que Geneviève? Est-ce parce que Mlle Léocadie est moins jolie qu'elle sera plus honnête? En ce moment, vois-tu, toutes les femmes me répugnent. Si je m'écoutais, je me ferais chartreux.

Le docteur, assez déconfit de l'accueil fait à ses avances, comprenait que l'élimination de Geneviève ne représentait que la moitié de la besogne. Restait à opérer le rapprochement entre Max et Léocadie, ce qui, dans l'état inflammatoire de la blessure de son fils, paraissait devoir être une opération des plus laborieuses.

Il n'osait pas se rendre chez l'entrepreneur; la résistance actuelle de Max au mariage proposé devenant encore plus blessante pour les Mathussem après qu'avant sa rupture avec Geneviève. Houzelot eut beau s'ingénier à trouver des biais, il vit bientôt qu'il n'avait encore une fois de ressource que dans Agathe.

Il la trouva dans son appartement de la rue d'Antin, assise sur un fauteuil crapaud, au milieu d'un salon en soie jaune, providence des blondes déjà passées.

Deux Diaz, l'un représentant un bouquet de fleurs vu de face et peint en pleine pâte; l'autre une réduction avec quelques modifications de la *Mort de l'Amour*; un *Coup de soleil dans la forêt de Fontainebleau*, par Jules Dupré; une gravure du tableau de Lancresson, la *Nymphe recevant Jupiter*, sous la forme d'une nuée, se balançaient au bout de longs cordons de laine verte sur le fond d'or des tapisseries. Les peintures étaient dans la belle qualité des maîtres. Agathe n'avait peut-être pas de goût, mais ses amants en avaient eu pour elle.

Au moment où le docteur entra, elle était formée en comité secret avec Clémentine qui lui racontait, en riant aux éclats, comment Geneviève, persuadée que le père de Max allait venir lui annoncer la rupture définitive de leurs projets d'union, s'était laissé emporter « comme un vrai paquet » ; comment le cocher de la voiture et le concierge de la maison l'avaient, toujours évanouie, montée dans la chambre bleue, où elle était, depuis une heure, en proie à un accès de fièvre menaçant. Elle avait déjà vidé trois carafes d'eau froide !

Le docteur, introduit dans le conseil par un domestique en demi-livrée, jeta sur leur joie bruyante une quatrième carafe d'eau froide, en décrivant les dispositions répulsives de Max à l'endroit de l'affaire Mathussem.

— Comme si c'était le moment de lui mettre ainsi votre héritière sur la gorge ! dit Agathe. Si mon plan avait été moins solidement machiné, il y avait de quoi lui donner des soupçons. Savez-vous à quel résultat vous arriverez? à lui faire prendre en grippe votre demoiselle Léocadie. Il fallait le laisser reposer jusqu'à ce qu'il y vînt de lui-même.

— Il me paraissait si résolu à ne plus entendre parler de Geneviève, répliqua Houzelot, que j'ai cru qu'il allait nous revenir sans discussion.

— Mais laissez-moi donc faire, vous ne connaissez pas le premier mot de cette langue-là. Le jour d'une séparation, tout homme fait blanc de son épée et se promène dans les lieux publics avec des airs de Spartacus en rupture de chaîne. Huit jours après, l'heureux affranchi est devenu une espèce de rat empoisonné qui trotte, qui s'informe, qui interroge, qui guette, pour savoir si la «misérable», si la femme indigne de la semaine d'avant, ne consentirait pas à venir donner de ses écarts une explication qu'on s'engagerait à trouver suffisante et qui serait suivie d'une amnistie générale.

— Ah! nous n'avons rien à craindre de ce côté-là. Max se croit joué et il est trop fier pour chercher jamais à revoir sa Geneviève.

— Laissez-moi donc tranquille, fit Agathe en haussant les épaules, quand il verra qu'il ne peut pas oublier la femme, il oubliera les griefs. Geneviève serait la reine des coquines et aurait joué réellement le rôle dont nous la gratifions, que M. Max serait encore trop heureux de s'agenouiller devant les chandelles qu'elle lui ferait voir en plein midi. Vous connaissez Gautret, l'auteur dramatique. Vous savez s'il a du talent et s'il passe pour connaître le cœur humain. Eh bien! il y a deux mois, en rentrant à l'improviste dans l'appartement qu'il habite avec Térésita, du Châtelet, savez-vous ce qu'il a trouvé sur les deux heures de l'après-midi ? Un jeune homme couché dans ses draps, à qui Térésita en personne était en train d'offrir un verre de bordeaux et un biscuit. Il l'a chassée en l'appelant voleuse et incendiaire. Huit jours après, le hasard ayant voulu qu'ils se rencontrassent, elle lui a démontré que le jeune homme lui était parfaitement inconnu ; qu'il était venu à la maison pour le voir et lui apporter une idée de pièce; que la pluie, une pluie battante, avait surpris l'étranger; qu'il était arrivé transpercé jusqu'aux os, et qu'elle l'avait elle-même forcé, pour ainsi dire, sous peine de fluxion de poitrine, de se mettre au lit, pendant qu'elle ferait sécher contre la cheminée ses vêtements qui étaient à tordre. Gautret, qui ne mangeait ni ne dormait plus depuis qu'il avait renoncé à Térésita, a mieux aimé le croire que de continuer à se passer d'elle. Aujourd'hui, votre jeune homme est tout à son indignation ; attendez un peu, et si tant est qu'il aime sa maîtresse, vous verrez comme il va vous plaider les circonstances atténuantes !

— Mais, fit remarquer Houzelot, vous savez bien qu'il a consenti à la quitter une première fois.

— A ce moment-là, il se croyait sûr d'elle. Rien n'attache à une femme com-

me de s'apercevoir qu'on est sa dupe, quand on avait la conviction d'en avoir fait sa victime.

— Nous sommes la même chose avec les hommes, fit Clémentine.

— Mais, d'après vous, reprit le docteur, la position serait aussi mauvaise que jamais. Que dans quinze jours il rencontre Geneviève, ils se jettent dans les bras l'un de l'autre et se mettent à se réadorer.

— Soyez tranquille, dit Clémentine, maintenant qu'elle est chez moi, je saurai bien l'empêcher d'en sortir, quand je devrais faire poser des doubles serrures à toutes les portes.

— Clémentine, la passion t'aveugle, répondit Agathe. Tu ne peux pourtant pas l'attacher après le pied de son lit.

— Non, mais elle va sûrement tomber malade ; je la forcerai à rester couchée.

— Le jour de sa première sortie, elle n'en courra pas moins après son Max. Voyez-vous, mes enfants, ajouta Agathe après quelques minutes de silence réfléchissant, nous ne faisons que reculer pour mieux sauter. Le seul parti raisonnable, c'est d'éloigner votre fils pendant trois mois.

— En effet ! dit Houzelot, frappé de cette idée, si je l'envoyais en Italie ? Il a toujours eu envie d'aller visiter Florence. Il aura là une foule de distractions. Il verra les musées, les monuments publics, les collections particulières.

— Il faut que vous soyez bien chevalier de la Légion d'honneur pour vous imaginer que les vierges de Raphaël vont lui remplacer sa maîtresse, interrompit Agathe. Il n'y a pas deux moyens de détacher un homme d'une femme qu'il aime. Il n'y en a qu'un, entendez-vous, seul et unique, approuvé par la Faculté de médecine ; ce moyen, c'est de présenter au monsieur une seconde femme qui fasse oublier la première.

— Mais, dit Houzelot, quelle autre supplantera dans son cœur cette Geneviève qui a toutes les séductions et tous les charmes ?

— Clémentine ouvrit la bouche comme pour s'écrier : — Eh bien, et moi ? je ne suis donc pas là ? mais Agathe, qui avait prévu le jeu de scène, arrêta d'un coup d'œil cette explosion d'amour-propre.

— La dame en question ne sera pas facile à découvrir, je le reconnais, répondit la présidente de ce conseil privé. Néanmoins, je crois avoir ce qu'il nous faut. Une nécessité domine tout, celle de faire surgir des événements qui amènent votre fils à la distinguer de lui-même, sans que nous fassions mine de la lui jeter dans les bras.

— Êtes-vous sûre que ce dérivatif ne deviendra pas un obstacle de plus au mariage de Max avec Léocadie ?

— Je suis sûre que votre salut est là. Comprenez-moi bien : après trois mois de tête à tête, de promenades à cheval, d'excursions et de voyages en coupé..... lit, votre jeune homme sera assez coiffé de sa nouvelle passion pour se sentir à peu près guéri de l'ancienne. C'est alors que notre dame laissera les liens qui l'attacheront à lui se relâcher peu à peu jusqu'à ce qu'ils se dénouent tout à fait. Votre garçon sera probablement assez mortifié de se voir mis de côté par notre amie, mais on n'aime pas sérieusement deux femmes dans la même année. Après avoir perdu l'une de vue, il se consolera de l'abandon de l'autre. Il nous reviendra assoupli par la désillusion et mûr pour l'entrée en ménage. Vous obtiendrez alors de lui ce que vous voudrez. On ne se figure pas le nombre d'hommes qui ont pris des femmes légitimes parce qu'ils se voyaient constamment trahis par leurs maîtresses.

— Et cette compagne de voyage que vous rêvez pour Max, vous prétendez l'avoir sous la main ?

— Je l'ai ou je l'aurai. Puis-je promettre vingt mille francs ?

— Je les donnerai le jour du mariage de mon fils.

— Mais vous savez que nous ne pourrons pas vous rendre le jeune homme avant trois mois.

— Dans trois mois, soit ! J'avertirai la famille de sa future. Ce retard n'a rien d'exagéré.

CHAPITRE SEIZIÈME

Le Serpent sous l'herbe.

Tandis que tant de passions, de haines et d'intérêts s'efforçaient de mettre entre elle et Max la chaîne des Alpes et aussi d'autres chaînes, Geneviève, en proie à un délire presque furieux, se déchirait la figure avec ses ongles et se tordait dans les draps où Clémentine avait été si heureuse de l'introduire. Dès le lendemain, des accidents cérébraux se déclarèrent. Une méningite fut jugée imminente. Pendant deux jours et deux nuits, un petit sac de toile rempli de glace constamment renouvelée resta collé à son front.

L'état de stupeur où elle était tombée dura près de trois semaines, sans grandes souffrances apparentes. Mais pendant qu'elle restait des journées entières sans faire un mouvement, allongée dans le lit, Max, lui, ne se couchait plus. Il passait les plus belles moitiés de ses nuits à pro-

mener ses insomnies dans les rues les plus désertes. Il n'avait pas oublié que Geneviève veillait rarement plus tard que dix heures : à deux heures du matin, il était encore dehors, dans l'espérance vague de la rencontrer.

Dans les premiers jours il avait, aux yeux de son père, accepté presque gaiement sa mésaventure. Il en riait même jaune, mais il en riait. Puis cette bravoure était, heure par heure, tombée au-dessous de zéro. Il en était arrivé à ne plus pouvoir prononcer le nom de Geneviève sans un déchirement qui lui faisait blémir les joues et lui pinçait les narines. La nourriture s'arrêtait au gosier. Quand l'estomac ravagé par le jeûne de la veille il s'asseyait à la table de son père, il se jetait sur le potage comme s'il avait eu la résolution de l'emporter d'assaut, mais à la seconde gorgée la cuiller lui tombait des mains et il passait au dessert pour avoir un prétexte de déclarer qu'il avait dîné.

Il se levait alors et descendait sur la voie publique, où il commençait à décrire des courbes et des diagonales. Il interrompait cet arpentage pour entrer dans un théâtre, poussé par le désir âcre de l'y rencontrer, dût-il ne l'y pas trouver seule ou pour s'asseoir à l'entrée d'un café d'où il aurait pu la voir passer. Il croyait la reconnaître dans toutes les voitures. Il semblait l'apercevoir à toutes les croisées. Il se tenait à quatre pour ne pas la chercher sous tous les meubles. Il réalisait enfin ce type de « rat empoisonné » prédit par la vieille Agathe.

Ce que les masses appellent ironiquement des peines de cœur offre cette particularité de n'inspirer aucune pitié à personne, bien qu'aucune douleur physique ne dépasse en violence et en acuité les souffrances de cette nature. Vous plaignez sincèrement un homme atteint de rhumatismes articulaires, vous riez au nez de l'homme atteint d'amour trahi ou non partagé. Il est convenu, dans le langage passionnel, que le foie, la rate, le cerveau, sont des viscères nécessaires, mais que le cœur est un organe de luxe. Dire d'un infortuné qui sèche sur pied en attendant le retour de celle qui ne revient pas : « Il est bien bon enfant de se désespérer pour une femme qui se moque de lui, » paraît être aux plus bienveillants un pansement suffisant pour ce genre de blessure. On ne songe pas assez qu'un amant n'a de raison d'être désespéré que si sa maîtresse se moque de lui, sans quoi ce désespoir n'aurait pas d'objet.

Le docteur Houzelot assistait donc avec philosophie aux progrès de l'assombrissement de Max et au creusement de ses yeux. Il se disait en le voyant fondre dans ses vêtements devenus trop larges : « Bah ! il est comme tant d'autres ! » Si Max avait eu la fièvre typhoïde, le docteur aurait passé les nuits à son chevet, sans penser que son fils était également comme tant d'autres qui avaient eu la fièvre typhoïde avant lui.

La maladie de Geneviève, qui rendait toute rencontre impossible entre elle et Max, eut au moins un résultat. Lorsque la raison de la jeune fille se dégagea du nuage où elle avait macéré trois semaines durant, son pied se trouva à peu près remis. Elle voulut incontinent se lever et sortir.

— Du moment où je pourrai marcher, dit-elle à Clémentine, j'irai me louer un logement n'importe où. Si je meurs, je ne veux pas que ce soit chez vous. Il ne me manquerait plus que de vous donner cet embarras-là !

Clémentine avait l'intention de transformer aussi longtemps que possible son hospitalité en prison, mais une complication imprévue, qu'elle aurait dû cependant prévoir, vint lui forcer la main. Reçu depuis quelques jours dans la salle à manger où Clémentine avait fait dresser pour elle un lit-canapé, Carbonnel brûlait de donner son coup d'œil d'artiste à cette Geneviève dont la beauté avait la propriété de pousser aux derniers excès la jalousie de ses voisines. Elle était Arabe, elle ignorait son âge, elle était honnête, qualités énormément affriolantes pour un amateur d'aussi bon goût. C'est pourquoi, quand il devait venir, Clémentine fermait à double tour la porte de la chambre bleue et en cachait la clef dans le fond d'une soupière hors d'usage.

Deux fois elle avait surpris ce chercheur obstiné l'œil collé au trou de la serrure, dans l'espoir d'entrevoir de Geneviève ce qu'il fallait pour juger du reste. Cette curiosité persistante finit par inquiéter Clémentine. L'hiver approchait, et avec lui nombre de soirées et de bals dans lesquels Carbonnel s'était engagé à la conduire. Elle eût été fort désappointée d'être plantée là au moment même où elle avait le plus besoin de son cornac pour mettre en lumière des charmes éclos en pleine morte saison.

A supposer que le vieux, mais inconstant Ludovic s'enamourât de Geneviève, et lui offrît de signer avec elle un bail pour la location de la chambre bleue où le hasard l'avait conduite, Clémentine, qui avait le pied dans l'étrier, se trouvait exposée à vider les arçons. Elle aurait pu se rassurer avec cette réflexion que Geneviève repousserait probablement avec dégoût les offres réelles ou non que pourrait

lui faire l'insidieux Carbonnel. Ce tableau d'une jeune fille pauvre refusant des offres, ne se présentait même pas à son esprit.

Carbonnel lui avait promis de lui faire un sort et ce sort était en péril ; il n'y avait pas à hésiter. Elle alla présenter à Agathe la déclaration qui suit :

Carbonnel rôdait depuis quelque temps autour de Geneviève avec une ténacité insupportable. Si une résolution radicale n'était pas prise, les choses pouvaient s'aggraver, et Carbonnel était un fantaisiste de qui on ne se défierait jamais assez. Si Geneviève tombait dans ses griffes, il serait capable de la rendre aussi redoutable que ses autres maîtresses, et elle profiterait peut-être des armes qu'il savait si bien fournir à ses élèves pour se venger de celles qui l'avaient réduite au désespoir.

Cette fille-là une fois lancée, avec son teint extraordinaire, ses énormes yeux noirs et son originalité, c'était leur mort et leur aplatissement à toutes. En outre, elle pleurait du lever au coucher du soleil en redemandant son Max, et voir une femme aimer un homme à ce point-là humiliait et déconcertait Clémentine. Bref, elle serait heureuse de se débarrasser dans le plus bref délai d'une société aussi dangereuse sous tous les rapports.

— Ma foi, dit Agathe, quand Clémentine eut terminé son exposé de motifs, Geneviève tombant du fils Houzelot au père Carbonnel, ce serait peut-être une solution.

— Mais du tout ! mais je m'y oppose ! réclama Clémentine. D'abord, j'y suis habituée, moi, à cet ancien-là ! Il est si farce, et puis il sait tant de choses. Ensuite, ça me pose, d'être avec lui. S'il me quittait à cette heure, surtout pour Geneviève, je n'oserais plus me présenter nulle part. Voyez-vous, si cette fille-là reste encore huit jours chez moi, il y aura un malheur.

— Oh ! ma petite, si tu tiens à ce qu'elle ne soit pas Mme Houzelot, évite le scandale. Le moindre esclandre découvrirait le pot aux roses. Maintenant, réponds-moi : tu as la certitude qu'elle est toujours folle de son Max ?

— C'est à ne pas le croire. Elle m'a répété pendant toute la soirée d'hier qu'elle était fâchée d'avoir quitté sa chambre de la rue Saint-Martin, au lieu d'y attendre Max et son père ; qu'elle se serait jetée à leurs pieds, qu'elle aurait supplié Max de la garder après son mariage, comme sa maîtresse ou comme sa domestique, à son choix ; que, pour ne pas inquiéter sa femme, elle entrerait en service chez

Houzelot père ; qu'elle savait faire un peu de cuisine, et qu'elle ne demanderait pas de gages. Elle est en démence, quoi !

— C'est bien ! je me charge de tout concilier. Geneviève ne t'inquiètera plus et Max ne la rencontrera pas. Mais, c'est à condition que tu m'obéiras sans discuter.

— Moi ! est-ce que je discute ?

— Tu lui raconteras que tu connais une dame âgée (ne crains pas de dire que la dame est âgée), laquelle s'occupe de placer convenablement les jeunes orphelines qui ne peuvent sans danger habiter seules une ville comme Paris. Tu ajouteras que cette dame, qui, dans le temps, a fait obtenir des secours à ta sœur, a entendu parler de l'événement miraculeux de la rue Saint-Martin, et qu'elle s'intéresse vivement à celle qui a été si singulièrement sauvée d'une mort certaine. Alors, tu me l'enverras. Voilà tout ce que je te demande.

— Justement, Geneviève me répétait encore ce matin qu'au cas où il lui serait impossible de revoir Max, elle était décidée à se mettre au couvent.

— C'est excellent ! je m'engagerai à l'y faire entrer, si elle persiste dans sa résolution... Ah ! à propos, tu ne l'enverras pas demander Agathe tout court, bien entendu. Pour mon propriétaire, je suis madame Du Caurroy, par un grand C, autant que possible.

Clémentine, munie d'instructions suffisantes, expliqua à Geneviève qu'une dame de charité au courant de ses infortunes offrait de lui servir de protectrice et de chaperon au milieu des steppes de la vie. Mme du Caurroy, qui, croyait-elle, était baronne, avait déjà tendu la perche à de nombreuses orphelines tombées dans le malheur.

— Elle avait proposé à maman de me prendre avec elle, ajouta Clémentine de son cru. J'ai refusé. Je reconnais maintenant que j'ai eu tort.

Le lendemain, Geneviève agrafa sa petite robe aussi haut que possible et enfonça ses cheveux au plus profond de son chapeau dans la crainte horrible où elle était d'avoir devant cette dame l'air évaporé.

— Elle sait que j'ai cessé d'être une fille sage, disait-elle en achevant de s'habiller. Elle ! une baronne ! comment va-t-elle me recevoir ?

— Clémentine étouffait de formidables envies de rire devant les précautions que prenait Geneviève pour ne pas choquer la pudeur de Mme Agathe.

— Tu es très convenable, je t'assure, répondait-elle aux inquiétudes de la jeune fille. Allons ! dépêche-toi. Mme du Caurroy attend ; les personnes de ce monde-là n'ont pas l'habitude d'attendre.

Madame de Caurroy reçut Geneviève au milieu de ses meubles de satin jaune recouverts de leurs housses blanches. Nous disons madame du Caurroy, car Agathe s'était arrangée pour ressembler à tout excepté à elle-même. Ses cheveux, qui habituellement rejetés en arrière montraient effrontément à nu un front qui n'avait peut-être jamais rougi, avaient été pour la circonstance ramenés sur le haut de la tête où ils s'enroulaient selon les préceptes de la coiffure dite : *Au bel oiseau*. Elle était vêtue de cachemire noir, mais boudinée dans une robe à taille tellement courte que la gorge lui en remontait jusqu'au menton. Elle avait su se donner enfin l'aspect poussiéreux de cette époque où la peinture et la presse étaient à quarante francs.

On avait enlevé du salon quelques tableaux à sujets crus, ainsi que la gravure représentant la nymphe baignée dans une fumée.

—Asseyez-vous là, près de moi, dit Agathe en désignant à côté d'elle sur le plus grand de ses canapés une place à Geneviève, qui tournait dans le salon sous le coup d'une émotion inexprimable. Nous avons à nous confier des choses trop intimes pour que vous vous teniez ainsi à distance.

Elle attira Geneviève, qui s'assit toute confuse, et dont elle prit la main dans les siennes avec une affectation de sympathie qui voulait dire : Vous m'apportez un cœur ravagé par des passions inconnues ici, mais après dix-huit cents et tant d'années, je suis l'exemple de Jésus-Christ qui entrait volontiers en conversation avec la Samaritaine.

— Madame, dit Geneviève, vous savez probablement déjà comment il a pu se faire que je me sois permis de venir vous importuner et vous...

— Oui, oui... interrompit Agathe. J'ai déjà entendu parler de vous, notamment par cette petite Clémentine, une jeune fille que je me suis vainement attachée à sauver. Elle m'a appris que vous habitiez chez elle, momentanément il est vrai, et par suite d'événements tellement douloureux qu'ils vous ont en quelque sorte enlevé votre libre arbitre. Cette Clémentine n'en est pas moins une déplorable connaissance pour vous. Il faut vous éloigner d'elle à tout prix, me le promettez-vous, mon enfant ?

La confiance qu'Agathe avait besoin d'inspirer exigeait qu'elle sacrifiât avant tout Clémentine. Elle n'avait pas hésité un instant devant cette immolation.

— Clémentine m'a recueillie dans un moment où j'étais abandonnée par tout le monde, répondit Geneviève. Sans elle je serais morte. Mais que vous êtes bonne, madame, de vous intéresser si vivement à une pauvre fille que vous ne connaissez même pas !

— J'ai appris que vous aviez beaucoup souffert et que vous vous étiez laissée aller à un de ces actes de désespoir comme les amours mal dirigés en font quelquefois commettre. Un mot, en outre, vous donnera la clef de cette sympathie que vous m'inspirez et qui vous étonne. J'ai perdu, l'an passé, une enfant de votre âge. Elle était fiancée à un jeune ingénieur qui l'adorait. Huit jours avant la signature du contrat, il a été tué en duel. Elle est morte de chagrin trois mois après lui. Comprenez-vous, maintenant ?

Geneviève, profondément remuée devant cette mère en deuil, se jeta dans les bras d'Agathe, dont elle mouilla le col en crêpe noir.

— Mais c'est de vous qu'il faut s'occuper, reprit la triste du Caurroy, comme chassant un souvenir, car il paraît que, vous aussi, vous êtes allée au devant de la mort, à laquelle vous n'avez échappé que par la protection visible de la Providence.

— En effet, madame, répondit, la rougeur au front, Geneviève convaincue pour l'avoir lu dans des livres d'auteurs extrêmement attachés à la vie, que le suicide est une lâcheté. En effet, j'ai cédé à un mouvement criminel, et c'est pour ne pas succomber encore à cette tentation que j'ai osé venir vous supplier de m'accorder une faveur.

— Laquelle, mon enfant ?

— La faveur d'entrer dans un couvent.

— Le couvent ! Oh ! mon enfant ! c'est une bien grosse résolution. Avez-vous la vocation ? car si vous ne l'avez pas...

— La vocation, je ne crois pas l'avoir beaucoup, madame. J'ai tout de suite pensé au couvent, parce qu'une fois-là on n'en sort jamais, qu'on ne peut pas regarder dans la rue, et que je suis sûre de ne plus l'apercevoir. Figurez-vous, madame, c'est à n'y rien comprendre, dès que je l'aperçois, il me passe un brouillard, et je ne sais plus ce que je fais, mais plus du tout.

— En admettant que le couvent modifie cet état maladif, vous ne pourriez y entrer actuellement, car, si on m'a dit vrai, vous n'appartiendriez pas à notre religion. Agathe adapta à ces derniers mots une intonation dont le sens était : De tous vos malheurs, celui-là est certainement le plus grand.

— Vous avez raison, madame, dit Geneviève qui avait oublié complétement les liens qui l'attachaient à Mahomet, je ne suis pas catholique ; j'ai appris il y a un mois seulement que j'étais arabe d'origine et que j'avais été amenée de Sétif en France par une colonne française.

Agathe, selon l'habitude des femmes serrées de près par l'invasion des années, s'était assise à contre-jour, en face de sa jeune interlocutrice placée en pleine lumière, et dont le profil se détachait comme une médaille d'argent sur le fond jaune de la tapisserie. La vieille meneuse de quadrilles ne pouvait détacher ses regards de cette figure pâle, vivifiée par des yeux énormes, encore agrandis par la maladie, de ce nez légèrement aplati, mais frémissant et passionné, de ces lèvres vigoureuses, sanguines et appétissantes comme un bouquet de framboises. La physionomie générale était noyée dans une sorte de mélancolie tendre qui rappelait la langueur répandue sur ce portrait de la duchesse d'Albe exposé à la galerie Saint-Ferdinand à Madrid dans son costume de *majo*.

— Pauvre idiote ! fieffée crétine ! pensait Agathe tout en passant sa revue. Aller demander à t'ensevelir dans un couvent quand tu n'aurais qu'un signe à faire, qu'un désir à ébaucher pour mettre le feu aux cœurs les plus éteints, pour faire maigrir de jalousie les filles les plus en vogue, pour pousser les fils de famille les plus loyaux et même leurs pères à fabriquer de fausses lettres de change !

Cet entrecroisement de réflexions avait coupé la parole à Agathe. Geneviève, qui interprétait dans un tout autre sens cette attention silencieuse, reprit d'une voix navrée : « Ainsi, on ne peut m'accepter nulle part, même dans un cloître ? »

— Eh bien, répliqua Agathe presque gaiement, puisqu'il vous est défendu d'être l'épouse du Christ, il faut devenir l'épouse d'un autre.

— D'un autre ? de quel autre ? fit Geneviève étonnée.

—Mais de M. Maximilien Houzelot, dit Agathe servant à Geneviève le nom de son amant comme une « surprise » à la fin d'un repas. Puisque vous êtes unis devant Dieu, mon devoir est de tâcher de vous unir devant les hommes.

— Mais, madame, il en épouse une autre, vous ne le savez donc pas ?

— Regardez-moi, mon enfant : me supposez-vous capable d'ajouter aux douleurs d'une jeune fille à plaindre comme vous l'êtes, en la berçant de promesses irréalisables ? Si je fais briller à vos yeux la perspective d'un mariage qui comblerait vos vœux en vous réhabilitant aux yeux de tous, c'est que j'ai quelque raison d'y croire. Ne vous montez pas la tête outre mesure, mais ne jetez pas non plus le manche après la cognée.

— Ah ! madame ! dit Geneviève mourante, vous allez me tuer ! Vous l'avez donc vu ?

— Tout ce que je puis vous affirmer, quant à présent, c'est que votre disparition l'a jeté dans un désespoir incurable. Il soutient que vous vous êtes méprise sur ses intentions à votre égard et que, s'il a des torts, vous n'en êtes pas exempte de votre côté.

— Moi des torts ?. c'est bien possible, au fait. J'ai si peu de tact et je suis si mal élevée. Il lui a fallu une patience d'ange pour ne pas se fatiguer de moi plus vite.

— Enfin, soit que ses projets d'union avec une autre n'aient pas tenu devant le chagrin de vous perdre, soit qu'en réalité il n'ait jamais songé sérieusement à prendre une femme qui ne fût pas vous, tout ce qu'il demande actuellement, c'est là possibilité d'avoir avec vous une explication définitive.

— Vous croyez qu'il consentirait à m'écrire ?

— Vous écrire ? non ; il veut vous parler.

— Me parler ! lui ! à moi ! s'écria Geneviève se levant toute droite les yeux fixes, et commençant à battre la campagne, mais il veut donc me rendre tout à fait folle ? Si je le vois, je n'aurai pas la force de le quitter. S'il voulait me parler, pourquoi ne m'a-t-il pas prévenue ? J'aurais fait provision de courage. Ah ! fit-elle tout à coup en poussant un grand cri, il me semble que j'ai entendu marcher à côté, je suis sûre qu'il est là.

— Il n'est pas là, répondit Agathe ; du calme ! Il ne peut pas y être, d'abord parce qu'il ne me connaît pas, ensuite parce qu'il ignore absolument où vous vous êtes réfugiée après votre départ. Il n'est pas même certain pour lui que vous soyez encore vivante.

— Pauvre cher ami, il faut le rassurer. Je ne veux pas qu'il me croie morte, vous lui ferez savoir que je me porte bien, que mon pied est guéri. N'est-ce pas, madame ?

— Il serait infiniment plus simple de le lui apprendre vous-même. Qui vous empêche de lui faire aujourd'hui, ici même, une lettre où vous lui annoncerez que vous vivez, qu'il a été bien coupable, mais que vous lui pardonnez ; ce qui vous passera par la tête enfin ! Il trouvera tout superbe.

— Une lettre ! il va me la renvoyer sans la décacheter...

— Lui ! il embrassera le facteur qui la lui remettra, fit Agathe, perdant de vue son personnage. S'il supposait que vous êtes ici, il serait déjà à la porte à genoux sur mon paillasson.

Agathe se retrouvait dans son élément et la courtisane reprenait le dessus, mais l'exaltation qui s'était emparée de Geneviève l'empêchait de prêter la moindre attention à des trivialités quelque peu surprenantes chez une dame de charité.

— Le revoir ! se disait Geneviève affamée de tendresse et savourant cette manne d'amour qui lui tombait sur le cœur. Lui parler ! l'appeler Max, comme autrefois ! Autrefois pour elle c'était quinze jours. Entendre encore sa voix un peu traînante, le soir, sans lumière s'il le fallait ; se sentir la main serrée par la sienne ; car il aurait beau être furieux contre elle, il ne pourrait moins faire que lui serrer la main, tout disparaissait devant ce rêve d'opium, devant ce songe d'une nuit d'été.

— Allons ! asseyez-vous là et écrivez, dit Agathe en ouvrant devant Geneviève un buvard incrusté de nacre, placé sur un guéridon.

— Mais, fit observer Geneviève, qui avait déjà pris la plume, où pourrais-je le rencontrer ? Jamais je n'oserai retourner dans ma petite chambre de la rue Saint-Martin. Je l'ai quittée d'une façon si brusque.

— En effet, il y aurait là un prétexte à scandale, et c'est ce qu'il est utile d'éviter. Vous ne pouvez reparaître dans cette maison qu'au bras de votre mari.

— Comment m'y prendre alors ? Je ne peux pas aller le trouver chez son père.

— A coup sûr. Mais je suis là, moi. Comme je tiens à assister à l'entrevue afin de lui conserver le caractère qu'elle doit avoir, il est tout simple que je vous prête l'appartement où elle aura lieu.

— Je pourrais le voir ici ?

— Non pas ici, dit Agathe. Si par impossible les pourparlers n'aboutissaient pas, si vous vous décidiez à ne plus le revoir, il est inutile qu'il sache où vous retrouver. Tout est prévu. J'ai la maison qu'il nous faut.

Un sourire plissa les joues d'Agathe. Elle avait, avant l'arrivée de Geneviève, esquissé un plan qui venait de s'achever dans son esprit.

— Prenez la plume, ajouta-t-elle, et écrivez. Je vais vous dicter votre lettre, vous êtes trop émue pour enchaîner deux phrases.

Geneviève la regarda avec componction et attendit.

CHAPITRE DIX-SEPTIÈME

Complots non féminins

A ce point de l'histoire que nous entreprenons de raconter, l'empire entrait dans cette période de sécurité factice et d'*otium sine dignitate*, qui s'est appelée depuis « le calme effrayant ». Nos troupes étaient revenues du Mexique, où un prince était resté. Les impôts rentraient ; les bestiaux se vendaient, mais de cette paix du sépulcre n'étaient sorti ni un écrivain, ni un peintre. Tous ceux dont la dictature impériale avait tenté d'accaparer le talent l'avaient laissé dans les fourrés de Compiègne. Ce gouvernement qui ne sera dans l'histoire autre chose qu'une aventure n'avait inspiré qu'un chef-d'œuvre, lequel lui avait porté malheur, il s'appelait : les *Châtiments*.

A cette époque, un négociant qui ne risquait pas la faillite vingt fois par an, était considéré comme un incapable. Une femme qui devait moins de soixante mille fr. à son tailleur, passait pour une pauvresse. Acheter du charbon de terre, le porter dans un trou creusé avec préméditation, et publier ensuite qu'on venait de découvrir une mine de houille, s'appelait : être dans les affaires.

Au moment de notre récit, la France traînée en esclavage, comme une femme vendue à la côte d'Afrique par des corsaires barbaresques, commençait à soupeser ses chaînes et à secouer silencieusement ses membres ankylosés.

Ce n'était pas encore la lutte déclarée, c'était l'opposition anonyme et insaisissable. Un courant de goguenardise sillonnait la France politique. Au théâtre, la moindre phrase à double entente faisait éclater la salle. L'école de médecine sifflait les professeurs dont la présence avait été remarquée au dernier bal des Tuileries. On regardait narquoisement monter la dette publique de cinq cents millions par an.

Les classes dirigeantes, dont la spécialité est d'ignorer l'art de se diriger, ne pouvaient méconnaître ces symptômes de désagrégation. Mais quand il fallut les constater publiquement, au lieu d'avouer qu'il y avait désaffection, le gouvernement crut faire œuvre de génie en déclarant qu'il y avait complot. Le mot une fois lâché, on ne pouvait se dispenser de le justifier. Toute la police du Deux-Décembre reçut l'ordre de dénicher à tout prix des conspirations et d'arrêter des conspirateurs. Ceux qu'on ne trouva pas, on les inventa, et ceux qu'on n'inventa pas, on les appointa. La plupart des sociétés ouvrières furent transformées en sociétés secrètes, et les découvertes en bombes Orsini et en fulminates de toutes sortes prirent des proportions magistrales.

Mais ce trafic de complots imaginaires offre plusieurs dangers, dont le moindre est que les policiers occupés à forger et à enchevêtrer des intrigues s'y embrouillent de telle sorte qu'ils finiraient par passer, sans y croire, à côté d'une conjuration véritable. Tous les oisifs de la préfecture et les anciens adhérents de la Société du Dix-Décembre que le calme effrayant laissait en disponibilité, furent réquisitionnés pour les rôles divers qu'ils avaient à jouer dans les attentats qui se préparaient. Les uns devaient cacher chez eux les engins explosibles, les autres devaient les y découvrir et en envoyer le dessin aux journaux ; d'autres avaient la mission de se tenir devant la justice dans un mutisme absolu ; quelques-uns étaient embauchés pour la scène des aveux au juge d'instruction ; plusieurs représentaient les agents de Mazzini et, poussés par les titillations du remords, avaient ordre de venir déclarer qu'ils avaient reçu du célèbre agitateur chacun cinquante mille francs et un poignard, pour tuer Napoléon III. A l'audience, on produirait le poignard, mais on ne montrerait pas les cinquante mille francs.

Agathe était restée en relations d'affaires concernant le salut de l'Etat avec un sieur Boulabrèche, qui se disait ancien déporté de 52 et passait pour avoir beaucoup souffert.

Les souffrances de Boulabrèche n'étaient cependant pas telles qu'il ne se trouvât mêlé à presque toutes les manifestations, invité à presque tous les banquets commémoratifs et introduit dans presque toutes les réunions clandestines où se traitaient des questions orageuses. Le pseudo-déporté Boulabrèche avait assisté, huit jours auparavant, à une réunion de grévistes ; il y avait noté avec soin des paroles, qu'un agent zélé pouvait, en torturant le sens des mots, représenter comme contenant une menace contre le pouvoir.

C'était plus qu'il n'en fallait pour faire marquer d'une croix rouge la porte de la maison où les grévistes se rassemblaient tous les soirs. Cette maison était précisément située rue Saint-Maur-Popincourt, à l'extrémité du faubourg du Temple, c'est-à-dire dans un quartier particulièrement signalé. Paris a eu, de tout temps, des quartiers signalés. Sous le premier empire, la rue Saint-Marceau avait le privilège d'inquiéter le vainqueur de Marengo. Sous Louis-Philippe, c'est le faubourg Saint-Antoine qui faisait trembler dans les mains du roi le parapluie légendaire.

Sous le second empire, les hommes d'ordre exprimaient le désir que Belleville n'eût qu'une seule tête afin d'avoir la faculté de la trancher d'un seul coup. Le pouvoir cherchait des complots, l'agent Boulabrèche avait vu dans la phrase citée plus haut un excellent «poupard» à nourrir. Pour revêtir aux yeux de l'autorité la réunion des grévistes de toutes les apparences de la société secrète, il ne manquait plus à l'intelligent limier que la présence constatée de l'indispensable envoyé de Mazzini, sans lequel un attentat n'avait aucune chance de réussir dans le monde, même officiel.

Boulabrèche, qui à vingt ans de là avait été reçu, sous le nom de vicomte de Brady, dans les salons légitimistes d'Agathe, s'était ouvert de sa situation personnelle avec sa vieille camarade.

— J'aurais été bien heureux d'enlever cette affaire-là avant ma pension de retraite, avait-il dit.

De la première rencontre entre Max et Geneviève naîtrait un choc d'où jaillirait inévitablement la lumière. Il fallait donc travailler à rendre irrémissible leur séparation, qui pouvait n'être que momentanée. Agathe s'y était engagée vis-à-vis du docteur et vis-à-vis d'elle-même. Une fille honnête était sur le point d'épouser celui qu'elle aimait, Agathe eût manqué à tous ses devoirs de dévergondée en ne brisant pas ce mariage.

Max pouvait, d'un moment à l'autre, tomber en pleurant aux pieds de la calomniée. La dernière perle du collier, la dernière vertu de l'idole, Boulabrèche se chargerait de l'enlever en un tour de main. Voilà pourquoi Agathe avait souri quand Geneviève avait pris la plume pour écrire sous sa dictée. Or, Agathe avait vendu assez longtemps ses sourires pour en connaître le prix. Quand elle en laissait tomber un, ce n'était pas une faveur, c'était un placement.

— Ecrivez, dit Agathe à Geneviève qui se tenait prête à contresigner tous les décrets de son Egérie.

« Monsieur Max, »

— Monsieur ! fit douloureusement la jeune fille ; non, pas monsieur, il croirait que je suis fâchée contre lui.

— Vous auriez le droit de l'être, mais pour votre dignité comme pour la mienne, il est mieux d'établir une ligne de démarcation entre le Max d'hier et celui d'aujourd'hui. Il ne s'agit pas ici d'un vulgaire rendez-vous, il faut qu'il le comprenne.

— « Monsieur Max », écrivit en soupirant Geneviève, qui se retenait pour ne pas ajouter entre parenthèses : — Non, va pas monsieur, mais mon adoration, mon ange, mon ciel bleu, mon âme et ma beauté.

— « Une dame respectable » continua Agathe, « me donne le conseil de vous demander une heure d'entretien avant de prendre une résolution définitive. Je me rendrai avec elle demain samedi... »

— Pourquoi pas aujourd'hui vendredi? demanda Geneviève.

— Demain ! demain ! Laissons-lui le temps de se reconnaître. « Demain samedi, dans la maison qu'elle habite rue Saint-Maur-Popincourt, 45. »

— Comment, rue Saint-Maur-Popincourt ?

— Oui, j'y ai un appartement où je reçois depuis dix ans les familles pauvres auxquelles je m'intéresse, c'est plus commode pour tout le monde ; nous le verrons là, et si, comme je vous le faisais observer, cette conversation doit être la dernière, vous le quitterez sans crainte de scandale et sans avoir à redouter de sa part aucune persécution ultérieure.

— « Popincourt, 45 », dit Geneviève, répétant les deux derniers mots qu'elle venait d'écrire.

— « Vous direz simplement ces mots au concierge », reprit Agathe, continuant à dicter : «Je suis attendu au troisième.» Il vous conduira auprès de nous ; nous vous attendrons à partir de huit heures du soir. Recevez, monsieur Max, mes salutations. » Maintenant, signez.

— Dieu ! que cette lettre est sèche ! s'écria Geneviève. Il est impossible de rien imaginer de plus sec.

— Vous ne pouvez cependant pas vous jeter à sa tête.

— Mais s'il allait se figurer que je veux le voir pour lui dire des sottises ?

— Ça n'en serait pas plus mauvais. Je ne vois aucun inconvénient à ce qu'il ait quelque incertitude sur l'accueil qui lui sera fait... Gervais !

Le domestique parut en négligé d'antichambre.

— Gervais, dit Agathe, remettez une livrée et portez vous-même cette lettre au concierge de la maison de la rue Louis-le-Grand, 23. Vous recommanderez vivement qu'on la remette sans retard au destinataire. Vous entrerez de votre personne dans la loge de façon à ce que votre toilette soit remarquée. Ah ! vous prendrez la livrée à boutons armoriés.

Gervais prit la lettre, s'inclina et sortit. Geneviève aurait voulu s'élancer sur ses pas afin d'assister à la remise de la lettre, mais la présence de Mme la baronne lui imposait une réserve qu'elle réussissait avec peine à maintenir. Ne pouvant encore se jeter au cou de Max, elle se prosterna aux genoux d'Agathe et voulut à toutes forces les lui embrasser.

— Pas d'enfantillage, dit celle-ci en la relevant et en la serrant sur son cœur. En m'occupant de votre bonheur, je pense un peu à ma fille. Si nous réussissons, c'est elle qu'il faudra remercier. Vous la remercierez, n'est-ce pas?

— Ah! madame, dit Geneviève, sa pensée ne me quittera plus.

— Maintenant, pas un mot à personne, mon enfant, pas même ou plutôt surtout à cette malheureuse petite Clémentine qui m'inquiète bien. Heureusement vous la verrez encore aujourd'hui, et puis ce sera tout. Je vais aviser à vous séparer d'elle.

Geneviève rentra rue Richelieu, ayant dans le cœur et sur les lèvres toutes les musiques de la passion qui délire.

Agathe, qui ne délirait jamais, s'assit devant le buvard laissé ouvert et écrivit au compère Boulabrèche cette contrepartie de la lettre de Geneviève:

« Demain samedi, à huit heures, un jeune homme blond, grand et très distingué, est attendu à la soi-disant réunion des grévistes. Il aura dans sa poche des listes déjà couvertes de noms et vient recruter des affiliés. Faites établir une souricière, tout fait supposer que la capture sera sérieuse. »

Elle cacheta le billet, se leva pour aller devant sa glace rectifier ce que sa coiffure improvisée avait de par trop *bel oiseau*, mit un chapeau noir, un manteau de drap gris tout uni, prit à la main le papier destiné à l'agent, afin de le remettre au premier commissionnaire stationné sur sa route, et descendit par l'escalier de service après avoir dit en passant à la bonne assise dans la cuisine:

— Vous avez congé jusqu'à huit heures. Je vais demander à dîner à Frédérique.

CHAPITRE DIX-HUITIÈME
Celle qu'on attend et celle qu'on n'attend pas.

Max avait atteint depuis quelques jours ce paroxysme d'inquiétude et de désolation qui n'est pas exempt de calme, tant celui qui souffre de cette situation intolérable est convaincu qu'elle ne peut pas durer.

— Il va se produire un phénomène quelconque qui modifiera cet état de choses, se disait-il. Sera-ce une cheminée qui me tombera sur la tête et me fera perdre subitement le souvenir? Sera-ce une paralysie foudroyante? Sera-ce enfin une lettre de Geneviève qui me renseignera sur ce qu'elle est devenue, et conséquemment sur ce que je vais devenir?

Lorsque le concierge de la maison lui remit la lettre de Geneviève avec ces mots: « Voici ce qu'un domestique, en livrée, vient d'apporter pour vous», Max fut pris, en reconnaissant l'écriture, d'un saisissement indéfinissable.

« Geneviève fait porter sa correspondance par des laquais à armoiries, pensa-t-il, voilà qui est passablement menaçant. Ah! c'est le domestique de la dame dont elle me parle», se dit-il, avec un soupir de soulagement, après avoir comme avalé d'un coup-d'œil les quatre lignes que lui adressait sa maîtresse.

Il avait toutes les preuves qu'elle s'était outrageusement moquée de lui. Cette boucle d'oreille rapportée ingénûment par la femme de chambre, et qu'il avait gardée dans sa poche; cette fuite, ou mieux cette évasion précipitée de Geneviève se donnant un quart d'heure auparavant comme incapable de tenir sur ses pieds; la certitude où semblait être son père de la trahison de la jeune fille, et jusqu'au dédain du vieux Poil-de-Brique pour la race à laquelle elle appartenait, tout devait lui crier aux oreilles que des arguments contradictoires à opposer à de pareilles évidences ne pouvaient appartenir qu'à un nouvel échafaudage de méprisables gasconnades. Max, cependant, ne songea pas un instant à refuser ce rendez-vous.

— Enfin, je vais donc avoir une explication! murmurait-il en pétrissant dans ses doigts le billet qu'il plaçait tantôt dans un gousset, tantôt dans l'autre.

Les explications ne lui avaient pas manqué, mais il était décidé à considérer comme catégoriques seulement celles que lui fournirait Geneviève, et dont elle sortirait plus blanche que jamais. Geneviève aurait offert le rendez-vous sous condition qu'elle n'expliquerait rien, que Max l'eût accepté avec le même empressement. Après quinze jours de séparation, d'exaltation et de solitude, ce n'est plus à l'explication qu'on tient, c'est à la femme.

Quand Max retrouva son équilibre, son premier sentiment fut celui de l'humiliation devant la joie folle qui le possédait.

— Pas un mot à mon père, se dit-il, mon intention étant de ne tenir aucun compte des observations qu'il pourrait me faire. Celui qui doit m'empêcher d'aller demain rue Saint-Maur-Popincourt, 45, n'est certainement pas encore fondu.

La lettre portait huit heures du soir. Le lendemain, Max se mit en route à six heures et quart, sous prétexte que la rue Saint-Maur-Popincourt confinait aux boulevards les plus extérieurs et que la situation topographique lui en était inconnue. Il est vrai que, s'il en ignorait le chemin, le cocher de la voiture qu'il prit le connaissait et ne devait guère employer plus de vingt minutes à le parcourir. Mais l'impatience de Max ressemblait à celle des bourgeois fous de spectacle qui se croient obligés d'aller dès trois heures de l'après-midi faire queue à la porte d'un théâtre abonné à des recettes de quatre cents francs.

Il n'était pas encore sept heures quand la voiture de Max s'arrêta devant la porte d'une maison à tournure décrépite, dont la vétusté se constatait par le mot *portier* peint en bâtarde sur la porte de la loge où dînait en famille un homme âgé, auquel il débita la leçon prescrite:

— Je suis attendu au troisième.

— Ah! c'est vous! fit le portier, qui avait indubitablement été averti, très bien! Personne n'est encore arrivé; mais si vous voulez me suivre, je vous introduirai. Je ne suppose pas que vous restiez longtemps seul.

Le portier monta l'escalier, précédant Max jusqu'à une porte étroite. Il la lui ouvrit et le fit entrer dans une grande pièce qui ne ressemblait ni à une salle à manger, ni à un salon, ni à une salle d'études, ni à un atelier. Au milieu de la chambre, une longue table de bois blanc insuffisamment fixée sur deux X, et au milieu de la table une lampe suintant l'huile, ombragée par un abat-jour vert que les infiltrations graisseuses avaient rendu gris. Sept ou huit chaises de paille semblaient causer autour de la table au bout de laquelle un encrier était resté ouvert. Au reste, pas un papier, pas un livre, pas de pendule sur la cheminée, aucune installation.

Max, laissé seul dans cette espèce de galerie, se mit à en arpenter le parquet vermoulu, se demandant par quelle bizarrerie Geneviève avait choisi pour le recevoir un réduit si peu favorable à une causerie intime. Ce dénûment cadrait peu avec la livrée bleu ciel du domestique porteur de la lettre. Mais l'esprit et le cœur de Max étaient préoccupés à ce point que ses yeux s'habituèrent vite aux singularités du lieu.

— Dès qu'elle va m'apparaître, je ne pourrai pas m'empêcher de la prendre entre mes bras et de l'embrasser comme du pain. D'ailleurs, il vaut mieux que je le fasse tout de suite. Si par hasard elle n'est pas sans reproches, je n'aurais plus le droit de l'embrasser après l'aveu de sa culpabilité. Il y a seulement deux mois, qui m'aurait dit qu'elle m'était si chère et si indispensable? Il est vrai qu'alors je n'étais pas jaloux et je restais quelquefois deux ou trois jours sans mettre le pied chez elle. Il me semble que maintenant je ne la quitterais pas d'une semelle. Laisser une femme seule, quelle aberration!

Il repassa à quatre ou cinq reprises consécutives le roman de ses amours, jusqu'à l'heure nébuleuse où il avait vu sa Geneviève étendue inanimée sur la chaussée de la rue Saint-Martin. Il se hâtait de glisser sur cet épisode, origine de tous ses doutes et cause première de leur séparation.

— Après, tout, se disait-il, j'ai bien fait semblant d'être à la mort pour la forcer à venir chez moi; pourquoi n'aurait-elle pas feint de se suicider pour m'obliger à l'épouser? Chacun pour soi, au fait.

Après être revenu plusieurs fois sur cette idée qui excusait sa faiblesse, il regarda sa montre : il était sept heures dix.

Il reprit le cours de ses méditations, passant de l'extrême confiance à la plus soupçonneuse inquiétude.

— Admettons un instant qu'elle ait un amant, fit-il en sentant ses jarrets fléchir sous cette pensée. Que lui répondrais-je, si elle vient me faire l'ouverture suivante : « Quand j'ai compris que la lumière allait se faire sur ma fausse tentative et que je ne serais jamais ta femme, j'ai cédé aux sollicitations d'un autre. Aujourd'hui je m'aperçois que je ne peux vivre heureuse sans toi. Je te reviens repentante et désillusionnée. Il ne sera jamais question de mariage entre nous, et je continuerai à t'aimer comme une maîtresse fidèle. » Si elle me tient ce langage, me jetterai-je sur elle pour l'étrangler de mes propres mains, ou la presserai-je contre mon cœur en mêlant des larmes d'oubli à ses larmes de honte?

Max flottait entre ces deux solutions, et il allait probablement se décider pour la seconde, quand un coup de sonnette extrêmement violent et prolongé vint couper court à ses irrésolutions. Il alla vivement à la porte derrière laquelle il eut le temps de percevoir le bruit légèrement cuivré d'une robe de soie qui s'agite.

— C'est elle! fit-il. Le mouvement de son doigt sur la gachette de la serrure fut arrêté par cette réflexion poignante :

— Comment vient-elle en costume de soie? Elle est sortie de chez elle vêtue d'un peignoir de laine et elle n'a envoyé chercher aucun de ses effets.

Cependant la main avait été aussi rapide que la pensée, la porte s'ouvrit. Une femme sans chapeau, mais la tête et le visage entièrement couverts par un grand voile de Chantilly noir, la taille serrée dans un costume de faille illustré sur fond gris, avec dessin de fleurettes mauves, et chaussée de bottines mordorées, vierges de tout contact avec le pavé des rues, entra en marchant impétueusement sur Max, qui avait involontairement reculé. Arrivée à deux pas de celui qu'elle cherchait, elle enleva d'un geste dégagé la dentelle qui obscurcissait ses traits.

Ce n'était pas Geneviève.

Elle saisit Max par le bras avec une telle audace et l'entraîna si précipitamment vers l'escalier qu'il eut à peine le loisir de reconnaître que l'inconnue était grasse, blonde d'un blond cendré, extrêmement pâle, avec un teint du Nord, des yeux bleus turquoise, et qu'elle avait au plus vingt-cinq ans.

— Ma voiture vous attend, venez vite ou vous êtes perdu, lui dit-elle.

— Perdu? A propos de quoi, perdu? fit Max en résistant quelque peu.

— Parce qu'avant cinq minutes vous allez être arrêté. Allons! venez!... Ah! je suis arrivée trop tard!

En effet, la porte restée entrebâillée s'ouvrit toute grande, démasquant un groupe noirâtre qui se tenait sur le seuil.

La salle était à peu près complétement noyée dans l'ombre. L'abat-jour placé immédiatement au-dessus du bec de la lampe laissait seulement passer un maigre jet de lumière dans lequel saillit en avant de l'escouade, une proéminence entourée d'un arc-en-ciel.

La proéminence était un ventre, et l'arc-en-ciel l'écharpe d'un commissaire de police, dont le reste, perdu dans l'obscurité, demeurait à l'état d'énigme. Cet abdomen tricolore s'exprima ainsi d'une voix qui se faisait grosse, pour se donner l'accent convaincu :

« Au nom de la loi, je vous arrête. »

— Vous m'arrêtez! moi! s'écria la dame blonde dont l'entrée avait précédé de si peu celle du commissaire de police.

— Je n'ai pas d'ordre pour vous, madame, répondit l'abdomen, vous pouvez vous retirer. Néanmoins, comme peut-être il y aura lieu de vous faire appeler, vous voudrez bien nous laisser votre adresse.

— Oh! monsieur, voyez à quels désagréments vous pouvez m'exposer, fit-elle en rougissant.

— Soyez tranquille, madame, répliqua l'écharpe, nous savons être discrets.

D'ailleurs, si vous refusiez de nous donner vos nom, prénoms et qualités, nous avons mille moyens de les savoir, quand même.

— Il suffit! je me nomme la comtesse Pizareff. Je loge rue Neuve-des-Mathurins, 6. Si vous croyez que je vous trompe, vous pouvez faire interroger mon cocher, puisque mon coupé est en bas.

— Nous ne vous demandons rien de plus, dit le ventre en rentrant dans l'ombre pour faire place à l'étrangère... Laissez passer madame, vous autres! ajouta-t-il très haut, ce qui indiquait la présence sur le carré d'une seconde escouade destinée à renforcer la première.

— Votre innocence est évidente! dit la jeune femme à Max. N'ayez aucune crainte, je veillerai sur vous.

Et elle sortit fièrement entre la haie des agents comme une reine qui regagne son carrosse après une revue de ses troupes. Le commissaire de police fit signe à deux de ses hommes qui commencèrent à inventorier des yeux et des mains les moindres objets, regardant sous les chaises, sous la table, sous l'encrier, sous la lampe; puis à deux autres qui se mirent à fouiller Max, à qui la surprise avait ôté jusqu'à l'envie de se rebiffer.

On lui enleva son portefeuille, on examina les coins de son mouchoir pour constater à quelles initiales il était marqué, on lui saisit dans la poche extérieure de sa jaquette le billet de Geneviève.

Le commissaire de police le lut, le retourna pour n'en rien perdre, et le serra dans une serviette en cuir noir, qu'il portait sous le bras.

— Maintenant marchons, dit-il.

Max se trouva instantanément entouré d'un état-major, au milieu duquel il descendit les trois étages qui aboutissaient à la rue.

— Est-ce que je vais me montrer dehors avec cette escorte? fut la première impression dont Max se rendit compte d'une façon à peu près lucide.

Heureusement un fiacre attendait devant la porte.

— Un homme sur le siége et deux dans la voiture, ce sera assez, dit le chef de la bande noire. Les autres resteront ici au guettage, ajouta-t-il dans l'argot du métier.

Max se trouva, sans trop savoir comment, assis dans le fiacre en face de deux êtres moustachus à chapeaux gras et limés sur les bords.

L'empire a été le paradis de la police. Sous les autres régimes, les côtés inavouables de la profession imprimaient à ceux qui l'exerçaient un certain cachet de modestie. Les arrestations du Deux-Décembre, exercées sur des notabilités politiques de premier ordre, relevèrent le métier au point que le dernier des sergents de ville finit par se considérer comme le collaborateur du chef de l'État. Le plus grand nombre d'entre eux poussaient la familiarité jusqu'à se tailler la barbe de façon à lui ressembler.

Les deux « curieux » qui étaient échus à Max essayèrent de lier conversation avec leur client :

— A cette époque-ci de l'année, il fait déjà bien vilain temps en Angleterre, dit le plus âgé.

Max, qui n'avait jamais foulé le sol anglais, s'abstint de répondre, bien qu'il n'aperçût pas l'intention cachée sous cet aphorisme.

Ce mutisme tua dans son germe toute tentative de dialogue et les trois voyageurs roulèrent silencieusement jusqu'au dépôt de la préfecture de police, où la voiture s'arrêta.

Il était trop tard pour obtenir une chambre particulière et, après avoir déclaré à l'employé du greffe ses noms, ceux de ses père et mère, Max fut jeté dans une de ces salles fétides, suintantes et glaciales, qui ont été décrites cent fois.

Il s'y promena toute la nuit, tant pour se réchauffer que pour secouer et débrouiller ses facultés cérébrales engourdies par l'étonnement.

— Geneviève me donne rendez-vous dans un quartier excentrique ; et, au lieu de Geneviève, c'est une comtesse Pizareff qui m'arrive, suivie à cinq minutes de là par un commissaire de police qui m'arrête. Que peut bien signifier cette charade et que pensera mon père quand il apprendra que je ne suis pas rentré ?

Tel est le cercle étroit dans lequel tournait son noctambulisme, interrompu à courts intervalles par l'introduction dans la salle où il errait, d'une population disparate, qui s'y empilait insensiblement d'une manière inquiétante pour la respiration et aussi pour l'odorat.

Le fils du docteur Houzelot n'éprouvait d'ailleurs aucune crainte sur l'issue de son arrestation. Il croyait à un malentendu, à quelque erreur de nom ou de personne, et s'attendait à être rendu à la liberté dès qu'une confrontation quelconque aurait eu lieu.

Aussi fut-il désagréablement émotionné quand, au lieu de lui ouvrir les portes du dépôt, on lui ouvrit celles de plusieurs voitures cellulaires dans lesquelles il vit monter successivement ses compagnons de chambrée.

Il se disposait à pénétrer comme eux dans une de ces boîtes sinistres où les hommes sont rangés comme les dés d'un jeu de dominos ; mais, au moment où il levait un pied résigné pour accomplir l'humiliante ascension, il se vit retenu par un gardien qui lui dit :

« Pas vous, monsieur, pas vous. On vous a amené une voiture bourgeoise.. »

Et on lui fit avancer un nouveau fiacre dans lequel il monta, flanqué de trois nouveaux agents.

« Il faut croire que je suis un prisonnier d'importance, pensa-t-il. Ce n'est toujours pas de vol que je suis accusé, voilà déjà un renseignement. »

Cette fois, c'est devant le guichet de la prison de Mazas qu'on le fit descendre. Lorsqu'après une nouvelle constatation d'identité il se trouva en tête à tête avec un hamac suspendu dans une cellule de cinq pas de long sur deux de large, il se demanda si on ne se moquait pas de lui. Cependant il était toujours sans inquiétude, le caractère du prisonnier en prévention étant, quel que soit le crime dont on l'accuse, de se sentir presque toujours rassuré. Max avait tant de raisons de se croire victime de quelque quiproquo ridicule qu'il ne pouvait prendre sa détention au sérieux. Vers neuf heures du matin, il eut un véritable accès de gaîté quand on lui apporta la soupe de la maison.

— C'est probablement le père Mathussem qui me fournit cette nourriture. Jamais je n'accepterai pour beau-père un homme qui sert à ses gendres des potages aussi détestables, pensa-t-il, après avoir trempé ses lèvres dans la gamelle.

Il la reposa presque intacte sur la table et se dit en riant tout haut :

— Il pourra ajouter ce bouillon-là à la dot de sa fille.

En somme, n'était le chagrin de n'avoir pas revu Geneviève, qu'il n'osait soupçonner d'avoir participé en rien à son aventure, il n'aurait pas regretté outre mesure d'avoir fait connaissance avec ce fameux Mazas, qui, depuis le 2 décembre, semble, dans l'opinion des masses, avoir repris la suite des affaires de la Bastille.

Vers trois heures, un gardien vint ouvrir la porte de sa cellule en l'invitant à sortir.

— Est-ce que je suis libre ? demanda Max.

— Non, pas du tout.

— Où nous rendons-nous, alors ?

— A l'instruction.

— Je vais donc connaître mon crime, se dit Max.

Il eut envie, car en prison on bavarderait avec une chaise, de faire part à son gardien de cette circonstance qu'il allait à l'instruction avec l'idée, non de raconter ce qu'il avait fait, mais de l'apprendre. Toutefois, il réfléchit que les malfaiteurs les plus avérés ont l'habitude de se montrer extrêmement surpris quand on les arrête, et il eut peur de laisser cette impression à celui qui l'accompagnait. Il renonça donc à parler de lui-même et se contenta de placer cette question :

— N'est-ce pas monsieur Mathussem qui a l'entreprise des vivres de la prison ?

— Non. M. Mathussem n'a eu jusqu'ici que les départements, répondit le gardien, qui regarda immédiatement Max comme un gibier de maisons centrales.

Celui-ci ne se douta même pas de l'effet produit par sa demande.

— Il paraît que Mlle Léocadie n'est pour rien dans la soupe de ce matin, se contenta-t-il de penser.

Il entra au greffe. On le fit asseoir devant une table de l'autre côté de laquelle était installé un personnage maigre, osseux, à favoris longs quoique rares, et à physionomie ascétique. C'est l'homme que nos jurisprudents ont décoré du nom baroque de juge d'instruction.

Cet instructeur chercha préalablement à s'instruire, en faisant porter l'interrogatoire sur les suppositions les plus saugrenues. Il demanda à Max dans quel but il allait à Londres au moins une fois par mois. Max répondit qu'il n'était jamais allé à Londres, qu'il n'avait jamais eu l'occasion d'aller à Londres et qu'il ne savait pas pourquoi on le questionnait sur le but qu'il poursuivait en allant à Londres puisqu'il n'y avait pas encore mis les pieds.

On lui demanda alors s'il était franc-maçon. Axiome. Quand un juge d'instruction se trouve en présence d'une accusation qui manque de solidité, il demande à son prévenu s'il est franc-maçon.

Max n'était pas franc-maçon. Le magistrat l'interpella alors sur ce fait que, sa mère étant d'origine italienne, il devait, lui Max, parler l'italien aussi correctement que le français.

Max déclara que sa mère était née en Touraine de parents français, que lui Max ne connaissait pas un mot d'italien, et que, si le juge d'instruction continuait à lui débiter des coq-à-l'âne de cet ordre, il refuserait une fois pour toutes de répondre.

Le tortionnaire, qui n'en était qu'aux préliminaires, comptait que l'heure était arrivée d'effrayer Max, et lui signifia qu'il était poursuivi pour avoir fait partie d'une société secrète ayant pour objet de changer la forme du gouvernement existant.

— La société dont je faisais partie était, en effet, tellement secrète, qu'elle ne

8

m'avait même pas dit son secret! Quand un commissaire de police est venu m'arrêter, j'étais seul dans une maison que je ne connaissais pas, au milieu d'une chambre où je n'étais jamais entré.

— Mais dans cette maison que vous ne connaissiez pas, vous attendiez des amis que vous connaissiez.

— J'attendais quelqu'un, mais non « des amis ».

— C'est assez singulier, car ces amis que vous n'attendiez pas sont venus au lieu et place de la personne que vous attendiez. Il serait même oiseux de nous cacher leurs noms, car ils sont à peu près tous sous la main de la justice, dit le juge en regardant Max avec une fixité provocante.

— Ma foi, si ces amis sont arrêtés, je le regrette, répliqua Max du même ton presque enjoué, mais comme de ma vie je n'ai eu l'honneur d'en apercevoir un seul, je ne puis prendre qu'une part relative au désagrément dont ils sont victimes.

— Ainsi vous affirmez ne pas être un agent de Mazzini chargé de le mettre en communication avec le groupe d'individus que nous recherchons actuellement ?

— Oh! par exemple, fit le jeune homme, Mazzini pourrait se vanter d'avoir mal placé sa confiance! Non, monsieur, non, si vous croyez réellement tenir un agent de Mazzini, vous avez été induit dans une grossière erreur.

— Mais alors, nommez-nous la personne qui devait venir vous trouver rue Saint-Maur-Popincourt, 45, à huit heures du soir.

Max réfléchit que ses amours n'avaient rien de mystérieux, et que Geneviève s'était trop notoirement montrée comme sa maîtresse pour songer jamais à se plaindre d'avoir été compromise par ses indiscrétions. Il répondit :

— La personne que j'attendais est une femme ou plutôt ma femme.

— Mais enfin, reprit le juge redevenant presque un homme, il est particulier, vous en conviendrez vous-même, qu'un jeune homme aussi distingué que vous ait un rendez-vous avec une femme dans un quartier aussi misérable et dans une maison aussi délabrée que celle où vous avez été appréhendé au corps.

— J'en conviens, dit Max, mais ce n'est pas moi qui ai choisi le lieu du rendez-vous. J'ai reçu une lettre de Geneviève, m'invitant à me trouver, hier samedi, à huit heures, rue Saint-Maur-Popincourt 45, au troisième. Je me suis rendu à huit heures, au troisième, rue Saint-Maur-Popincourt. Je n'ai rien de plus à vous raconter.

— Vous ne ferez, en outre, aucune difficulté de reconnaître à quel point il est étrange que l'heure de votre entrevue avec la personne dont vous parlez coïncidât exactement avec celle d'une réunion politique tenue dans le même endroit. Il y a là une fatalité tout à fait déplorable.

— C'est mon opinion, reprit Max, frappé des déductions de son juge. Et vous me rendriez un véritable service si vous étiez en mesure de m'expliquer ce singulier concours de circonstances. On a saisi sur moi la lettre qui m'assignait le rendez-vous. Si elle se retrouve, vous pourrez voir par vous-même que...

— La lettre est au dossier, dit le juge instructeur, en la tirant d'une chemise en papier gris. Si ce n'est pas là un mot d'ordre que vos amis vous ont donné, c'est un piège que quelqu'un vous a tendu.

Ce mot « piège » fit tressaillir Max. La lettre de Geneviève un piège! C'était affreux à supposer, et cependant c'était possible. Le juge lui lut ce premier interrogatoire qu'il écouta d'une oreille distraite et qu'il signa d'une main machinale. Geneviève l'attirant dans une maison surveillée par la police pour l'y faire arrêter, il n'y avait plus rien au delà.

Une fois rentré dans sa cellule, il resta plongé jusqu'au lendemain dans un abîme de méditations plus incohérentes les unes que les autres. Il aurait voulu voir son père. Comment n'avait-il de lui aucune nouvelle ? Savait-il seulement son aventure ? Comme il allait se tordre de rire quand Max lui apprendrait à qui il était redevable de son incarcération! car l'affiliation à la société secrète ne pouvait être sérieusement maintenue après les explications qu'il venait de produire. Le seul côté grave de l'incident était la nouvelle trahison de Geneviève.

— Le nº 29 au parloir! cria la voix d'un gardien.

Le nº 29 c'était lui. On vint le déboucler et un instant après il se trouvait en face de la jeune comtesse Pizareff, l'ange gardien qui lui était apparu un instant à la clarté d'une lampe mal émouchée et qu'il eut quelque peine à reconnaître à travers le double grillage qui les séparait l'un de l'autre.

— Me pardonnez-vous, dit la jeune femme, un peu confuse, je me suis permis de me présenter à la Préfecture comme votre cousine et j'ai pu obtenir la permission de vous voir.

— De m'apercevoir tout au plus, répondit Max, ce treillis est serré comme un masque d'armes, et si vos traits ne s'étaient pas instantanément gravés dans ma mémoire lorsque vous...

— Pardon, monsieur, interrompit l'étrangère avec la vivacité d'une femme blessée de ce ton quelque peu cavalier, je ne serais certainement pas venue si je n'avais pas une bonne nouvelle à vous annoncer et, au besoin, un témoignage à vous offrir. Votre arrestation, j'en ai l'assurance à cette heure, n'aura aucune suite fâcheuse. Le hasard m'a mise au courant de la basse vengeance dont vous êtes aujourd'hui victime. Si l'affaire prenait une tournure inquiétante, n'hésitez pas à me faire appeler; je révélerai toute l'intrigue.

— Je commence à soupçonner, en effet, qu'il y a contre moi, de la part de quelqu'un, un acharnement prémédité, répliqua le jeune homme un peu humilié, devant une jolie femme, de la naïveté avec laquelle il avait donné dans le panneau. Heureusement, ajouta-t-il, le plus puni n'est pas celui qu'on pense, car les ennuis de la prison sont largement compensés par les surprises du parloir.

— Monsieur, je vous en supplie, il y a là des gardiens, murmura la comtesse au comble de l'embarras.

Elle parut renoncer à reprendre la conversation, et, après un moment de silence mutuel, elle dit à Max :

— Ma visite est terminée. Vous souffrirez que je me retire.

— Vous reviendrez demain, n'est-ce pas, ma cousine ?

— Qui sait si vous ne serez pas mis en liberté aujourd'hui même ?

— Ce ne serait pas une raison pour ne plus vous revoir.

— Me revoir ? à quoi bon ? puisque vous n'auriez plus besoin de moi.

— Un instant, alors! Si une fois dehors je dois vous perdre, je suis capable de m'avouer coupable pour rester toute ma vie dans les fers.

— Monsieur, je vous salue, fut la dernière réponse que ce Jazzi reçut de la jeune femme, qui s'éloigna « d'un pas sévère », comme dit la ronde du *Brésilien*.

CHAPITRE DIX-NEUVIÈME

La Femme de neige.

Après avoir fermé la lettre où elle avertissait son collègue et ami Boulabrèche de la présence probable de Max à la réunion de la rue Saint-Maur-Popincourt, Agathe avait dit à sa bonne : « Je vais demander à dîner à Frédérique. »

Frédérique était une des éventualités féminines sur lesquelles Agathe avait jeté son dévolu pour accompagner Max dans le voyage de consolation qu'on lui préparait. Fille d'un officier russe tué en Crimée, Frédérique avait épousé, à dix-sept ans, un négociant en fourrures établi à Odessa. Dans les fréquentes allées et venues de son mari qu'elle accompagnait souvent à Paris, elle s'était perfectionnée dans la langue française qu'elle avait fini par parler couramment, ce dont le négociant Pizareff était très fier. Il l'avait épousée sans dot pour sa beauté, mais, comme il n'était lui-même ni jeune ni particulièrement séduisant, il se considérait encore comme son obligé.

C'est pourquoi Frédérique n'avait mis aucun scrupule à lui faire payer cher son obligeance. Certains ménages sont une variété du partage de Montgommery : tandis que la femme entasse les robes dans ses armoires et les mouchoirs de dentelle dans les nécessaires, le mari porte des gilets déchirés aux poches et des cravates contaminées aux plis. L'épouse devient alors pour l'époux une sorte de chapelle ardente, aux parois de laquelle il dépose, comme des *ex-voto*, toutes les superfluités dont il se prive lui-même.

Frédérique, tout en se laissant décorer comme une statue, en avait gardé la froideur. Chez quelques natures privilégiées, la lame use le fourreau ; chez d'autres, le fourreau protège la lame. Mme Pizareff semblait à jamais garantie contre les entraînements d'une passion quelconque, par la cuirasse de frimas qui défendait son tempérament lymphatique. Toutes les étincelles pouvaient tomber sur cette poudre mouillée. L'amour, que les plus sceptiques consentent à admettre tout au moins comme l'échange de deux sensations, était pour elle une « corvée. »

La situation embarrassée d'une grande maison dans laquelle le bon Pizareff avait engagé la plus grande partie de sa fortune ayant nécessité son départ subit pour l'Allemagne, il n'avait pas hésité à laisser dans Paris, où il se trouvait alors avec elle, sa femme seule pendant les quinze jours dont il avait besoin. Il monta en chemin de fer, parfaitement confiant dans l'incurable placidité de Frédérique.

C'est un dicton généralement répandu que la froideur physique est pour une femme une garantie de bonne conduite. Ce calcul n'aurait pas été nombre de fois démenti par les faits, qu'il le serait par le raisonnement. La femme passionnée cède par passion, la femme froide cède par lassitude, par insouciance, quelquefois même par générosité. La chute, pour une âme ardente qui en prévoit les émotions, les transports, les enivrements, et consécutivement les douleurs, est une initiation solennelle, presque sacrée, de-

vant laquelle elle recule avec quelque effroi : « Cet homme qui est aujourd'hui pour toi un étranger, vas-tu donc le rendre le témoin et le confident de sensations inénarrables, de crises insensées, d'extravagances involontaires? » ne peut s'empêcher de crier la pudeur alarmée à l'oreille de celle qui sent approcher l'heure où elle va se donner tout entière. En revanche, la créature à sang-froid, qu'aucun courant magnétique ne sollicite, et qu'aucun baiser ne brûle, a d'autant moins d'énergie pour la lutte qu'elle accorde moins d'importance aux conséquences de la défaite. Non seulement elle ne peut s'habituer à se reprocher comme un crime ce qui la laisse si indifférente, mais elle a quelque peine à se croire plus engagée après qu'avant ce prétendu abandon, dans lequel elle ne s'abandonne pas. L'infidélité lui paraît un tel enfantillage que la vertu ne lui semble qu'une convention.

— Comment, se dit-elle à chaque faiblesse nouvelle, voilà ce dont les hommes sont jaloux ! Ça n'en vaut vraiment pas la peine.

Les quinze jours demandés par le mari de Frédérique s'allongèrent en trois longs mois, au bout desquels il revint à Paris annoncer à sa femme que la faillite de la grande maison de Berlin entraînerait peut-être la sienne. Frédérique avait, pendant ces trois mois de solitude, commandé deux robes par mois, acheté trois parures de trois mille francs chaque et quatre douzaines de chemises garnies d'interminables mètres de point d'Alençon. Quand le désolé Pizareff la supplia de vouloir bien décommander les deux tiers de cette cargaison, Frédérique demanda à son mari le plus naïvement du monde ce qu'il comptait faire désormais d'une femme à qui il ne pourrait plus donner autant de chemises garnies de point d'alençon qu'elle se permettrait d'en désirer.

Un an après, Frédérique, plus ornementée que jamais, et portant fièrement son adultère sur l'oreille, quittait son mari ruiné et failli, et venait commencer à Paris sa campagne de France, armée de ses cheveux d'un blond tout septentrional, de ses yeux d'un bleu polaire, de son insensibilité à toute épreuve, et munie de son contrat, ce qui lui permettait de dire trois fois par jour : « N'oubliez pas, je vous prie, que vous parlez à une femme mariée. »

La mort de son mari, survenue à quelque temps de là, l'avait laissée dans une détresse momentanée, qui l'avait obligée à des capitulations d'ordres divers. Elle y avait puisé du moins une confiance sans limites dans cette force inconnue qui lui

permettait de jouer tous les sentiments sans se laisser entraîner par aucun. Un pas polonais, dansé en costume national, dans un bal donné par Agathe, l'avait mise en relief, et deux mois n'avaient pas passé sur cette varsovienne, que Frédérique était à la fois couverte de diamants et de dettes.

Elle était installée à Paris depuis six ans, et en avait à peu près vingt-cinq, lorsque Agathe songea à l'intéresser dans la trame ourdie contre le bonheur de Geneviève.

Les deux femmes ne s'étaient pas vues depuis environ un an. Elles s'attendrirent, s'appelèrent ma chérie, mon trésor, mon bon chat. Frédérique jura à Agathe qu'elle ne l'avait jamais trouvée si jeune. Agathe, qui depuis trente-cinq ans appelait « mon trésor » des femmes qu'elle ne pouvait pas souffrir, savait à quoi s'en tenir sur les démonstrations de la marmoréenne Frédérique, et mit promptement une digue à ce débordement de sympathies.

— En voilà assez, dit-elle tout-à-coup, j'ai à te parler affaires. Que penserais-tu de vingt mille francs ?

— Ah ! ma chère, ce serait mars en carême. J'ai été indignement quittée il y a quinze jours. Je te conterai ça.

Agathe lui développa alors la combinaison. Il s'agissait d'enlever un fils de famille avec l'assentiment du père, et de le rendre au bout de trois mois radicalement guéri d'un amour inquiétant pour tout le monde.

— Je ferai de mon mieux. Où est-il, ce jeune homme ?

— Voilà. Le difficile est de le rencontrer. D'autant plus que j'ai trouvé un chef-d'œuvre pour le séparer de celle qu'il cherche depuis quinze jours : c'est de le faire arrêter par la police dans la chambre même où elle lui aura écrit d'aller l'attendre.

— Très bien ! mais où cette comédie nous mène-t-elle ?

— D'abord, elle nous met à l'abri d'une rencontre ; ensuite, elle laisse supposer au jeune homme que, s'il est en prison, c'est à sa maîtresse qu'il le doit.

— Eh ! bien, et moi ? Qu'est-ce que je deviens ?

— Toi, j'ai pensé à une chose ; tu fais sa Dame blanche d'Avenel. Tu le défends contre les pièges des méchants. Tu le protèges comme une sœur, et à sa première sortie il ne peut pas moins faire que de t'adorer.

Agathe dressa alors pour Frédérique les plan, coupe et élévation de l'édifice à élever contre Max et Geneviève, en laissant à l'intelligence de son amie le soin de modifier les détails et de parer à l'imprévu.

— Au reste, pour tes vingt mille francs, tu n'es pas autrement malheureuse, avait ajouté Agathe. Tu sais bien que le jeune homme est charmant, très spirituel et d'un comme il faut !...

— Si tu t'imagines que ces questions-là me touchent, avait répondu Frédérique. Je l'aimerais mieux bête et commun avec cinq mille francs de plus.

Et elles s'étaient quittées en s'embrassant à pleines joues. Agathe, toutes ses dispositions prises, alla faire chez elle sa veille d'Austerlitz, tandis que Geneviève, brisée par la fatigue de sa première sortie, anéantie par la joie, terrassée par l'émotion, rentrait chez Clémentine en se faisant aussi petite, aussi inaperçue que possible et résolue à confire silencieusement dans son rêve jusqu'à l'heure prochaine où il prendrait un corps.

— Eh bien ! et ce couvent ? demanda la jeune artiste.

— Je dois revoir Mme du Caurroy demain soir, répondit simplement Geneviève.

Elle partagea sa nuit entre l'image de Max et celle de la jeune fille de la baronne, dont le fiancé avait été tué en duel. Elle ne pouvait penser au premier sans se reprocher de négliger la seconde.

— Ai-je été assez indifférente et assez distraite quand elle me parlait de son enfant ! se disait-elle. Elle doit m'avoir trouvée bien sans cœur. Je la plains cependant sincèrement, cette pauvre et sainte demoiselle, mais j'étais comme une égarée. Les paroles glissaient sur moi. Je ne voyais que Max. Est-ce malheureux d'être faite comme ça !

Le lendemain, vers sept heures, Geneviève entrait chez Agathe, qui lui parut encore plus mère de famille que la veille.

— Si par hasard il ne pouvait pas venir ? fit Geneviève dont l'imagination commença à travailler dès qu'elle fut installée dans la voiture avec son chaperon.

— Soyez sûre, en tout cas, que les obstacles ne viendront pas de lui.

— Il va peut-être vouloir m'embrasser, dois-je le laisser faire ?

— Est-ce que vous avez quelque répugnance à lui tendre votre front ?

— Moi ! oh non ! au contraire. Seulement, c'est à cause de vous.

— Laissez-vous embrasser alors, je fermerai les yeux.

— Et s'il me dit : « A ton tour, embrasse-moi, pour me montrer que tu ne m'en veux plus ? »

— Eh bien, vous l'embrasserez à votre tour.

— Je puis tout vous dire, à vous qui êtes si bonne. Savez-vous ce qui me tourmente le plus ?

— Non, je l'ignore.

— C'est que dans ma lettre je l'ai appelé monsieur.

— Bah ! une fois votre mari, il vous appellera madame. Ce sera sa vengeance.

— Est-ce que nous sommes bientôt arrivées ?

— Avant dix minutes vous pourrez me le présenter.

Geneviève n'attendit pas que la voiture fût complètement arrêtée pour tourner de ses doigts impatients le bouton de la portière et s'élancer au milieu de la chaussée, car plusieurs autres fiacres obstruaient l'accès du trottoir.

Elle tendit la main à Agathe, qu'elle entraîna plutôt qu'elle ne la fit descendre, et voulut à toutes forces passer sous la tête d'un des chevaux rangés devant la porte du n° 45, afin de se voir plus vite dans la même maison que Max.

Agathe, prudente comme on l'est à son âge, eut toutes les peines du monde à l'obliger à faire un détour qui leur épargnât à toutes deux le danger de se faire écraser.

La jeune fille marcha avec une telle résolution vers la loge du concierge, qu'elle ne vit pas ce que l'œil d'orfraie de la vieille Agathe remarqua immédiatement, c'est-à-dire un va-et-vient significatif entre les voitures et le n° 45.

Au moment où les deux femmes essayaient de traverser un groupe d'hommes vêtus de noir qui ondulait sous la porte, une voix précipitée leur cria : « N'entrez pas, mesdames, on arrête dans la maison. »

— On arrête ! qui donc ? pourquoi donc ? fit Agathe. Veuillez nous laisser passer, nous avons affaire au troisième.

— Mais c'est précisément au troisième que se fait la perquisition, répliqua un des hommes noirs en station aux abords de la souricière.

— Ah ! mon Dieu, et Max ! s'écria Geneviève.

— Cet homme se trompe ! suivez-moi, dit Agathe qui, saisissant la jeune fille par le bras, se glissa avec elle jusqu'à la loge du portier entre les rangs des agents placés en observation.

Le portier, pâle comme un mort et tremblant d'être « emballé », raconta alors avec une entière bonne foi que la maison était, à son insu, le rendez-vous d'une société secrète dont le chef venait d'arriver de Londres muni de cinq cents mille francs en bank-notes. C'est lui qui avait été arrêté le premier.

— Et vous l'avez vu ? demanda Geneviève haletante.

— C'est moi-même qui l'ai introduit. Un autre chef du complot, un vieux, était venu dans la journée m'avertir que, si son ami arrivait le premier, on le priât d'attendre les autres.

— Et il est vieux aussi, n'est-ce pas ?

— Il est tout jeune, au contraire. Grand, blond, il a tout à fait l'air d'un Anglais.

— C'est lui ! c'est Max ! que veut-on en faire ? où est-il ? dites-moi donc où il est, répéta Geneviève hors d'elle.

— Où il est ! il est parti entre deux agents, dans un fiacre, répondit le portier. Depuis un quart d'heure, on a déjà pincé trois autres de ses complices.

— Vous êtes bien sûre, dit Agathe à Geneviève, que M. Max ne s'est jamais occupé de politique ?

— Lui ! madame, oh ! jamais ; il est si honnête, si incapable de faire le moindre tort à qui que ce soit, répliqua Geneviève, ne sachant pas au juste si s'occuper de politique ou voler des couverts d'argent n'était pas un peu la même chose.

— En ce cas, ne nous effrayons pas outre mesure, reprit Agathe, il est sans doute victime de quelque erreur, de quelque dénonciation peut-être.

— Oh ! madame ! qui aurait pu le dénoncer ? il est si bon !

— Les bons ont quelquefois plus d'ennemis que les mauvais. Enfin, venez, demain nous éclaircirons cette aventure.

— C'est cela ! et quand je devrais aller moi-même trouver son père...

Agathe fit remonter dans la voiture sa jeune compagne en proie à un désespoir tellement profond que sa tête resta, aussi longtemps que dura la route, inclinée sur sa poitrine sans qu'elle adressât à Agathe une seule parole et un seul regard.

— Madame, lui dit-elle seulement lorsque le cocher sonna à la porte cochère de la maison de la rue d'Antin, puisque nous devons partir demain dès le matin pour aller à sa recherche, je voudrais bien ne pas vous quitter jusqu'à ce que nous l'ayons retrouvé.

— Comment donc ! mon enfant, votre proposition m'est très agréable, répondit Agathe, qui n'était pas fâchée de l'avoir ainsi sous la main, ce qui lui permettrait de diriger ses moindres démarches. J'ai trois lits dans mon appartement, vous en prendrez un, et je m'imaginerai être encore avec ma fille.

La nuit fut terrible. Depuis l'instant où elle avait écrit à Max, sous la dictée d'Agathe, jusqu'à l'heure où elle était descendue rue Saint-Maur-Popincourt, la vie chez Geneviève avait été à peu près suspendue. La presque certitude de revoir celui de qui un serrement de main, un baiser sur le cou avaient le pouvoir, non pas seulement de l'émouvoir, mais de l'incendier, l'espérance de revenir appuyée sur son bras chéri, avaient transporté cette âme brûlante dans des régions translunaires d'où elle retombait comme foudroyée.

Elle s'accusait mentalement d'avoir provoqué ce rendez-vous dont l'issue qui devait être si heureuse avait été si fatale. Elle voyait passer devant ses yeux à demifermés des fantômes de sbires, s'agiter des chaînes et s'entr'ouvrir d'épaisses murailles de prisons. Elle se figurait tous les établissements pénitentiaires modelés sur le cachot de Buridan. Vers deux heures du matin, Agathe, qui ronflait dans la chambre d'à côté, fut éveillée en sursaut par les appels réitérés de Geneviève.

— Qu'y a-t-il? que demandez-vous? dit la noble amie de Frédérique en déboulant de son lit et en cherchant ses pantoufles.

— Madame! reprit Geneviève quand elle la sentit auprès d'elle, jurez-moi qu'on ne peut pas le guillotiner!

Lorsqu'elle se leva le lendemain pour partir à la découverte, elle apprit par la domestique qu'Agathe était déjà partie, la devançant probablement dans cette intention. Elle attendit dans un état presque convulsif son retour, qui n'eut lieu qu'à onze heures du matin.

— Eh bien? demanda Geneviève en allant au-devant d'elle.

— Impossible à qui que ce soit de le voir, pas même à son père, répondit Agathe en se jetant sur un divan comme une femme harassée. Il est au secret le plus absolu. L'affaire est plus grave que nous ne le supposions.

— Mais puisqu'il est innocent!

— En politique, on n'est jamais innocent. Les gouvernements condamnent quand ils ont besoin de condamner, et puis voilà.

Geneviève rentra dans sa chambre plus morne qu'une vestale sur le point d'être enterrée vivante. Le premier objet qui frappa ses yeux troublés fut une lettre, format ministre, placée très en vue sur la table à ouvrage que lui avait allouée Agathe. La suscription portait : à MADEMOISELLE GENEVIÈVE; et en encre bleue vers l'angle de gauche, le cachet de la préfecture de police.

— Cette lettre est de lui! on lui a permis de m'écrire! fut sa première impression. Elle déchira dans toute sa longueur l'enveloppe d'où s'échappa un papier qui se déplia en tombant. C'était un billet de banque de mille francs.

La lettre était ainsi conçue :

« Mademoiselle,

» Monsieur le préfet vous adresse tous ses remerciements pour le concours patriotique que vous avez prêté à la justice dans l'affaire délicate dont elle est actuellement saisie. Il me charge de vous transmettre avec ses félicitations cette marque de sa reconnaissance.

« Veuillez agréer, mademoiselle, l'assurance de ma parfaite considération.

» Le chef de bureau de la sûreté,

Signature illisible.

— Ah! mon Dieu! qu'est-ce que c'est que ça? s'écria Geneviève, en marchant sur le billet comme pour l'écraser.

— Quoi donc? fit Agathe, arrivant au cri de la jeune fille.

— Voyez, madame. On m'envoie mille francs, je ne sais pas pourquoi. Je n'en veux pas. Dieu! Quelle infamie!

— C'est clair, reprit Agathe après avoir lu la lettre que lui tendait Geneviève. On aura saisi sur M. Max le mot que vous lui avez écrit et on se figure là-bas que vous êtes cause de l'arrestation de toute la bande.

— Moi! cause d'une arrestation! Oh! par exemple, mais c'est épouvantable!

— Le plus fâcheux de l'aventure, c'est que votre fiancé va naturellement supposer qu'il vous doit son emprisonnement.

— Lui! Max! croirait que c'est moi!... Oh! c'est trop! c'est trop! dit Geneviève en tombant comme une masse dans un fauteuil.

— Un peu d'énergie, mon enfant. La vérité, ne l'oubliez pas, finit toujours par éclater, dit Agathe avec mansuétude.

— Mais, demanda Geneviève, s'attachant à la possibilité de quelque erreur incompréhensible, comment la lettre que je viens de recevoir a-t-elle pu me parvenir ici? Je n'y suis que depuis hier soir.

— On l'a remise tout à l'heure à la bonne. Est-ce que la police ne sait pas tout ce qui se passe dans Paris?

— C'est vrai, fit l'innocente. Mais jamais Max ne pourra croire que j'ai essayé de lui faire de la peine. Il sait bien que je n'aime que lui au monde.

— Il s'imaginera peut-être que vous avez voulu vous venger.

— S'il croit cela, alors c'est fini! murmura Geneviève qui, se sentant défaillir, se retint au bras d'Agathe pour ne pas glisser sur le parquet.

Celle-ci déboucha un flacon de sels anglais qu'elle lui fit respirer.

— Je voudrais me recoucher un peu, dit Geneviève quand elle revint à elle. Je me sens toute drôle.

Agathe appela la bonne qui aida la jeune fille à se mettre au lit.

A ce moment, un coup de sonnette résonna dans l'appartement, et Agathe, voyant la domestique occupée, alla ouvrir elle-même.

C'était le docteur Houzelot qui venait d'apprendre l'incarcération de son fils, et était accouru chez Agathe sans désemparer.

— C'est moi qui ai tout fait, lui dit-elle. Retournez chez vous et ne vous occupez de rien. Votre Max en a pour une quinzaine, au maximum.

— Oui, mais sa Geneviève? demanda Houzelot.

— Sa Geneviève nous laissera tranquilles pour quelque temps. Cette fois-ci, je crois que la colombe en a dans l'aile.

———

CHAPITRE VINGTIÈME
Le Marivaudage cellulaire

Le soi-disant complot de la rue Saint-Maur-Popincourt était abandonné au bout de deux jours d'instruction. Mais l'empire faisait volontiers payer à ceux qu'il arrêtait sans motif le crime de n'être pas coupable, en prolongeant, le plus longtemps possible, les tourments de la détention préventive. Trois semaines après que la bonne foi de Max avait été reconnue et proclamée, il était encore dans son cabanon. Il en sortait par jour une demi-heure en tout, qu'il allait passer au parloir dans un tête-à-tête, gardé à vue, avec Frédérique. La légende n'a pas conservé le nom de l'inventeur de la prison cellulaire, mais tant qu'on maintiendra en France cette variété de la question, nul n'aura le droit d'affirmer que la torture y est abolie. Les barres de fer qui brisaient les jambes de Ravaillac et de Damiens ont été remplacées par l'isolement qui brise les cerveaux.

Si les femmes pouvaient se rendre compte du besoin d'expansion que la cellule développe dans le cœur de l'homme, il n'en est pas une qui ne se fît un devoir de faire incarcérer son mari pendant un bon trimestre dans les solitudes de Mazas. Une visite acquiert alors un prix inestimable. Le son d'une voix humaine vous tire du fond de votre crypte en vous rappelant que vous n'êtes pas totalement mort. Un mot ami lancé à travers un grillage n'est pas seulement un commencement de résurrection, c'est un commencement de liberté.

Pendant vingt jours pleins, en dehors de son père, qui venait de temps en temps le rassurer sur le dénoûment du procès, et à qui il n'osait avouer le véritable motif de sa déconvenue, Max ne voyait absolument que la « comtesse » Pizareff. Les réticences, les chut ! et les doigts sur la bouche prodigués par Frédérique n'avaient réussi qu'à infuser à Max un violent désir de l'étudier de plus près dès que les portes de la prison s'ouvriraient devant lui.

« Dans ma détresse, se disait-il chaque fois qu'il revenait de sa conversation quotidienne, j'ai encore joué de bonheur d'avoir rencontré une jolie femme pour s'occuper de moi avec cette assiduité. Si elle ne me fait pas oublier l'autre, elle met au moins quelques compresses sur les blessures dont cette misérable m'a criblé. »

Le prisonnier s'habitue vite à une situation, car il ressasse presque constamment la même idée. Le onzième jour de son entrée en cellule, Max connaissait si bien l'instant précis où il entendait crier dans sa galerie : « Le n° 29 au parloir ! » que, cinq minutes avant cet appel, il s'occupait à rectifier sa toilette, renouait sa cravate et passait un peigne dans ses cheveux.

Aussi fut-il sensiblement désappointé le douzième jour, qui se passa sans que le n° 29 eût été appelé au parloir. Chacune des heures qui le séparaient du lendemain lui paraissait avoir six semaines. Le treizième jour, aucune nouvelle de la comtesse. Le quatorzième jour, continuation de l'éclipse.

Au moment de l'après-midi où Frédérique avait l'habitude d'apparaître derrière son fil de fer, Max se sentait pris dans les jambes d'une trépidation qui le poussait à se précipiter contre la porte de sa case et à essayer de l'enfoncer pour sortir : — Si je ne peux pas aller causer avec elle, qu'on me laisse causer avec son grillage ; ce sera toujours une distraction, se disait-il.

Le quinzième jour, à l'heure habituelle, son cœur battit avec un redoublement d'énergie.

— Si dans dix minutes elle n'est pas ici, pensa-t-il, c'est qu'elle a assez de moi. Pour peu que je reste encore un mois dans ce sépulcre sans voir personne, me voilà frais !

« Me voilà frais » voulait dire que le souvenir de Geneviève allait de nouveau le hanter et lui rendre la solitude plus affreuse, car il s'était aperçu tout récemment que, lorsqu'il se la rappelait, c'était avec amertume, mais sans colère.

Le coup de peigne et le nœud de cravate de Max ne furent heureusement pas perdus ce jour-là. Madame Pizareff, un peu pâlotte, un peu traînante, revint pren-

dre sa place dans le coffre à claire-voie qui lui servait de cadre.

— Ah ! enfin ! dit Max, non sans brusquerie, j'étais convaincu que je ne vous reverrais jamais.

— J'ai été souffrante, répondit Frédérique ; il me semble que j'ai bien le droit d'être souffrante.

— Vous auriez pu me le faire savoir, voilà trois jours que je ne vis pas.

— Monsieur Houzelot, reprit alors d'un ton blessé la jeune visiteuse, on pardonne beaucoup à un homme aussi maltraité par le sort que vous l'êtes. Cependant, je vous ferai observer que vous vous méprenez singulièrement sur mon compte. J'ai appris par le plus grand des hasards qu'il se tramait un complot, non contre le gouvernement, mais contre vous. J'ai cru de mon devoir de femme de vous arracher aux pièges d'une autre femme. On m'a assuré que votre détention touchait à son terme. Le jour où vous sortirez d'ici, ma mission sera terminée. C'est uniquement pour ne pas la laisser incomplète que je consens à veiller sur vous jusqu'à votre mise en liberté. J'ai eu le tort de me donner pour votre cousine, je l'avoue. Mais si j'ai commis une inconséquence, ce n'est peut-être pas à vous à me le faire sentir.

Max, sa demi-heure réglementaire écoulée, rentra dans sa cellule fort troublé par cet amalgame de paroles sévères et douces, irritées mais généreuses. Ce sont ces alternatives de chaud et de froid qui amènent les hommes à demander merci. Dans l'état de pénurie intellectuelle et morale où se trouvait notre prisonnier, il n'était pas difficile à réduire.

Le lendemain Frédérique eut regret de ce qu'elle appela son emportement et fut presque tendre.

Le surlendemain, elle reprit toute sa dignité, et le lendemain elle reparut à l'état de mélange réfrigérant, éteignant ainsi, d'un mot glacial, le pauvre Max quand il arrivait tout flambant, le réconfortant d'un coup d'œil ami quand il se présentait timide et déconcerté.

Le vingt-deuxième jour, Frédérique vint plus tôt qu'à l'ordinaire.

— Monsieur Max, dit-elle, cette visite est la dernière, je pars pour l'Italie.

— Vous ! quand cela ?

— Demain, par l'express de Marseille. Depuis mon veuvage, je passe tous les hivers à Florence. Voilà les froids, mon médecin m'a affirmé que, si je ne quittais pas Paris avant huit jours, je tomberais tout à fait. Nous autres Russes, nous sommes plus frileux que les Français.

Max resta coi. Il ne pouvait élever la prétention de lui voir préférer ses pro-

menades de Mazas au séjour de Florence.

— Je vous quitte, mon ami, reprit la jeune femme. Je n'ai que le temps de faire mes préparatifs. Je vous verrai à Paris, à mon retour... si je reviens, car je suis réellement bien souffrante. Quant à vous, votre situation ne peut se prolonger maintenant plus d'un jour ou deux.

— Quoi qu'il arrive, madame, répondit Max, redevenant cérémonieux devant la solennité de la séparation, je n'oublierai jamais avec quelle bienveillance vous avez changé pour moi en heures d'émotions charmantes les heures d'ennui de la prison, après avoir si courageusement tenté d'empêcher mon arrestation. Puisque ma reconnaissance est en ce moment tout ce que je puis vous offrir, croyez qu'elle vous est acquise et que je me consolerais difficilement si je ne pouvais un jour vous la manifester.

Frédérique s'inclina et sortit, laissant Max aussi ému qu'intrigué. Quelle était au juste cette femme ? Quelle circonstance avait provoqué « ce plus grand des hasards », grâce auquel elle avait été mise au courant des machinations organisées contre lui, et dont elle ne s'était jamais clairement expliquée ? Cette conduite, à la fois pleine de réserve et de sollicitude, aggravait le crime de Geneviève et la poussait par les épaules hors du cœur de Max.

Enfin, le vingt-troisième jour d'une captivité doloroso-comique, c'est-à-dire le lendemain même de la dernière visite de la comtesse, il reçut celle du directeur de la maison, l'invitant à évacuer son territoire en vertu d'une ordonnance de non-lieu.

A midi, il était rue Louis-le-Grand et tombait dans les bras de son père, qui lui dit vivement après les premiers épanchements :

— Je savais que tu allais nous être rendu aujourd'hui ou demain. Voilà cent cinquante louis. Il faut t'éloigner pendant deux ou trois mois. Ta tranquillité, la mienne, mon élection peut-être, sont à ce prix. Pars ce soir pour Londres, pour Genève, pour où tu voudras. Connais-tu les îles Baléares ? Il paraît que c'est un paradis. Embarque-toi pour les îles Baléares.

— Je ne demande pas mieux, répondit Max ; j'éprouve un violent besoin de changer d'air. Mais si je vais à Londres, d'abord je n'y respirerai pas, ensuite c'est pour le coup qu'à mon retour on m'arrêtera comme agent de Mazzini.

— Va aux îles Baléares.

— Non, si tu me laisses le choix, je me

décideront probablement pour l'Italie.

— L'Italie ! très bien. Suis-je distrait ? Je n'y pensais pas. Quand pars-tu ? Demain ?

— Pourquoi pas ce soir ? Le train de Marseille part à sept heures quarante-cinq. J'ai tout le temps de faire mes malles.

— Va pour sept heures quarante-cinq ! Félix te préparera ta valise. Nous dînerons à cinq heures et demie. Surtout, ne va pas te faire arrêter de nouveau, d'ici-là.

Max, à ces derniers mots, comprit que son père n'ignorait rien du traquenard tendu par Geneviève, et que, s'il n'insistait pas sur ce chapitre, c'était uniquement pour éviter de l'humilier.

Bien qu'il eût choisi l'Italie avec préméditation, il arriva à la gare de Lyon cinq minutes à peine avant le départ du train. Une place restait dans le wagon-coupé, il y monta et s'assit à côté d'une dame long-voilée qui, sous la protection de sa femme de chambre, occupait les deux autres stalles.

— Comment ! Monsieur ? c'est vous ? dit la voyageuse au comble de l'étonnement.

— Mais oui, c'est moi, dit gaîment le jeune homme qui venait de reconnaître celle en l'honneur de qui il avait opté pour la patrie de Michel-Ange, de Rossini, de Cimarosa et de Polichinelle. Mon père m'a donné campo pour deux mois au moins, trois au plus, en me conseillant d'aller les passer en Italie. Vous n'auriez pas voulu m'obliger à désobéir à mon père.

— En effet, monsieur, c'est moi qui aurais dû vous cacher mon départ. Mais j'étais si loin de supposer que vous seriez libre aujourd'hui ! Car, je puis vous l'avouer maintenant, je n'étais pas du tout rassurée sur le dénouement de votre arrestation.

La conversation s'engagea sur les bases les plus amicales. On n'était pas arrivé à Fontainebleau, que Frédérique avait raconté comment, logeant dans la même maison qu'une baronne à la détrempe avec laquelle Mlle Geneviève s'était liée tout à coup, et, passait toutes les soirées, une lettre de la maîtresse de Max à ladite baronne était tombée dans ses mains par une erreur de distribution ; comment toutes les péripéties du drame, et jusqu'au nom du commissaire de police qui devait intervenir au bon moment, y étaient indiqués ; comment enfin elle avait pris la résolution de se mettre en travers et, comment, ignorant l'adresse de Max, elle n'y avait réussi qu'à moitié.

— De pareilles monstruosités ne se voient qu'à Paris, avait-elle ajouté en terminant son récit, dans lequel elle avait pris le plus grand soin de ne pas mêler le moindre blâme contre Geneviève.

Max convoqua toutes les ressources de son esprit dans le but de prouver à sa blonde comtesse qu'il n'était pas aussi profondément niais que sa facilité à se laisser empiéger lui en donnait l'air. Cependant il n'hésita pas à la régaler d'une confession générale, depuis la prétendue tentative de suicide de sa maîtresse jusqu'à son prétendu rendez-vous.

— Il y a sur terre des créatures bien surprenantes, s'était contentée de faire remarquer Frédérique.

CHAPITRE VINGT-ET-UNIÈME
Belles choses que peut inspirer la contemplation de la nature

Tandis que Max s'enfuyait à toute vapeur, réalisant ce rêve de quitter les plafonds de Mazas pour le ciel de l'Italie, Geneviève, frappée comme d'un coup de massue, restait abattue chez Agathe, qui se gardait bien de l'aider à se relever.

— Si elle n'en revient pas, disait cette algébriste, elle assure, en disparaissant, le bonheur de quatre personnes, sans compter Clémentine, qui ne sera pas la moins heureuse. Si elle se remet, au contraire, moi qui l'aurai sauvée, j'ai barre sur elle, elle m'appartient corps et âme, et je ne m'appelle plus Agathe, ou je fais de cette simplette la plus terrible citoyenne qui ait jamais fait cabrer un champ de course. De cette façon, si je ne parviens pas à me venger d'elle, elle me servira à me venger des autres.

Mais il devenait de plus en plus douteux que Geneviève pût jamais servir à la venger de personne. Elle ne maigrissait pas, elle fondait. Une idée fixe lui ôtait l'appétit, le sommeil et la parole :

— Qu'a-t-on fait de Max ? se demandait-elle cinquante fois par jour et deux cents fois par nuit.

De temps en temps, elle posait à Agathe cette question unique :

— A-t-on de ses nouvelles ?

A quoi Agathe répondait :

— Est-ce que maintenant on peut jamais rien savoir ? Sous Louis-Philippe, ah ! ça, oui ! Il aurait été arrêté sous Louis-Philippe, je vous dirais : Très bien ! Mais aujourd'hui un homme est coffré, ni vu ni connu. C'est le bon plaisir, pas autre chose. Les gens qui ont disparu du jour au lendemain, et dont on n'a plus entendu parler, c'est par milliers qu'on les compte.

La malade retombait alors dans son anxiété silencieuse. Un matin elle se crut sauvée.

— Je vais aller me jeter aux pieds de l'impératrice, dit-elle à Agathe, elle passe pour si charitable.

— Ma chère enfant, répondit la baronne, qui n'avait pu tenir son personnage plus de quarante-huit heures, si l'impératrice s'amusait à rendre leurs amants à toutes celles qui les ont perdus, elle n'aurait plus le temps d'enfiler ses bottines.

— Mais alors que faut-il faire ?

— Il faut espérer. Il nous reviendra peut-être au moment où nous nous y attendrons le moins.

Ce système de consolation était le plus cruel de tous. A chaque coup de sonnette, Geneviève tressautait dans son lit en se disant : « Je ne l'attends pas, donc c'est lui. »

Comme toutes les femmes ennemies du jeûne, Agathe portait spécialement son attention sur l'infinitésimale quantité de nourriture quotidiennement absorbée par Geneviève.

— Mangez, lui recommandait-elle à tout bout de champ. Quand on ne mange pas, on a le pylore.

Vers la fin du second mois après le départ de Max, elle ne pouvait pas rester levée plus de deux heures par jour et son teint avait pris la transparence blafarde de la pâte tendre des porcelaines Louis XVI : « Elle ressemble à une veilleuse », disait Agathe.

Le docteur Houzelot avait reçu de son fils des lettres de Florence, de Naples et enfin de Pompéi. Le ton général de cette correspondance cursive était : « Je me porte bien, et je suis très heureux. » Il en conclut que le remède conseillé par Agathe avait opéré, et à l'entrée du troisième mois, il écrivit à Frédérique qu'ayant loyalement gagné les vingt mille francs promis, il la priait de revenir, afin qu'il les lui fît compter par son banquier, ainsi que la convention en avait été moralement signée entre eux. A une personne intelligente comme elle, les prétextes ne manqueraient pas pour quitter Max, et d'ailleurs il y aurait, pour opérer la séparation, un procédé infaillible, qu'il n'hésiterait pas à employer : c'était d'arrêter les dépenses du voyage et de ne plus rien envoyer à Max, si ce n'est la somme strictement nécessaire pour reprendre le train.

Il s'attendait à voir arriver Frédérique une quittance à la main, demandant son salaire. Il fut très surpris de recevoir une lettre presque sentimentale où on lui faisait savoir que Max, un peu fatigué, ne pouvait revenir tout de suite. Vingt mille francs n'étaient rien, si on les comparait à une santé aussi précieuse. Quant au manque de fonds, Frédérique n'avait-elle pas ses bijoux?

Ce désintéressement rendit Houzelot tout pensif.

Le jour des élections partielles n'était pas encore fixé, mais Houzelot ouvrait tous les matins le *Moniteur universel* avec l'espérance non dénuée de crainte d'en voir la date officiellement annoncée. Tous les journaux avaient mis son nom en avant. Le gouvernement était tout honteux de l'arrestation momentanée de son fils, laquelle n'était plus attribuée qu'au zèle intempestif de quelques agents subalternes, mais pouvait passer pour une manœuvre de la première heure.

On avait, en conséquence, fait insinuer au docteur que, s'il consentait à ne pas accentuer outre mesure sa circulaire électorale, on renoncerait à lui opposer un concurrent officiel. Sa nomination à peu près assurée perdrait ainsi le caractère d'opposition systématique et même dynastique qu'elle avait revêtue d'abord. Il serait candidat non agréable, mais non combattu. Enfin on lui offrait un compromis.

Houzelot l'eût peut-être repoussé s'il n'avait craint que cette noble indépendance n'excitât les moustiques du journalisme officieux à venir se coller trop curieusement aux vitres de sa vie privée. Ce mot bouleversant de Mathussem : « vous n'êtes pas éligible » lui était entré dans le cœur comme un poignard de cristal. Plus l'heure du vote approchait, plus la chute lui eût semblé profonde et déshonorante. Une indiscrétion, un moment de mauvaise humeur de Mathussem, et il était perdu, non-seulement comme futur député, mais comme médecin. Il se trouvait donc entre des électeurs qu'il fallait satisfaire sans trop effaroucher le pouvoir, et un pouvoir qu'il avait à ménager sans s'aliéner les électeurs. Mais celui qu'il était urgent de contenter avant tout, c'était l'implacable Mathussem. Aussi la prolongation des amours de Max avec Frédérique et de leur séjour à l'étranger lui mettait-elle à l'oreille une puce excessivement cuisante.

Il fit porter chez Agathe cette lettre inattendue où Mme de Pizareff parlait de vingt mille francs avec cette légèreté et de ses bijoux avec cet abandon. Agathe, à qui Frédérique ne s'était jamais révélée sous cet aspect magnanime, se cassait la tête pour comprendre, et ne savait que répondre, lorsqu'elle reçut de son amie cette seconde lettre suffisamment explicative de la première :

« Rome, 16 octobre 1865.

» Ma bonne Agathe,

» Voir Naples et mourir, mourir d'ennui probablement. Des coups de soleil et de la poussière, de la poussière et des coups de soleil, voilà Naples. Venise, c'est autre chose, ça pue! Une infection, ma chère. Je m'inondais de Bully avant de descendre dans la rue. Et les lagunes! ces fameuses lagunes!.. C'est tout le temps une odeur de vieux cuir qui vous tourne sur le cœur. Faut-il que les hommes soient à manie pour aller dépenser leur argent dans des endroits pareils, car tout est d'un hors de prix!

» A Rome, d'où je t'écris, c'est une autre rengaîne : on ne voit que des ruines. Tu arrives au milieu d'une grande plaine, n'est-ce pas? On ne te montre rien du tout, et on te dit : c'est une ruine. Il y a aussi les églises, et, bien entendu, les tableaux. Max me fait quelquefois rester des demi-heures devant une sainte famille de ce raseur de Raphaël. On dit pourtant qu'il était très joli garçon. La seule peinture qui m'ait intéressée, c'est le portrait de sa maîtresse, la Fornarina. Tu dois avoir entendu parler de la Fornarina.

» Les femmes de par là sont assez jolies ; mais pas de taille. On mange de bonnes glaces, ça, par exemple, on ne peut pas dire autrement, mais mauvaise nourriture, et puis dévorée des bêtes. Des cloques continuellement plein les bras.

» Eh bien! tu ne me croiras pas : M. Houzelot père vient de me faire savoir qu'il m'attendait à Paris pour régler nos comptes et liquider la société Frédérique, Agathe et Cⁱᵉ, et j'ai refusé. Je t'entends d'ici t'écrier : Elle est folle! elle est insensée! elle est peut-être amoureuse! Non, ma bonne, je n'ai jamais eu la tête plus solide et le cœur plus libre. Je ne te ferai pas languir plus longtemps : j'ai un projet. Voilà bientôt trois mois, sans compter ses vingt-deux jours de prison, que Max ne voit que moi. Notre amour est resté cellulaire comme à Mazas. Dans ces conditions-là, une femme est bien forte. De plus, Max n'est pas trop solide ; c'est un jeune homme qui a grandi trop vite. Pour un rien, le voilà sur le flanc. Une femme un peu intelligente, qui le mènerait tous les soirs au théâtre, le forcerait après le spectacle à souper jusqu'à deux heures du matin, et trouverait moyen de l'empêcher de dormir le reste de la nuit, en aurait tout de suite raison. Moi, tu sais, je ne m'émotionne pas. D'ailleurs je dors dans la journée.

» Enfin si, une supposition, il venait à tomber sérieusement malade, qui pourrait l'empêcher de rédiger un petit testament en ma faveur? Qu'en penses-tu? Je voudrais ton avis motivé, comme on dit.

» Réponds-moi à Rome, *Via del Popolo*, à l'hôtel français où nous sommes descendus. Tu peux tout me conter, j'ai recommandé qu'on ne remît les lettres qu'à moi.

» Ta FRÉDÉRIQUE. »

Le soir venu, Agathe s'assit devant son bureau, ouvrit son buvard incrusté de nacre, prit l'attitude d'un évêque qui médite un mandement, et voici les lignes que se mit à tracer cette femme revenue du pays des songes, et qui, après avoir débuté dans la vie par l'audace, finissait par la circonspection :

« Ma toute belle Frédérique,

» Ta lettre m'a fait une peur énorme. C'est avec des extravagances comme celles que tu t'es mises en tête qu'on manque les affaires les plus sûres. Refuser d'obéir à l'ordre du père qui t'écrit de revenir, c'est empêcher le mariage du fils avec la demoiselle du monde. Empêcher le mariage du fils avec la demoiselle, c'est pousser à son mariage avec Geneviève. Tu as souscrit un engagement, il faut le tenir. Quelle opinion le docteur aurait-il de nous après un coup pareil?

» Mais où je te trouve surtout enfant au possible, c'est quand tu te mets à me dévider ton histoire de testament. Voyons, Frédérique, tu n'y penses pas : d'abord, il n'a pas un sou à recueillir avant la mort de son père. En second lieu, lui tombât-il demain une fortune sur la tête, le jour où tu te présenterais avec ton testament pour toucher, c'est inouï comme tu serais reçue! Comment peux-tu espérer faire jamais valoir tes droits? Procès en captation, que tu perdrais indubitablement avec des frais énormes. Tu sais comme les tribunaux sont tendres pour nous autres! »

Les judicieuses observations d'Agathe furent interrompues par la voix plaintive de Geneviève que la fièvre ne quittait pas depuis huit jours.

Agathe prit la lampe et entra dans la chambre de la malade.

— Qu'avez-vous, ma chère enfant? lui dit-elle.

— Madame, demanda Geneviève, est-

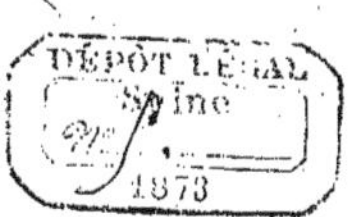

ce que vous avez fait reporter les mille francs ?

— Quels mille francs ? ah ! ceux de là-bas ! Non, ils sont toujours dans votre tiroir.

— Oh ! madame, faites-les reporter tout de suite. On dira à ce monsieur qu'il s'est trompé, qu'ils n'étaient pas pour moi.

— Mais, mon enfant, il est neuf heures du soir. Il faut attendre à demain.

— Demain, de bonne heure. Si ces mille francs n'étaient plus là, je suis sûre que je me porterais mieux.

— Comptez sur moi, mon enfant ! cria Agathe, qui était revenue à son buvard et s'était remise à sa lettre qu'elle continua ainsi :

« La célèbre Geneviève est installée » chez moi, dans la chambre qui com- » mande le salon, tu te souviens. Elle est » mal, très mal, mais à son âge on rebon- » dit si facilement ! Que le père vienne à » te considérer comme plus dangereuse » qu'elle, il l'empoigne par un bras et » débarque avec la petite, via del Popolo, » à l'hôtel français, en présence de ton » Max, à qui il raconte que nous nous fi- » chons de lui depuis près de cinq mois, » que Geneviève est un astre et toi une... » nébuleuse. Tout ton génie n'empêchera » pas le jeune homme de tomber sur le » cœur de sa maîtresse et celle-ci d'é- » clater de santé quinze jours après. » Ce serait bien agréable. Saisis-tu » maintenant et te rends-tu compte du » pétrin dans lequel tu peux nous four- » rer tous ?

» J'attends de toi une réponse qui me » rassure.

» Je t'embrasse quand même,

» AGATHE. »

Par le retour du courrier, c'est-à-dire à huit jours d'intervalle, la déclaration ci-dessous suspendit pour quelque temps ce commencement de roman par lettres :

« Ma chère Agathe,

» Patiente un peu, et tu seras la pre- » mière à me dire : non, tu n'étais pas » folle. Il n'a jamais été, dans mon es- » prit, question de discussion et de pro- » cès avec la famille. Mais quand on ne » peut pas prendre ce dont on a envie, » on s'arrange pour que quelqu'un vous » l'offre.

» A cette heure, j'étonne Max par mes » habitudes d'ordre et par mon désinté- » ressement : — Ce que je veux de toi, » c'est toi seul, ne cessai-je de lui répé- » ter. J'en suis à faire des difficultés pour » lui laisser payer ma place au théâtre. Il

» se sent presque humilié de la prodigieu- » se quantité d'amour que je lui donne » sans rien lui demander en échange. » L'autre jour, comme il souffrait beau- » coup de la tête, car la vie que je le force » à mener a fini par lui donner des migrai- » nes presque continuelles, il m'a attirée » près de lui et m'a tenu à peu près ce lan- » gage : — Sais-tu ce qui m'affecte au der- » nier point, c'est que si, par hasard, je » mourais, je m'en irais ton débiteur. » C'est à peine si tu me permets de t'of- » frir une voiture ! Tu me refuses tout » et je suis sûr que tu t'endettes plutôt » que d'avoir recours à moi. Mais tu » auras beau te récrier, tu ne m'empê- » cheras pas de te laisser le peu dont » j'aurai la faculté de disposer.

» Tu penses si je me suis mise à san- » gloter, en lui demandant si quelque » chose dans ma conduite lui avait donné » le droit de m'insulter.

» — Vous êtes donc aussi avec mes en- » nemis ? me suis-je écriée.

» Il m'a naturellement pressée pour » savoir de quels ennemis je voulais par- » ler. Alors, j'ai tiré de mon corset une » petite médaille byzantine que j'ai sub- » tilisée autrefois à Serge Caroutsine, et » je l'ai posée sur la table, en disant à » Max : — Jurez-moi sur cette image que » vous ne répèterez à personne ce que je » vais vous confier.

» Il s'est empressé de m'accabler de » serments.

» — Eh bien ! lui ai-je riposté, je suis » profondément triste. J'ai reçu de votre » père qui, paraît-il, connaît notre liai- » son, une lettre où il paraît croire que » je vous aime avec une arrière-pensée » d'intérêt personnel. Je ne puis pas lui » faire un crime de sa défiance puisqu'il » ne me connaît pas, mais où je me suis » sentie douloureusement froissée, c'est » quand j'ai lu deux pages d'admonesta- » tions, à propos d'un mariage qu'il avait » préparé pour vous, et auquel il m'ac- » cuse de mettre obstacle, comme si je » n'étais pas disposée à subir pour vous » tous les sacrifices. Ce projet, je l'ai » toujours ignoré, et vous êtes là pour » affirmer que je n'ai pas tenté le moin- » dre effort pour vous en détourner. » Quand vous en ai-je détourné ? répon- » dez.

» — Jamais ! a-t-il répondu, cette ac- » cusation est odieuse. Votre désintéres- » sement touche au sublime. Je vais im- » médiatement écrire à mon père. Où » est sa lettre ?

» — Elle m'a fait trop de mal, je l'ai » déchirée. D'ailleurs, je vous défends » d'y faire allusion en quoi que ce soit. » Vous ne trahirez pas la promesse que

» vous m'avez faite sur cette médaille.

» Il m'a renouvelé l'engagement pris.

» — Maintenant, ai-je insisté, pars, » marie-toi ; tu n'as rien à craindre de » mon désespoir. Je ne fais pas d'extra- » vagances, moi, je ne me jette pas par » la fenêtre.

» Il est tombé dans mes bras, les lar- » mes aux yeux, à la suite de quoi nous » avons passé une soirée étonnante et » dans un moment de frénésie, je lui ai » dit, en lui mordant la joue jusqu'au » sang : — Si tu mourais, mon Max, sais- » tu ce que tu me laisseras dans ton tes- » tament ? Je t'ai donné mon âme, je veux » que tu me lègues ton corps chéri. Je » le ferai étendre avec précaution dans » un cercueil d'ébène incrusté d'argent, » et je te ferai creuser un caveau assez » vaste pour pouvoir aller passer mes » jours auprès de toi. Combien de temps » te survivrais-je ? Dieu le sait, mais le » jour où j'irais me coucher pour l'é- » ternité auprès de toi serait le plus at- » tendu de tous !

» Voilà ce que je lui ai dit. Tu com- » prendras plus tard pourquoi, et tu me » rendras justice. Du reste, est-ce que tu » n'auras pas ta part, gros bébé ?

» Ta fidèle,

» FRÉDÉRIQUE.

» P.-S. — J'écris au docteur que son » fils va trop mal pour se mettre en » route. C'est presque vrai. »

— Comprends pas ! se dit Agathe.

CHAPITRE VINGT-DEUXIÈME

La fin justifie les moyens

Cependant Mathussem, n'entendant parler de rien, se dirigea rue Louis-le-Grand, ayant à son bras Léocadie, prête à appuyer les réclamations de son père.

— Le délai fixé pour le voyage de M. Max est périmé, dit-il. Pourquoi n'est-il pas ici ? Je commence à soupçonner qu'on s'est moqué de nous jusqu'à présent. Vous voulez me mener en bateau, comme nous disons dans les prisons, et je n'aime pas bien qu'on me mène en bateau.

— M. Max aurait mieux fait d'avouer tout de suite qu'il n'avait pas l'intention de m'épouser, ajouta Léocadie sans plus d'amour-propre.

— La loi n'accorde plus au gouverne- ment qu'un mois et demi pour décréter les élections à faire. D'un jour à l'autre, la date peut en être fixée officiellement. J'ai lu le *Siècle*, qui croit pouvoir assurer qu'elles auront lieu le 25 du mois pro- chain, c'est-à-dire dans cinq semaines,

9

Dam ! vous savez, vous n'êtes pas éligible !

Dans toute autre circonstance, Houzelot aurait bondi devant cette grossière menace sous condition ; mais la vie politique est un conservatoire de couleuvres, qu'on a toujours quelque prétexte pour avaler sans grimace. On se dit : « Ce n'est pas pour moi que je travaille, c'est pour la patrie » Et le tour est fait.

Houzelot offrit en holocauste à ses électeurs tous les propos blessants que lui adressa Mathussem une demi-heure durant, et tous les souvenirs répugnants que le vieux bimbelottier remit sur le tapis avec autant de crudité que si Léocadie n'avait pas été là. Elle parut, du reste, peu surprise, et il resta acquis pour le docteur qu'on avait discuté vingt fois en sa présence l'incident qui l'enfermait, sans qu'il pût en sortir, dans les mains de Mathussem.

Houzelot se contenta pour toute réplique de montrer la lettre de Frédérique, accusant l'impossibilité où était Max de songer actuellement au retour.

— Mais je vais insister, ajouta-t-il, et faire savoir là-bas qu'on ait à ramener mon fils mort ou vif.

La conférence se termina par ces mots de Mathussem, lesquels n'admettaient aucun nouvel atermoiement :

— Enfin ! vous avez cinq semaines.

Le docteur savait que le gouvernement reculait volontiers le quart d'heure de Rabelais, et qu'il ne se résignait à convoquer le peuple dans ses comices que quand il devenait matériellement impossible d'agir autrement. Il n'en adressa pas moins lettres sur lettres et télégrammes sur télégrammes à l'hôtel Français, qui ne lui envoya aucune réponse.

— Mon fils se sera mis en route pour revenir, et il voyage à petites journées, fut la probabilité à laquelle il s'arrêta, bien qu'il se demandât par quelle négligence Max ne l'avait pas avisé de son retour.

Deux, trois, quatre, cinq semaines se succédèrent dans la même attente et le même silence. Le docteur, inquiet pour Max, inquiet aussi pour lui, frissonnait en ouvrant tous les matins le *Moniteur*, à l'idée d'y voir annoncée la prochaine ouverture de la période électorale. Le spectre de Mathussem se dressait devant lui avec des proportions gigantesques. Un éclat de la part de cet homme était imminent, et il serait irréparable. Le cauchemar de l'inquiétude tournait à la fantasmagorie.

Il entrait dans sa sixième semaine d'ignorance et d'inquiétude, et était convenu avec lui-même de partir à la recherche de son fils s'il restait huit jours encore sans nouvelles, lorsqu'il reçut enfin une lettre de Rome, avec cette adresse tracée d'une main magistrale sur une enveloppe de grande dimension :

> *Il signore Houzelot*
> *medico,*
> Via Louis-le-Grand, 23. — Parigi.

La missive était écrite en italien. Le docteur ne parlait pas ce dialecte ; mais il n'eut pas de peine, en s'aidant de ses humanités, à assembler, au milieu d'un fouillis de phrases parasites, les trois ou quatre lignes auxquelles se réduisent toutes les lettres, si longues soient-elles.

« Nous avons eu, disait-elle, la dou» leur de perdre, le 16 du courant, M.
» Maximilien Houzelot, votre fils, mort à
» la suite d'une courte et subite paralysie
» du cerveau, avec les secours de mon
» saint ministère, et consolé par les soins
» touchants et les pieuses exhortations de
» Mme la comtesse Pizareff, la noble amie
» de votre famille.

» Le défunt a été provisoirement déposé
» dans le caveau du couvent des Minimes,
» jusqu'à ce que vous ayez manifesté vos
» intentions touchant la translation de ces
» précieux restes. »

Ce sinistre avis était noyé dans un océan de sentences empruntées à la langue illustrée par Cicéron, mais devant lesquelles le styliste antique aurait eu le droit de s'écrier : *Eheu ! eheu ! Bassa latinitas !* le tout signé : — ANICETO,

Vescovo di Sumatra (évêque de Sumatra), via di Santo Pietro, Roma.

Le désespoir stupéfait où tomba le docteur Houzelot à cette lecture fut encore aggravé par ce soupçon que le déploiement d'intrigues provoqué par ses fureurs ambitieuses n'était pas étranger à cette mort si rapide et si incompréhensible. Il se sentit moins affligé comme un père qui vient de perdre son fils unique qu'effrayé comme un homme qui vient de faire un mauvais coup. Il essaya de se raidir, il voulut marcher un peu, ses jambes tremblaient sous lui.

« Allons, dit-il, soyons homme ! Je ne puis pas écrire à cette femme ; je vais répondre à ce prêtre. »

Il commença trois lettres dont il ne put mener une seule plus loin que la seconde ligne, et qui se fondirent toutes trois dans cette dépêche laconique adressée à l'évêque Aniceto : — « Prière de m'envoyer le corps de mon fils. »

CHAPITRE VINGT-TROISIÈME

Par quel procédé Geneviève eut le droit de monter au ciel.

Quatre jours après l'arrivée à Paris du lugubre billet de faire-part, Agathe debout et tenant la main de Clémentine, qui était venue aux nouvelles, regardait dormir Geneviève, dont les forces cédaient peu à peu sous l'abondance de sueurs continuelles. Ses dents, coulées comme toutes celles des peuples orientaux, dans un émail presque vaporeux, commençaient à se déchausser. Le fond jaunâtre de son teint d'Algérie, dominé jusque-là par l'éclat de la santé et la richesse d'un sang vigoureux, reprenait insensiblement son empire.

— En admettant qu'elle s'en tire, elle a des chances de rester laide, était en train de faire remarquer Clémentine, lorsque la domestique entrant dans la chambre à coucher, dit vivement à l'oreille d'Agathe : — M. le docteur Houzelot, attend dans le salon. Il paraît furieux.

Agathe, prévoyant une bourrasque, s'arma de ses plus grands airs, ce qui ne l'empêcha pas de faire passer devant Clémentine.

— Madame, dit le docteur, sans prendre la peine d'expliquer aux deux femmes le bouleversement de ses traits, que signifie cette lettre que je reçois à l'instant de votre amie Frédérique ?

Et il leur tendit une feuille de papier bleuâtre où s'étalait cette brève notice :

« Monsieur, le corps que vous me rede» mandez ne vous appartient plus. Mon
» Max me l'a légué par testament. C'est
» tout ce que j'ai voulu de lui, mais je le
» garde. Plaignez-moi, je vous plains.

> » FRÉDÉRIQUE PIZAREFF. »

— Votre fils est mort ! est-ce Dieu possible ? s'écria Agathe.

— Est-ce Dieu possible ? répéta Clémentine.

— C'est bien ! c'est bien ! gardez vos condoléances, reprit Houzelot en frappant du pied. Il ne s'agit pas de mon fils, il s'agit de cette lettre.

— La douleur aura fait perdre la tête à cette pauvre Frédérique, répondit Agathe en rendant le papier. Allez vous-même lui redemander votre enfant ; je la connais, elle vous le rendra.

Et un sourire insalubre glissa sur ses lèvres lippues.

— Ah çà ! vieille farceuse, allez-vous continuer longtemps votre comédie ? répliqua Houzelot, mis hors de lui par les regards au ciel de l'audacieuse matrone.

— Etes-vous venu ici pour insulter des femmes sans défense ? riposta Agathe ; voilà qui serait étrange de la part d'un homme de votre âge et de votre monde.

— Je suis venu ici pour vous prier d'avertir votre digne camarade que, si elle ne renvoie pas immédiatement le corps de mon pauvre fils, et Houzelot ne put retenir des larmes où la rage entrait pour quelque chose, je dépose une plainte contre elle et je la fais arrêter.

— Une plainte en quoi ? en détournement de cadavre ? Qu'en dis-tu, Clémentine ?

— Ce serait cocasse, répondit l'artiste.

— D'ailleurs, Frédérique n'est pas une exaltée, il s'en faut. Si elle ne veut rien rendre, c'est qu'elle a en poche un bon testament qui lui permet de tout garder.

— Mais dans quel but ? Qu'espère-t-elle ? Où veut-elle en venir ? demanda le docteur ébaubi de la prétention de Frédérique.

— Elle veut garder son amant mort, puisqu'elle n'a pu le garder vivant, fit Agathe. Les femmes qui aiment sérieusement ont de ces fantaisies-là.

— Moi, je serais capable d'en faire autant, appuya Clémentine à tout hasard.

— Eh bien ! nous verrons ce que les juges penseront de cette façon d'aimer sérieusement, dit Houzelot.

— Et pourquoi donc n'aurait-elle pas un cœur comme les autres ? répondit Agathe en montant sur ses ergots. Vous vous figurez peut-être que les femmes du monde sont seules à savoir se sacrifier ?

— Et en résumé, elles font pis que nous, appuya de plus en plus Clémentine.

— Mon pauvre Max ! mon pauvre Max ! répétait le docteur en foulant avec fureur la moquette du tapis d'Agathe.

— Puisque vous l'aimiez tant, fit observer judicieusement celle-ci, pourquoi donc lui imposiez-vous d'épouser une femme qu'il ne pouvait pas voir en peinture, au lieu de lui laisser prendre tout bonnement celle qu'il adorait, car il l'adorait, sa Geneviève ?

Le docteur se garda de répondre que le mariage de Max avec Léocadie le sauvait, lui, d'un affront public, tout en assurant sa nomination aux élections prochaines.

Depuis la douloureuse nouvelle, le père avait à ce point triomphé du candidat que la modification profonde apportée dans sa situation politique par la mort de son fils ne s'était pas encore nettement présentée à son esprit. L'attaque brutale d'Agathe lui remit devant les yeux, avec toutes ses crevasses, le volcan sur lequel il dansait depuis six mois. Plus de Max,

plus de mariage. Plus de mariage, plus de députation. Et comme couronnement, Mathussem sortant du cratère pour jeter à la foule la lave brûlante du scandale dont ce fils d'Israël avait déjà, peu de temps auparavant, menacé le docteur.

Ces images effrayantes s'entrecroisèrent tout à coup et se mirent à exécuter autour de lui une ronde fulgurante. Le déshonneur, qui est la mort de l'âme, allait l'emporter, comme la mort, qui est le déshonneur du corps, venait de prendre son fils. En présence du gouffre qui s'ouvrait spécialement pour lui, il oublia un instant Max pour s'apitoyer sur son propre naufrage. Il n'était pas éloigné de se considérer comme plus à plaindre que son fils, car Max était au bout de son calvaire, tandis que le sien ne lui montrait pas moins de ses douze stations à essuyer. Perspective d'autant plus répugnante qu'elle se dessinait subitement à ses yeux sous le coup des goguenardises de ces deux créatures. Il resta comme saisi d'un éblouissement passager, et au lieu de répondre à l'interpellation d'Agathe, il tomba assis au bas bout du canapé en poussant ce cri de désolation :

— Ah ! la malheureuse, elle me prive des restes de mon fils, et c'est elle, oui, j'en suis sûr, c'est elle qui l'a tué !

En disant ces derniers mots, le docteur s'était vivement relevé avec un visage si singulièrement hagard, que Clémentine, dont la bravoure n'avait jamais été mise à aucune épreuve, se réfugia dans l'enfoncement de la porte de la chambre à coucher, non sans avoir jeté cette alarme :

— Madame Agathe, sauvez-vous !

Mais Agathe, qui était de la vieille garde, ne reculait pas facilement. Elle marcha sur Houzelot et lui dit en le regardant avec une fixité pleine de défi :

— Plaignez-vous donc que Frédérique ait tué votre fils, vous qui êtes en train de tuer Geneviève !

— Geneviève ! s'écria le docteur, ah ! si je le lui avais laissé, Max ne serait pas mort !

— Max est mort ! répondit comme un écho Geneviève, qui ouvrit toute grande la porte derrière laquelle elle se tenait depuis un instant en chemise et pieds nus.

— Voyez, dit Agathe, en montrant avec un geste cornélien la jeune fille, qui avait roulé sur le tapis du salon, vous venez de l'achever.

Le docteur, effaré devant ce tableau, oublia jusqu'à son devoir professionnel. Son unique pensée à la vue de Geneviève étendue blême dans sa chemise blanche, fut de mettre entre lui et le fantôme le plus de distance possible. Aussi se hâta-t-il de profiter du congé qu'Agathe lui donna en ces termes : « Eloignez-

vous, monsieur, votre présence peut lui devenir funeste », pour prendre son chapeau et s'enfuir.

C'est donc un autre médecin qui décida des ventouses et des sinapismes dont on matelassa le corps insensibilisé de Geneviève avant de pouvoir l'arracher à une syncope qui dura trois heures entières.

— Continuez les sinapismes, ajoutez des boules d'eau chaude et des fers presque brûlants aux pieds pour y ramener le sang qui s'est violemment porté à la tête, dit le médecin quand il put quitter sa cliente. Si elle échappe à la méningite, elle aura une fameuse chance.

Elle n'eut aucune chance, car la méningite se déclara. Clémentine, qui était venue quatre jours de suite se renseigner sur l'état de « sa pauvre amie », apprit le cinquième jour que toute illusion devait être abandonnée. Geneviève parlait encore, mais elle n'entendait plus.

— Il n'est que temps d'aller chercher un prêtre, dit l'artiste ; ce serait un crime de la laisser mourir comme un chien.

Dans une certaine classe, se passer des secours de la religion s'appelle : mourir comme un chien.

— J'ai fait prévenir hier soir l'abbé Beaugrand, répondit Agathe. Tu penses si je le connais, c'est lui qui m'a fait faire ma première communion.

— Et quand sera-t-il ici, ce bon vieillard ? demanda Clémentine sans se douter de l'impertinence qu'elle lançait à Agathe en qualifiant, sans autres informations, de vieillard le prêtre qui lui avait fait faire sa première communion.

— Ce matin à onze heures, répondit l'ex-communiante dédaignant de relever le mot.

— Si tu veux, je vais l'attendre. Je n'ai jamais eu occasion de voir donner l'extrême-onction, reprit Clémentine.

La première question posée en entrant par l'abbé Beaugrand, dont l'âge justifiait l'assertion d'Agathe, fut celle-ci : « La moribonde a-t-elle été baptisée ? »

— Baptisée ? Mais au fait, non, répondit Agathe. Geneviève n'est pas catholique. Elle est la fille d'un chef arabe.

— Elle serait musulmane ? fit l'abbé avec un mouvement répulsif.

— Précisément, dit Clémentine. Elle est d'une religion où les hommes ont plusieurs femmes.

— Alors, il n'y a pas un instant à perdre, reprit l'abbé comme si le feu était à la maison. Il faut la baptiser sur le champ. Quel épouvantable malheur, mes enfants, si elle avait rendu le dernier soupir avant mon arrivée ! Vite ! avez-vous un parrain, une marraine ?

— Je lui en servirai à cette chère petité, reprit Agathe d'une voix de catéchumène.

— Bon ! le parrain maintenant ?

— Si on faisait monter le concierge ? avança Clémentine ?

— Cherchons d'abord parmi nos connaissances, répondit Agathe, médiocrement flattée de ce compérage.

— Madame, une visite, vint dire la domestique.

— Très bien ! j'y vais. Si monsieur l'abbé veut rester un instant avec notre malade...

Elle trouva au salon Carbonnel, rasé de frais, un bouton de rose aux dents.

— Ah ! c'est toi, Ludovic ! on ne te voit plus. Clémentine se plaignait à l'instant de tes absences, s'écria Agathe en étrennant d'un gros baiser la barbe de l'ancien beau.

— Oui, répondit Carbonnel avec une feinte indifférence. J'ai appris ce matin que M. Max Houzelot était mort en Italie, alors j'ai pensé que son amie Geneviève, tu sais, la petite femme d'Alger, allait rester sans ressources, et j'étais venu pour te prier de lui faire savoir que, dans le cas où elle se trouverait dans l'embarras...

— Tu t'offrais pour la recueillir. Je te comprends, saint Vincent de Paul.

— Malheureusement, il est trop tard, gros horreur ! dit Clémentine, qui, en reconnaissant la voix de son maître, était entrée à pas de loup. Geneviève n'a plus besoin de votre protection. Entrez un peu, vous verrez.

— C'est ça, entre. Nous cherchions justement un parrain pour elle. Tu arrives très bien. C'est moi qui serai ta commère.

Les deux femmes prirent Carbonnel chacune par un bras et l'entraînèrent dans la chambre à coucher. Le prêtre était debout auprès du lit de la jeune fille, déjà sous l'aile de la mort. Ce changement de scène troubla Carbonnel au point qu'il se serait décidé à la retraite, si l'abbé Beaugrand, touché par la prestance et l'air de dignité de cet homme à cheveux blancs, ne lui avait immédiatement pressé la main avec une effusion tout apostolique. Carbonnel dut céder devant cette avance. On fit apporter par Gervais, le valet de chambre, de l'eau, du sel et quelques serviettes. On tira le lit au milieu de la chambre, de façon à faire à Agathe la place nécessaire pour aller s'installer à la droite de Geneviève, tandis que Carbonnel restait à sa gauche, et, la néophyte se trouvant ainsi entre ses parrain et marraine, la cérémonie commença.

Clémentine, qui s'était dévotement agenouillée sur un tabouret en tapisserie, écouta avec onction et comme l'instruction la plus religieuse du monde, le *Credo* débité par le vieux Ludovic, et le *Confiteor* promulgué par Agathe.

Quand le prêtre demanda à celle-ci, répondant pour Geneviève, dont les yeux atones ne semblaient rien percevoir de ce qui se passait autour d'elle, si elle renonçait à Satan, à ses pompes et à ses œuvres, et que la vieille trimballeuse répondit à cette injonction par un « oui ! » de poitrine, ce fut réellement un beau spectacle.

Lorsqu'il fut dûment constaté que la douce Geneviève, dont le cœur n'avait jamais couvé que des instincts de chasteté, de dévouement et de tendresse, avait renoncé, pour les six heures qui lui restaient à vivre, aux pompes de Satan, on procéda aux derniers sacrements.

Bien que Clémentine eût satisfait sa curiosité relativement à l'extrême onction, elle demanda à veiller sa camarade pendant la nuit qui suivait et qu'on supposait être la dernière.

En effet, vers deux heures du matin, Geneviève, qui semblait assoupie, se réveilla tout à-coup en poussant de grands cris. Clémentine s'approcha. L'agonisante lui prit alors le cou dans ses deux bras livides ; et, lui collant ses lèvres contre l'oreille, elle lui dit avec un accent mystérieux : « Il faut reporter les mille francs. »

Puis le râle la prit, et, à cinq heures, elle était morte.

En contemplant sur son oreiller funèbre cette tête encore adorable, bien que déjà estompée par la mort ; en voyant ces cils veloutés projeter leur ombre dans les ravages de ces joues, naguères si soutenues, et creusées depuis par tant d'insomnies ; en songeant que cette vertu céleste venait de s'éteindre dans le désespoir entre une Agathe et un Carbonnel, après avoir passé si près du bonheur ; Clémentine, qui accomplissait sa seizième année le jour même, sentit s'agiter en elle quelque chose qui ressemblait à un remords. Une humidité instantanée, qui, à la rigueur, pouvait afficher la prétention de s'appeler une larme, se fraya un passage jusqu'au bord extérieur de sa paupière, où elle se sécha aussitôt. Nous espérons qu'en faveur de son tout jeune âge, on voudra bien pardonner à une enfant cette faiblesse, qu'elle racheta d'ailleurs immédiatement, en disant à Agathe, dont le calme ne s'était pas un instant démenti :

« Elle est finie ! c'est malheureux ! mais en réfléchissant bien, il vaut encore mieux que ce soit comme cela. »

CHAPITRE VINGT-QUATRIÈME

Le vif saisit le mort

La même Agathe tint pourtant à déployer, pour les obsèques de la jeune fille qui était venue mourir chez elle, un luxe d'autant moins dispendieux que les mille francs dont Geneviève ne s'était pas relevée, en firent les frais. Elle alla chercher des camarades qu'elle avait perdues de vue depuis des lustres pour leur adresser des lettres de faire part. Assister en grand deuil, et se composer des figures renversées à l'enterrement de gens qu'elles connaissent à peine, est une des coquetteries des femmes suspectes. Le rappel battu par Agathe fut donc entendu dans tous les quartiers où logeait une famille envieuse d'établir qu'elle avait une religion, un cœur et une robe noire. De sorte que celle qui, sa courte vie durant, avait été la pudeur même, et dont l'innocence foncière avait résisté à toutes les conversations de magasin, subit cette suprême dégradation d'être accompagnée au cimetière par tout ce que Paris recélait de traviatas, de balais rôtis et de mauvaises samaritaines.

Carbonnel, le parrain, conduisait le deuil. En tête des pleureuses marchait Agathe, les yeux pochés de pleurs.

« Cette pauvre chatte, disait-elle à tout et un chacun, je l'aimais comme ma fille. »

Ses cinquante-trois ans n'étaient pas fâchés de laisser supposer qu'ils pouvaient avoir une fille qui n'en comptât pas plus de dix-sept.

Au retour de la cérémonie, dans les divers restaurants où on se dispersa pour déjeûner, on convint, à une forte majorité que, si Agathe avait été tout ce qu'on voudra, elle n'en possédait pas moins un cœur d'or. Dans le dictionnaire de morale comparée qu'elles ont composé pour leur usage, et un peu pour le nôtre, les aventurières parisiennes ont donné à certains mots une signification psychologique, inconnue des anciens. Elles veulent lancer du vitriol à la figure de leurs rivales et porter leur progéniture aux Enfants trouvés sans cesser d'avoir « un cœur d'or. »

Il fut donc convenu que celui d'Agathe avait été fondu dans ce précieux métal. Elle avait d'ailleurs accrédité de son mieux cette légende en achetant pour Geneviève une concession de cinq années et en déposant sur la fosse une couronne gigantesque d'immortelles, où s'enroulait cette inscription :

A MA FILLEULE

Le seul des complices du crime qui manquât à l'enterrement de la fille d'Ahmet-ben-Massaoud, caïd des Beni-Snassen, fut le docteur Houzelot. Il était parti la veille pour la capitale de la chrétienté avec des intentions peu chrétiennes. Il se fit, en débarquant, conduire chez l'évêque *in partibus* de Sumatra, *via Santo Pietro*. L'immeuble habité par ce dignitaire de l'Eglise était une grande maison meublée où descendaient presque tous les personnages importants de l'épiscopat italien, lorsqu'ils venaient à Rome apporter au pape les consolations et les deniers dont celui-ci prétendait constamment avoir besoin. C'est dans cette hôtellerie de haute fréquentation que Frédérique avait ingénieusement fait transporter Max quinze jours avant sa mort. Le docteur y trouva la Pizareff en grand deuil au milieu d'une véritable cour de monsignors qu'elle édifiait par la sincérité de son désespoir.

Frédérique l'accueillit avec la distinction de manières que comportait la nouvelle société qu'elle s'était créée récemment. Car la même femme qui parle argot dans une maison, s'épuise dans une autre en imparfaits du subjonctif. Le père de Max ignorait à quelle cause précise il devait attribuer l'obstination de cette veuve consolable à lui refuser le corps de son fils. L'appareil funèbre dont elle lui parut entourée le fit hésiter sur la forme à donner à sa réclamation.

— Après tout, se dit-il, elle s'était peut-être sérieusement éprise de mon Max. Le cœur humain est plein de ces sortes de mystères.

Il s'aboucha à ce sujet avec l'évêque Aniceto, que Frédérique semblait considérer comme son directeur le plus spirituel, et avec qui elle eut soin de le laisser seul un instant.

— Prenez toutes les précautions oratoires imaginables, dit celui-ci au docteur. Dès qu'un mot lui rappelle votre malheureux fils, elle est prise d'une crise de nerfs.

Ces renseignements plongèrent le docteur dans la dernière perplexité. Il se laissa gagner par une demi-sympathie pour cette femme dont la douleur allait jusqu'à lui disputer le corps qu'il était venu chercher. Cependant il lui fallait son fils, et quand il se vit en tête à tête avec Frédérique, il lui déclara avec fermeté qu'il était décidé à tout tenter pour le reprendre.

— Je respecte vos souvenirs, ajouta-t-il, dans le but d'atténuer l'effet de ses exigences ; j'ai pu constater votre désintéressement quand vous avez sacrifié si allègrement le prix du service que nous vous avions demandé. Mais enfin vous ne pouvez avoir la prétention de faire valoir un testament évidemment tracé sous le coup d'une exaltation qui le rend nul de plein droit. La place de mon fils est marquée auprès de sa mère. Je ne vous interdirai certes pas d'aller prier sur la tombe de Max. Je vous y accompagnerai, si vous le voulez.

— Monsieur, répondit Frédérique, vous vous méprenez sur la validité du legs de mon cher Maximilien. Nous ne sommes pas ici en France, mais en Italie, mais à Rome, où on n'aime pas beaucoup les Parisiens, surtout quand, comme vous, ils passent pour libéraux. En outre, vous avez déjà pu voir que j'ai eu la précaution de le conduire où les prêtres règnent et gouvernent. Le jour où vous m'attaqueriez, j'aurais tout le clergé pour moi. De plus, Max, convaincu, à tort peut-être, mais enfin convaincu que vous étiez hostile à notre amour, a glissé malgré moi dans la rédaction de son testament un alinéa dont la lecture ne vous causerait aucun plaisir le jour où vous me forceriez à le publier.

— Comment, madame! s'écria Houzelot stupéfait de ce changement d'attitude, vous avez songé à de pareilles combinaisons et vous prétendez que vous aimiez mon fils?

— Je l'aimais ou je ne l'aimais pas, c'est mon affaire, répliqua Frédérique impatientée de voir la tournure que prenait la conversation.

— Vous ne l'aimiez pas?

— Mais, dam!...

— Eh bien! alors, que voulez-vous faire de son cadavre?

— Je ne vais pas le promener dans toutes les capitales de l'Europe, bien sûr!

— En ce cas, rendez-le-moi, s'écria Houzelot, entrevoyant avec effroi quelque profanation douloureuse.

— Vous rendre comme ça, pour rien, ce que j'ai eu tant de peine à me faire donner?...

— Ah! la misérable! fit Houzelot en se levant d'un bond, elle a tué mon fils, et maintenant elle veut me vendre ses restes!

— Docteur! pas de mauvaises farces! dit la Pizareff. Max est mort tout seul et en m'appelant « son cher trésor », s'il vous plaît. Il savait que, s'il me laissait sa fortune, on me chercherait des chicanes et que je n'en verrais jamais un rouge liard. C'est pourquoi il m'a légué le seul gage d'amour dont il lui était permis de me gratifier. Ces choses-là n'arriveraient pas, si tous tant que vous êtes, vous n'étiez pas la mauvaise foi incarnée. Il est tout simple que nous cherchions à tirer notre épingle du jeu par tous les moyens possibles. Si vous m'en aviez laissé d'autres, je ne me serais probablement pas servi de celui-là.

Le père de Max, muet de dégoût, n'avait aucune envie de discuter avec Frédérique les torts plus ou moins sérieux que la société pouvait avoir envers les femmes tombées. Sa seule préoccupation était de liquider promptement ce compte sinistre.

— Combien voulez-vous? demanda-t-il.

— Voilà quatre mois que je perds mon temps, répondit-elle, malgré tout un peu honteuse de son cynisme. Soyez persuadé que, si je n'avais pas été forcée d'engager mes dernières bagues...

— Assez! assez! apprenez-moi seulement quel est votre chiffre.

Frédérique lâcha un : « Quatre-vingt mille » ému et suppliant qui semblait dire: « Mon Dieu! pourvu qu'il ne trouve pas ça trop cher! S'il allait me laisser ma momie sur les bras, que deviendrais-je? »

Elle s'attendait à un marchandage. Le docteur se contenta de lui répondre :

— Vous pouvez vous rendre chez M. Goldsmitt, banquier, *via del Corso*, qui vous comptera quatre-vingt mille francs contre la remise du corps. Faites en sorte que tout soit terminé ce soir, je pars demain.

Cette Artémise, heureuse d'avoir si avantageusement négocié son mausolée, n'était pas femme à perdre une minute. Le jour même, avant l'heure du spectacle, elle signait le reçu des quatre-vingt mille francs au banquier Goldsmitt, qui lui donnait un reçu du cadavre.

CHAPITRE VINGT CINQUIÈME

Entre l'enterrement et la noce

Lorsque le père de Max, enfoncé dans les parois d'un compartiment de chemin de fer, et à peu près aussi mort que celui qu'il ramenait, se sentit approcher de Paris, une anxiété poignante domina chez lui toutes les autres nuances de la douleur.

— Quel parti va prendre Mathussem, se demandait-il. Qui sait si cet être éhonté ne se fera le moindre scrupule d'ajouter un scandale à tant de misères? Sa fureur, en voyant Léocadie reprendre sa vie obscure et légumineuse, peut le pousser aux derniers excès. Peut-être même arrivé-je trop tard pour conjurer un éclat, et suis-je exposé à trouver, en rentrant chez moi, le déshonneur assis à mon foyer.

Ses craintes lui parurent réalisées en

partie, lorsque Félix, le domestique, lui remit, à son retour dans ses lares, un paquet de lettres dont la seule qui l'intéressât affectait cette tournure menaçante :

« Dès que vous serez à Paris, venez » nous voir. Nous avons à causer.
» Bien à vous,

» MATHUSSEM. »

Il ne prit pas le temps de s'asseoir pour déjeuner et se fit conduire rue des Vinaigriers, où il trouva toute la famille à table.

— Elvire, apporte une assiette. Vous allez manger avec nous, lui dit l'entrepreneur avec une cordialité qui surprit Houzelot. Que voulez-vous, c'est une rude épreuve. Il faut la supporter. Léocadie la supporte bien, vous voyez.

Léocadie, qui portait une bouchée à ses dents, en accompagna l'absorption par un regard au plafond.

Mme Mathussem, en signe de participation à la douleur commune, imprima quelques oscillations à son fauteuil, dont les roulettes rendirent un son plaintif.

Le repas fut silencieux. Houzelot surprit à plusieurs reprises, entre Léocadie et son père, un échange de regards qui lisaient clairement : « Voici bientôt le moment d'attaquer. »

Enfin l'entrée d'Elvire avec la cafetière sembla donner le signal.

— Ah çà ! docteur, dit Mathussem, nos conventions, qu'en faisons-nous ?

— Ce que vous voudrez, répondit Houzelot. Mon honneur est entre vos mains. C'est à vous de voir quel intérêt vous auriez à me perdre.

— Vous perdre ! allons donc ! quand nous avons tant de moyens d'entrer en arrangement !

— Si vous en connaissez de praticables, exposez-les.

— Léocadie, dit Mathussem, j'ai laissé ma tabatière dans le cabinet de travail, sur le bureau, va donc me la chercher.

La jeune fille sortit et ne revint pas, ce qui fit supposer au docteur qu'elle connaissait le secret de cette tabatière.

— Une idée me vient à l'instant, reprit l'entrepreneur, quand sa fille les eut laissés seuls. Votre fils n'était pas décoré, et vous l'êtes. Vous savez que Léocadie est une femme ambitieuse qui a toujours rêvé d'avoir un mari décoré.

— Moi ! mais j'ai cinquante-deux ans !

— Un député n'a pas d'âge. Et vous allez être député, mon gaillard.

— Comment ! vous avez pensé à..... et Mlle Léocadie consentirait à..... balbutia Houzelot, qui ne savait plus où se fourrer.

— Pourquoi donc pas ? Ma fille devait être votre bru. Eh bien ! c'est vous qui serez mon gendre. Je la consulterai, bien entendu, car la pauvre fille n'a aucun soupçon de ce projet, ajouta Mathussem avec une bonne foi carthaginoise. Réfléchissez de votre côté. Pesez bien le pour et le contre. J'irai en recauser avec vous dans huit jours.

Le père de Max n'avait pas la faculté de s'opposer au pesage que lui conseillait le père de Léocadie. Et le contre était si terrible à affronter que le pour devenait son unique ressource.

Mathussem ayant au bout des huit jours reçu entre ses mains le « oui » fatal, insistait pour que le mariage se fît dans les trois semaines.

« Attendons au moins deux mois, à cause de mon deuil », fut, en présence des élections imminentes, la seule objection qu'osa risquer Houzelot, redevenu plus candidat que jamais.

———

Entré au Corps législatif quelques jours à peine après son mariage, le docteur Houzelot fut classé tout d'abord parmi les amis du troisième degré. Mais à force de dîner avec des ministres, il se voyait tou-

tes les nuits partant pour le sabbat à califourchon sur un portefeuille. C'est-à-dire qu'il guettait une occasion de passer la ligne et d'entrer dans le deuxième degré. La fameuse lettre du 19 janvier lui fournit le prétexte attendu. Le lendemain de l'apparition de ce placard, il se précipita dans la salle des Conférences, en répétant à haute voix : « L'empire libéral est fait ! Je croirais manquer à mes devoirs si je ne lui accordais pas tout mon concours. »

Son amitié atteignit enfin le premier degré lors de l'arrivée aux affaires de ce groupe de bonapartistes mâtinés, qui s'intitula le tiers-parti et dont l'unique mérite est d'avoir entraîné dans sa chute le parti tout entier.

Nul doute que le docteur Houzelot n'eût abordé à quelque ministère sans les événements qui suivirent. Mais les hommes politiques ne goûteront de bonheur parfait que le jour où ils seront parvenus à supprimer les évènements.

———

CHAPITRE VINGT-SIXIÈME

La vieille Clémentine et le jeune Carbonnel

Trois ans environ après la mort de Geneviève, dont la tombe oubliée était devenue introuvable, Carbonnel, toujours blanc, mais toujours vert, se vit, dans l'avenue de l'Impératrice, salué de la main par une jolie blonde qui poussa la condescendance jusqu'à arrêter en son honneur le briska qu'elle conduisait elle-même. Il s'approcha. C'était Clémentine.

— Et quel âge as-tu, maintenant ? lui demanda-t-il après quelques mots du passé.

— Moi, répondit l'artiste, j'ai eu dix-neuf ans la semaine dernière.

— Déjà dix-neuf ans ! fit l'indestructible Ludovic. Que veux-tu, ma pauvre fille, il faut en prendre ton parti : on ne peut pas être et avoir été.

www.ingramcontent.com/pod-product-compliance
Ingram Content Group UK Ltd.
Pitfield, Milton Keynes, MK11 3LW, UK
UKHW020403180726
13839UKWH00003B/1242